Ulrich Becker

New York Lunatic

oder

Die andere Seite des Mondes

Ulrich Becker, Jahrgang 1958, wurde in Sachsen geboren und lebte von 1977 bis 1999 in Berlin. Er studierte unter anderem Sprach- und Literaturwissenschaften an der Humboldt-Universität zu Berlin und Verlagswesen an der New Yorker Pace University. Er arbeitete u.a. als Fremdsprachenlehrer, Kulturmanager, Übersetzer und Verlagsleiter. Er veröffentlicht in Esperanto und Deutsch. Seit 1999 lebt er in New York City. Zu seinen weiteren Werken gehören u.a. *Ĉiuj dioj estas for* ("Alle Götter sind verschwunden"; Poesie), *Vivprotokoloj* ("Lebensprotokolle"; Interviews mit Esperanto-Sprechern, veröffentlicht in Zusammenarbeit mit Zdravka Metz); *La Aĵoj kaj la sezonoj* ("Die Dinge und die Jahreszeiten"; Kurzgeschichten).

Ulrich Becker

New York Lunatic

oder

Die andere Seite des Mondes

Mondial

Ulrich Becker: New York Lunatic *oder* **Die andere Seite des Mondes.**
Roman, 2. Auflage
© Mondial, New York 2016. Alle Rechte vorbehalten.
contact@mondialbooks.com

Die 1 Auflage wurde im Jahre 2002 im Mondial Verlag Berlin herausgegeben.
Umschlaggestaltung, Design: © Mondial
Veröffentlichung, auch auszugsweise, nur mit ausdrücklicher Genehmigung
des Mondial Verlags. Informationen: www.mondialbooks.com
ISBN: 9781595693204

Es liegt da. Auf einer Krankenbahre, ein toter Körper, der nicht sterben will. Da liegt es. Alles an ihm ist in Bewegung und verängstigt, weil es wirklich zu Ende sein könnte. Verkommen, vernarbt hier, aufgeschnitten dort, nach einer Operation, die fehlgeschlagen ist, nach einem unfairen Kampf, nach der Entnahme einiger noch lebensfähiger Organe, und dennoch bewegt es sich, umspült von den schmutzigen Wassern der Eingebung, die es verseuchen und versorgen. Es wackelt, es schwankt auf seinem feuchten Tisch, auf seinem besudelten Tuch, und es brodelt, speit und blutet. So liegt es da. Ein Objekt der Begierde: für kleine Tiere, Insekten, Maden und Fliegen, die sich hineinfressen und fett werden oder an all dem bloßen Elend krepieren: für Schmarotzer und Neugierige und Gernegroße, und für Verirrte, die es unternommen haben, über diesem bebenden Kadaver die Werte der Welt neu zu definieren.

Also liegt es da. Ein kleines Wunder, mit einer gläsernen Hülle bedeckt, als müsste es konserviert werden; über ihm wölbt sich ein gigantischer Regenbogen, als wäre es heiliggesprochen worden von einer fremden Macht oder von den Millionen Machthungrigen unter ihm. Und es seziert sich, Tag für Tag und Nacht für Nacht: Es bäumt sich auf und sinkt erschöpft nieder, öffnet und schließt all seine Wunden wie in einem Trauma, schneidet ab und wirft hinaus, sammelt ein und füllt sich, rafft, rafft, und speit zurück. Dann blüht es für ein paar Minuten und die Welt hält den Atem an: jetzt! Jetzt klingt der höchste Ton – lauter denn je; jetzt entsteht der längste Vers – und zehntausend Menschen sagen ihn auf; jetzt ist die größte Leinwand bemalt mit den grellsten und tiefsten Farben der Meere, des Himmels und des Alls – und Hunderttausende sinken vor ihr auf die Knie! Und jetzt wächst der Leib dieser Stadt bis zum Mond, und ihre Hand greift nach der Sonne, und ihre Augen sind die Sterne! Jetzt!

Dann wird es wieder fleckig und fällt zurück auf seinen Tisch, und die Liebenden und die Verderbten erfüllt neue Hoffnung:

Manhattan.

Teil 1

Celia

KILLER:

Hast du was von Bayou gehört, Chuck? Hat irgend jemand was von Bayou gehört?

PILOT:

Sollten wir nicht wieder mal ein Ding drehen? Killer hatte doch eine geile Idee! Was meinst du, Chuck?

KILLER:

Ich habe gefragt, ob jemand was von Bayou gehört hat! Schläfst du, Chuck?

PILOT:

Ich glaube, Chuck hat die letzte Nacht nicht überstanden. Er hat sich wahrscheinlich mit seiner neuen Braut übernommen, von der er vergangene Woche so geschwärmt hat.

CHUCK:

Chuck, Chuck, Chuck... Nun regt euch doch mal wieder ab! Kennt ihr nichts anderes als Chuck? Ich bin ja hier! Ich höre eurem Gestammel nämlich schon eine ganze Weile zu. Wieso ist Bayou weg, Killer?

KILLER:

Er war noch gar nicht da, glaube ich.

CHUCK:

Weißt du, wo er sich rumtreibt, Rocky? Du hängst doch immer mit ihm zusammen, wenn wir nicht dabei sind (wenn du d e n k s t, dass wir nicht dabei sind).

ROCKY:

Wie meinst du das? Ich weiß nicht, wo er steckt.

CHUCK:

Hi, Pilot, wie geht's?!

PILOT:

Hi, Chuck, danke, gut.

CHUCK:

Sind wir ja fast vollzählig. Nur Bayou fehlt. Vielleicht will er sich aus-klinken.

KILLER:

Soll er mal versuchen. Wir kriegen ihn auf jeden Fall.

CHUCK:

Ich schneid ihm ein Ohr ab, wenn er aussteigt. Ich hatte schon immer so'n Gefühl, dass auf ihn kein Verlass ist. Behauptet, verliebt zu sein, und dann will er nichts darüber erzählen. Wir haben alle unsere Eroberungen gebeichtet. Da kann er sich nicht drücken.

KILLER:

Und ich hau ihm was in die Fresse, falls ich ihn mal treffen sollte. Lässt seine Freunde einfach so hängen, verschwindet mir-nichts-dir-nichts, als ob wir plötzlich Luft für ihn wären.

PILOT:

Ich schneid ihm den Schwanz ab und schenke ihn Rocky. Der kann ihn sich einrahmen und aufhängen. Oder in saure Soße einlegen, sozusagen für die Ewigkeit marinieren.

ROCKY:

Hör auf mit dem Quatsch, Pilot. Hab ich dir was getan? Was verarschst du mich also?

CHUCK:

Schnauze jetzt, verdammt nochmal, ihr könnt euch später streiten. Also, mal im Ernst: Hat jemand Bayous Adresse? Ohne ihn ist's langweilig, dann löst sich die Gruppe auf. Er hat immer die geilsten Geschichten erzählt, an die keines von euren öden Märchen je rankommt.

ROCKY:

Stimmt, Bayou hält uns irgendwie zusammen.

KILLER:

Wieso denkst du, Chuck, dass deine Geschichten besser sind als unsere? Die sind mindestens genauso träge.

CHUCK:

Hab ich das gesagt, du Versager? Hör mal, Killer, fühlst du dich jetzt an-gegriffen, oder was? Ich habe gesagt, a l l e Geschichten sind langweiliger als die von Bayou, klar?

KILLER:

Hast du nicht gesagt. Nicht so.

CHUCK:

Wollen wir vielleicht noch einen Protokollanten einstellen für unseren Mist? Ich hab gesagt: alle.

KILLER:

Ist ja gut. Ich will mich nicht streiten.

BAYOU:

Hallo, Leute, wieder mal durchweg in guter Laune, was??

CHUCK:

Bayou!

PILOT:

Hallo, Bayou.

KILLER:

Wo hast du gesteckt?

BAYOU:

Ihr werdet es nicht glauben, aber ich war die ganze Zeit da.

CHUCK:

Das stimmt nicht, wir hätten dich bemerkt.

BAYOU:

Habt ihr aber nicht. Ich kenne einen Trick...

PILOT:

Lass mal hören.

BAYOU:

Denkste. Ich werd' mich hüten. So krieg ich wenigstens raus, was ihr über mich tratscht. Und das ist mehr als nur haarsträubend.

CHUCK:

Waren doch bloß Scherze, Bayou.

BAYOU:

Von wegen. Verstümmeln wolltet ihr mich, und verschenken, zumindest Teile von mir. Rocky?

ROCKY:

Ja, Bayou?

BAYOU:

Liebst du mich wirklich?

KILLER:

Jetzt wird's spannend, Leute! Alle mal genau zuhören. Vielleicht gibt's heute noch 'ne Hochzeit.

ROCKY:

Also jetzt spinnt ihr wohl alle, oder was? Bayou, was soll das denn jetzt? Bist du nur zum Stänkern gekommen?

BAYOU:

Wieso zum Stänkern, Rocky? Ich hab eine einfache Frage gestellt und will eine einfache Antwort darauf haben. Das ist ja wohl nicht zu viel verlangt. Liebst du mich?

ROCKY:

Das ist mir zu blöd. Hör auf.

BAYOU:

Ich bin nämlich manchmal neidisch auf deine Muskeln und auf deinen männlichen Charme.

ROCKY:

Von dem wirst du wohl noch nichts bemerkt haben.

BAYOU:

Von wegen! Ich hänge geradezu an deinen Lippen, wenn ich das hier mal so ausdrücken darf. Obwohl du ja nicht viel sagst.

ROCKY:

Also, weißt du, Bayou. Das ist mir peinlich.

BAYOU:

Bis jetzt war niemandem von uns irgendetwas peinlich. Kann ja auch nicht. Deswegen sind wir alle hier: weil uns hier nichts peinlich zu werden braucht. Also, was ist. Liebst du mich?

ROCKY:

Ich weiß nicht. Sollten wir nicht lieber ohne die anderen darüber reden? Das geht doch niemanden etwas an.

BAYOU:

Also liebst du mich, Rockymäuschen. Rede doch endlich! Du musst dich deswegen nicht verstecken. Wir leben in einer freien Gesellschaft. Ja oder nein?

ROCKY:

Vielleicht...

BAYOU:

Vielleicht gibt's nicht. Ein Mann steht zu seinen Gefühlen. Hast du gehört, Rocky?

ROCKY:

Also: ja. Jetzt ist es raus. Bist du nun zufrieden, Bayou?

KILLER:

Ich fass' es nicht. Rocky is 'ne Schwuchtel. Als ob ich's geahnt hätte. Hast du das schon lange?

BAYOU:

Halt's Maul, Killer. Es ist ein so schönes Gefühl für mich, geliebt zu werden. Das könnt ihr Arschlöcher nicht verstehen. Und dann auch noch von

Rocky. Ein Gefühl ist das! Ich stell ihn mir vor, wie er im Bett liegt, von mir träumt und sich dabei einen runterholt. Vielleicht solltet ihr nicht mir den Schwanz abschneiden, sondern Rocky.

ROCKY:

Warum sagst du sowas, Bayou?

BAYOU:

Ach, Rocky, ich sage sowas, weil du 'ne verdammte Schwuchtel bist, und ich nicht.

PILOT:

Lass ihn in Ruhe, Bayou. Erzähl uns lieber, in wen d u verliebt bist, du hast letzte Woche nur Andeutungen gemacht.

BAYOU:

Hi, Pilot, wieder aufgewacht? Wieso spielst du dich hier zu seinem Anwalt auf? Gerade du? Ich erzähle euch bald gar nichts mehr.

KILLER:

Sagt mal, Leute, wollten wir nicht mal wieder ein geiles Ding drehen? Eins, das sich gewaschen hat?

PILOT:

Aber nicht ohne Chuck.

BAYOU:

Wieso? Ist Chuck denn weg?

PILOT:

Schon 'ne ganze Weile. Du bist es wohl selbst, der noch nicht aufgewacht ist.

BAYOU:

Wieso ist Chuck weg? Jetzt waren wir doch gerade mal vollzählig.

KILLER:

Also ohne Chuck läuft nichts.

PILOT:

Stimmt.

KILLER:

Müssen wir es also auf nächste Woche verschieben. Wirklich schade. Aber dann geht's rund, und die Stadt wird in Angstschweiß ausbrechen. Versprochen, Leute?

BAYOU:

Versprochen. War geil mit euch, Jungs.

PILOT:

Versprochen. Bis dann, Bayou.

ROCKY:

Bis nächste Woche, Killer, tschüss, Pilot.

BAYOU:

Rocky?

ROCKY:

Was denn noch?

BAYOU:

Bist mir doch nicht böse, oder?

ROCKY:

Nicht so richtig, Bayou. Aber irgendwie hab ich mich heute von dir verschaukelt gefühlt.

BAYOU:

War nicht so gemeint. Bist du wirklich schwul?

ROCKY:

Fängst du jetzt von vorne an? Oder was?

BAYOU:

Is' ja gut. Ich red' nicht mehr davon. Mein Gott, da kennen wir uns nun schon so lange... Da kommt übrigens Chuck zurück.

CHUCK:

He, Jungs, wo sind die anderen?

BAYOU:

Tut uns leid, Chuck, wir haben gerade Schluss gemacht für heute. Pilot und Killer sind schon weg. Wir dachten, du willst nicht mehr und hast dich aus dem Staub gemacht.

CHUCK:

Ich war nur mal auf'm Klo. Wird ja noch erlaubt sein. Hat leider etwas länger gedauert.

BAYOU:

Ist schon okay, ich hatte sowieso den Eindruck, dass es heute alle ein wenig eilig hatten. Wir treffen uns nächste Woche um die gleiche Zeit wieder. Ich muss mich jetzt auch aus dem Staub machen, denn ich hab auch noch was vor. Tschüss, Rocky, und nimm's mir nicht übel.

ROCKY:

Ist schon okay. Hör auf zu jammern. Was hast du denn noch so dringendes zu tun, wenn ich fragen darf? Wieder eine deiner vielen Weibergeschichten, die du dann mit deiner Möchtegern-Fantasie ausmalst und uns hier zum besten gibst?

BAYOU:

Wenn du's nicht wärst, würde ich jetzt sagen: Das geht dich einen Dreck an. Aber so sag ich einfach: Halt's Maul, Rocky, und geh jetzt schlafen. Gute Nacht, Chuck!

CHUCK:

Bis dann, Bayou.

Manhattan ist immer blau, ich habe es noch nie anders gesehen. Das kommt vielleicht von dem vielen Wasser ringsherum, das sich wie eine schmachtende Geliebte an die Insel drückt, in sie einzudringen oder über sie hinwegzufließen versucht, ohne es jemals zu tun, was weiß ich, womöglich fehlt ihm die Kraft oder es hat Mitleid mit dem abgewrackten Stück Land, aber ein Wort wie Mitleid sollte man hier schnell vergessen. Vielleicht kommt das Blau aber auch von oben, vom Himmel, der hier etwas näher an den Menschen ist als irgendwo sonst in der Welt, und manchmal ist er sogar schon ein Teil von ihnen, sinkt herab in die Stadt, wenn er seine Nebel losschickt, damit sie sich vor die oberen Etagen der Wolkenkratzer hängen, um den höhengeilen Architekten zu sagen: bis hierher, und nicht weiter, einmal muss Schluss sein, sonst komme ich ganz herunter und dann werdet ihr schon sehen, was ihr davon habt. Aber es kann auch sein, dass es nur daran liegt, dass die meisten Straßen Manhattans kerzengerade über die Insel kriechen, vom East River zum Hudson, und von SoHo bis Harlem. Wo immer man läuft: der Himmel nimmt einen großen Teil des Blickfelds ein, bis zum Horizont, der irgendwo in unendlicher Ferne zu liegen scheint, rechts und links umrahmt von den Fassaden riesiger Gebäude, die so bunt und vielfältig und einsam sind, dass sie nicht mehr gegen die kräftige Farbigkeit des Himmels ankommen. Und das Grün hat sich sowieso zurückgezogen, ins Herz Manhattans, geballt, beruhigt, als könnte ihm so nichts mehr geschehen – wie ein Obdachloser, der es für eine regnerische Nacht lang in den Schutz eines karitativen Hauses geschafft und das Gefühl hat, jetzt gerettet zu sein.

Manhattan ist immer blau, ich habe es noch nie anders gesehen, selbst jetzt, da sich die Menschen gegenseitig durch den Schnee und den grauen Schlamm der Fifth Avenue schieben, durch den bitterkalten Sonntagnachmittag, unter dem strahlenden, eisigen Blau des Himmels hindurch, bis zum riesigen Tannenbaum vor dem Eingang des Rockefeller Centers.

Wohl zum zwanzigsten Mal frage ich mich, was ich hier suche. Ich komme kaum vorwärts, trete auf hundert Füße, werde von kreischenden Familien und kamerabehängten Touristengruppen immer wieder beiseite geschoben, an den Rand der Straße, unter die lichterkettenbehängten nackten Bäumchen, die die Avenue säumen, fast auf die Fahrbahn, wo sich dichte Reihen von Autos lärmend gen Süden wälzen – da kann einer sagen, was er will, in solchen Augenblicken ist das Himmelsblau die einzige Konstante, eine feste, bekannte Größe, an die ich mich klammern kann, damit ich nicht verrückt werde. Was in aller Welt suche ich hier! Nur weil Celia...

Celia. Scheiße, ich wollte nicht an sie denken. Und jetzt ist es wieder da. Ich muss aufpassen, nicht unter die Räder zu kommen, wenn sie mich immer weiter nach links drücken. Sechs Jahre lang waren wir zusammen. Nicht ein einziges Mal in diesen sechs Jahren sind wir in der Weihnachtszeit hierher gekommen, um uns den Baum anzuschauen.

Ist das wahr?, fragen mich dann meine Gäste jedes Mal, wenn die Rede draufkommt, vor allem die aus Europa, aus der alten Heimat, und wenn ich ihnen dann zunicke, gaffen sie mich mit ihren offenen Mündern an, als hätte ich ihnen gesagt, ich sei, nach sieben Jahren New York und trotz Loyalitätsgelübde, noch nie auf Liberty Island gewesen, um die Freiheitsstatue zu besteigen. Stimmt übrigens auch. Einmal, als ich gerade zehn Tage lang hier war, wollte ich mit meiner ersten amerikanischen Freundin rüber, aber dann bin ich im entscheidenden Moment krank geworden.

Also muss ich mir jetzt den Tannenbaum, den sie angeblich extra aus Skandinavien eingeflogen haben und der vielleicht nicht einmal eine echte Tanne ist, vor dem Rockefeller Building anschauen, damit ich mitreden kann. Im Frühjahr nehme ich die Fähre nach Liberty Island. Ich habe viel nachzuholen.

Es kommt jetzt nur noch darauf an, sich dem großen Strom der Menschen zu überlassen, zu viele wollen dorthin, wollen mal gucken oder haben ihre Schlittschuhe mitgebracht, weil es schon ein Kult ist, auf der kleinen Eisfläche im bunten Licht des Weihnachtsbaumes Schlittschuh laufen zu dürfen, und in ihrem Drang zu diesem Ort reißen die Leute alles und jeden mit, so wie die Flutwellen im Sommer die Muscheln, den Bernstein und die toten Fische aufsammeln auf ihrem Weg, vom Mond weg und zurück in die Zivilisation, und alles an den Strand schmeißen zu den Glücklichen.

Es geht nicht weiter. Das haben sie davon. Alle warten dicht gedrängt hintereinander, plappern pausenlos, um die Kälte zu vergessen, bewundern mit lauten Ausrufen die grandiosen Auslagen der teuren Geschäfte, neben denen wir stehen bleiben, in denen graue, weiße und rotbraune Pelze aus aller Welt feilgeboten werden wie seltene Kunstwerke: ausgebreitet auf skurrilen Gestellen, wie aufgebahrt die Häute der jetzt fleischlosen Tiere, umrahmt von avantgardistischen, schneeweiß glitzernden Pappmaché-Phantasien teurer Designer, sorgsam beleuchtet von kühlen weißen Strahlen, in welchen – Gott weiß woher sie kommen – zarte Schneeflocken tanzen. Die ersten beiden Menschenreihen vorn, am Geländer, haben den Blick frei auf den Eingang des hohen Gebäudes, auf die goldene Skulptur, auf das bunte, sportliche Treiben davor, die nächsten drei Reihen sehen noch die Hälfte des Weihnachtsbaumes, doch wir hier hinten, die Pelzigen, die Vermummten mit den geschlossenen Augen, die sich an den in zwei Reihen aufgestellten hohen, weißen, die Segnungen der Weihnachtszeit verkündenden Drahtengeln vorbeidrücken, gehen vorerst leer aus. Vorerst, denn die Bewegungslosigkeit ist, wie alles hier, nur Schein.

Unbeschreiblich langsam, kaum messbar, geht es bis ganz nach vorn, und ich werde dabei gedrückt, geschoben, befühlt, getreten, verflucht und auf tausend andere Weisen belästigt.

Die Reihen wechseln ihre Gesichter, Schicht um Schicht. Als ich endlich an die Balustrade treten darf, bin ich tief enttäuscht. Es stimmt alles, so wie es auf den Fotos, die ich von diesem Ort gesehen habe, abgebildet ist. Es ist nur einer dieser in Manhattan versteckten Orte, die uns die schönen Illusionen vor die Augen setzen, welche wir nacherzählen, wenn wir vor den ausländischen Freunden von der Stadt schwärmen wollen, und welche eigentlich so schwer fassbar sind, weil sie im riesigen Leib des Ungetüms New York verschwinden. Ich stelle mir die Stadt manchmal als einen gigantischen Haufen schmutziger Wäsche vor, und eine Waschfrau, die den Berg mit ihren faltigen Händen durchwühlt, versucht vergebens, die Stücke zu sortieren, eine Ordnung zu schaffen, egal welche, sie fallen immer wieder durcheinander. Doch es sind so viele schöne Sachen darunter, die sie dann staunend für ein paar Sekunden an ihre Brust oder ihre Wangen drückt, den Kopf zur Seite gedreht, weil sie den Geruch nicht mehr ertragen kann. Und nicht selten passiert es, dass sie mit ihren flinken und erfahrenen Fingern Wunderdinge aus den Taschen zieht, die jemand dort vergessen hat: goldene Ketten und Ringe, auf das feinste geschmiedet und mit den seltensten Steinen versehen, die in Farben leuchten, von denen die Frau bisher nichts geahnt hat und die sie in einen Zustand kurzer Bewusstlosigkeit versetzen; Briefe und Postkarten aus uralten Zeiten, mit schönen, fernen Handschriften geschmückt, die noch die gute, hohe Bildung der Vergangenheit zeigen, von der die Waschfrau nur eine stille Sehnsucht übrigbehalten hat, die ihr aus alten europäischen Filmen erwachsen ist; auch silberne Monokel zieht sie manchmal hervor, oder kleine, goldene Schlüssel ohne Schlösser, oder vergilbte Fotografien, auf denen lockige Kinder- oder Frauenköpfe lachen. Und es hört nicht auf.

Die einzige Ergänzung, die die Realität hier, an diesem Ort der kurzen Sehnsüchte und des winterlichen Klischees, gegenüber den für Touristen gedachten Postkarten bietet, stellt ein Schwarzer dar, der mit einer Maschine langsam rund um die Eisfläche läuft und wahrscheinlich die Abfälle einsammelt.

Minuten später drängele ich mich wieder nach draußen. Drei Schritte vor mir läuft eine Frau. Sie hat denselben Haarschnitt wie Celia: kurz, ausgefranst, frech. Ich versuche, mich an den Leuten vorbeizuschieben, um ihr Profil zu sehen. Als ich sie fast erreicht habe, rechts neben ihr, biegt sie nach links in die Fifth Avenue ein, und ich laufe erneut wie ein Idiot hinter ihr her.

Sie kann aber nicht Celia sein. Nicht nur, weil diese Frau hier etwas kleiner ist, sondern weil Celia sich in diesem Monat nicht in New York aufhält. Sie heult sich bei ihrer Mutter in Santa Ana aus, im wärmeren Kalifornien.

Die Frau macht den Eindruck, als renne sie vor mir weg. Zwei oder drei Mal zieht sie im Laufen einen kleinen, runden Spiegel aus ihrer schwarzen Handtasche und hält ihn vor ihr Gesicht; dabei macht sie Bewegungen mit ihren blauen Fingerchen, die mir ihre Sorge um die vom Frost gequälte Haut vortäuschen sollen. Ich habe den Verdacht, dass sie mich durch den Spiegel beobachtet.

Um sie auf die Probe zu stellen, bleibe ich unvermittelt stehen. Sie geht weiter und verschwindet nach ein paar Sekunden aus meinem Blickfeld.

Celia hat mir prophezeit, dass ich eines schlimmen Tages verrückt würde. Ich sei besessen, wiederholte sie mit ausdauernder Boshaftigkeit, von einer Angst vor Veränderungen. Das sagte sie, nachdem sie beschlossen hatte, mich zu verlassen. Als ob sie mich mit ihrem Abgang nur erziehen wollte. Und ich sehe sie noch heute vor mir, in voller Größe, Nacht für Nacht, und auf der Straße, wenn eine andere ihren Blick hat oder wenigstens ihre Brille, oder wenn ich jemanden mit dem gleichen Dialekt sprechen höre. Ich sehe sie, wenn ich an der

Stelle vorbeikomme, Broadway Ecke Achtzigste, wo sich das kleine Café befindet, in dem sie mir ihre geheimen Perversionen gestanden hat, Zigaretten, kleine, selbstgemachte Sahnetörtchen und Sex im Freien, und schließlich sehe ich sie jedes Mal, wenn es anfängt zu regnen, weil es ein Regentag war, an dem sie mir auf einem Weg aus dem Central Park heraus, als wir von einer der beschissenen Partys bei ihren Freundinnen kamen und zurück nach Hause liefen, zugeschrieen hat, ich sei der langweiligste und aufdringlichste Affe, der je ihren Lebensweg gekreuzt habe.

Vielleicht stimmt es, dass ich extrem eifersüchtig und ihr auf Schritt und Tritt hinterhergelaufen bin, vielleicht hat es sogar mit meiner naiven Aufdringlichkeit seine Richtigkeit, die sie mir immer vorgehalten hat. Aber langweilig! Ich bin nicht langweilig. Die Hühner, die sie ihre Freundinnen nennt, sind langweilig, und so braucht sie sich nicht zu wundern, wenn ich bei deren Geschwätz, das sich immer und immer wieder nur um die neuesten Calvin-Klein-Models, den letzten Matt-Damon-Film und die pausenlose Auswechslung ihrer Wohnungseinrichtungen dreht, den Mund nicht aufkriege. Warum sind sie nicht verheiratet, warum haben sie nicht einmal über mehr als zwei Wochen lang Liebhaber, die sie diese Runde und Celia vergessen lassen könnten, warum in aller Welt drängt es Celia immer wieder zurück auf diesen Hühnerhof? Als ob sie ein Geheimnis hätten, das sie miteinander teilen und das sie zusammenschweißt, wie es gemeinsam begangene Verbrechen tun.

Da vorn ist sie wieder. Sie ist zurückgekommen. Oder bin ich weitergelaufen, ihr unbewusst hinterher, durch den Schlamm dieses zeitigen Winters? Ich könnte schwören, es ist Celia, wenn sie nicht kleiner wäre und Celia weit weg. Ich kann ihr Gesicht noch immer nicht genau erkennen, sie dreht es wie aufgeregt von einer zur anderen Seite, jetzt fällt etwas aus ihrer Manteltasche, es sieht aus wie ein kleiner, weißer Briefumschlag, und sie hat es nicht einmal bemerkt.

Sie holt wieder ihren kleinen Spiegel aus der schwarzen Handtasche, die um ihre linke Schulter baumelt, und hält ihn sich vor das Gesicht. Sucht sie mich?

Ich laufe los, dränge mich durch die Spaziergänger, Einkäufer, Fotografen und all die anderen frierenden Menschen, voller Angst, jemand könnte auf den Briefumschlag treten. Sobald ich ihn erreicht habe, hebe ich ihn hastig auf. In einer ersten Regung will ich ihn zurückgeben, ich suche sie mit den Augen, um ihr hinterherzurufen, ihr nachlaufen zu können, aber sie ist verschwunden, und ich bin überzeugt, dass das Kuvert, in dem ich keinen Brief, sondern einen harten, quadratischen Gegenstand fühle, für mich gedacht ist.

Völlig aufgekratzt von diesem kleinen Abenteuer und dem fremden Eigentum, das ich wie ein Stück glühenden Metalls zwischen den Fingern halte, beschließe ich, die nächste Bahn zu nehmen und nach Hause zu fahren.

Die Frau auf der Straße ist nicht wie Celia. Kann sie gar nicht. Celia weiß nie recht, was sie will, und das überträgt sich auf ihr gesamtes Benehmen. Sie tänzelt hin und her, anstatt auf ein Ziel zuzulaufen; die da wusste, was sie tat, sie hatte von Anfang an die Absicht, mir das Kuvert zu übergeben, und sie hatte eine Strategie dafür entwickelt. Celia wäre nie in der Lage dazu. Celia ist unsicher – und nennt es selber offen für alles. Doch eigentlich weiß sie einfach nicht, was sie mit ihrem Leben anfangen soll. Ich glaube, das ist der wahre Grund dafür, dass sie mir verfallen ist: ich schien ihr kühl, berechnend, nie den Kopf verlierend. Das sagen sie alle, die mich ein bisschen kennenlernen, und ich bin jedes Mal von neuem erstaunt darüber, wenn ich es höre, und warte auf diejenige, die in der Lage ist, mich tiefer auszuloten und mir plötzlich ins Gesicht zu sagen: Das bist du, und das und das, deine Kindheit hat dich ängstlich gemacht, von einem geliebten Menschen abgewiesen zu werden, aber wir kriegen das schon hin, deine Hände werden eines Tages schon aufhören zu zittern bei jedem kleinen Streit, und überhaupt hängt das Böse nicht in den Worten eines Menschen, sondern dahinter, in den Motiven, den Gedanken, und die findest du nicht durch die Kontrolle jeder seiner kleinen Bewegungen. Ich dachte, Celia könnte es schaffen, aber sie hatte die Geduld nicht bis zum Ende. Du bist ein Arschloch, sagte sie einmal, wenn du denkst, darauf warten zu müssen, erobert zu werden, du bist doch schließlich der Mann von uns beiden.

Sie hatte immer solche vulgären Sprüche drauf, und das hat etwas auf mich abgefärbt, wie das mit allen passiert, die verliebt sind. Die da auf der Straße spielt ein Spiel mit mir, das könnte Celia nie, Celia kann sich keine Vorstellung machen vom Seelenleben anderer Menschen, und stünden sie ihr noch so nahe.

Zu Hause lege ich den Briefumschlag erst einmal auf den Tisch und betaste ihn. Was, wenn es eine Briefbombe ist? Celias Rache? Die Welt ist so gefährlich geworden. Ich beschließe, Joey zu Rate zu ziehen. Joey ist mein bester Freund, er hat mir über die ersten beiden Jahre in dieser Stadt hinweggeholfen, nicht nur mit ein paar Cents, das hätte ich ja noch geschafft, aber einfach so, durch seine Anwesenheit, durch sein Gequatsche den ganzen lieben Tag lang, das mir immer viel genutzt hat, weil ich zuhören kann und selbst aus den dümmsten Äußerungen noch was für mich heraushole, wenn ich unter Druck stehe. Die amerikanische Form der Freundlichkeit hat er mich an einem praktischen Beispiel gelehrt: Wir liefen auf einer kleinen Seitenstraße entlang, als uns jemand entgegenkam, den er offensichtlich sehr gut kannte, denn sie begannen schon auf fünfzig Meter Entfernung beide wie glücklich zu grinsen; als er nur noch zehn Schritte von ihm entfernt war, sagte Joey: „Hi, Bob, wie geht's?", und Bob antwortete: „Wunderbar, danke, und dir?", und da waren es nur noch drei Schritte vom einen zum andern, und ich dachte, sie würden jetzt Halt machen, weil Joey weitersprach: „Oh, mir geht's sehr gut. Was macht dein neuer Job?", und Bob war schon neben uns, so dass er gerade noch sagen konnte: „Ich liebe ihn!", mit der nötigen überzeugenden Emphase, und dann verloren sie sich aus dem Blickfeld, weil keiner stehen bleiben oder seinen Kopf umdrehen wollte, und nach dem ersten Schock wettete ich mit mir, dass sie das Gespräch sofort wieder vergessen hatten. Aber diese Wette hätte ich verloren, denn solche kurzen Auftritte sind unglaublich wichtig in New York: Du hältst das Bild, das die anderen von dir haben, aufrecht, und das ist Schwerstarbeit, weil keiner merken darf, wenn es dir dreckig geht, und nur wenn du einen Menschen sehr gut kennst, kannst du aus seinen Worten herauslesen, was wirklich los ist mit ihm. So erzählte mir Joey danach, dass Bob wahrscheinlich in Scheidung lebe, weil er noch nie im Leben eine so dusslige Formulierung benutzt hatte wie an diesem Tag: Ich liebe meinen Job! (Mein Vater fragte mich bei einem seiner Routine-Anrufe aus Deutschland einmal, was der wesentliche Unterschied zwischen Berlin und New York sei. Erst versuchte ich mich an der Architektur, dann an den bunten Gesichtern der Leute, an der Phantasie und dem Schwung hier in der Stadt der Städte, aber ich war nicht ganz glücklich mit meiner Antwort. Schließlich teilte ich ihm eine nebensächliche Beobachtung mit, die uns beide zufrieden stellte: In Berlin siehst du an manchen Geschäften und Restaurants große, weiße Schilder, die dich mit fetter, schwarzer Schrift warnen: *Hunde müssen draußen bleiben!* In New York fand ich zum selben Zweck einmal ein gefälliges, silbrig glänzendes metallenes Schild mit schöner, kursiver Times-Schrift: *We love dogs. Unfortunately the Health Department does not. Please leave your dog outside.* *)

Joey hatte mir damals schon einiges voraus, zum Beispiel, dass er in New York geboren ist, während ich einen deutschen Vater und eine englische Mutter habe und Einwanderer bin; oder dass er als Schüler mal mit der Klasse rübergefahren ist, nach Liberty Island, und sich drei Stunden lang in eine Reihe hinter Touristen gestellt hat, um einen Blick durch die Krone der Freiheitsstatue zu werfen. Du wirst verrückt da drin, erzählte mir Joey viele Jahre später, weil es so langsam vorwärts geht auf den immer schmaler werdenden Wendeltreppen, und weil der Raum ganz oben, in dem du zehn Sekunden bleiben kannst, da dich der Strom der nachrückenden Touristen weiterschiebt, so eng ist und du durch die paar Fenster in der Krone als Kind sowieso nur den blauen Himmel siehst und das dann für die nächsten Jahre deine Vorstellung davon bestimmt, was Freiheit bedeutet. Joey ist später Programmierer geworden und arbeitet heute für einen Internet-Provider, das heißt er hat ein Gefühl für das Technische, und das soll mir jetzt helfen. Ich habe seit jeher einen Horror vor Computern, nicht aus Blödheit, sondern weil es in mir jede Phantasie abtötet, wenn ich versuche, einen Text direkt in den Computer zu tippen, wie es die meisten meiner schnellschreibenden Kollegen tun. Ich kann das nicht, ich kriege nur dummes, lebloses Gefasel zustande, wenn ich vor meinem flimmernden Gerät sitze, und das nimmt mir keine Zeitung ab.

„Du musst dir einen neuen Bildschirm kaufen", mahnt Joey mich immer, wenn er zu mir kommt, „du verdirbst dir sämtliche Augen", und dann lacht er jedes Mal über seinen dümmlichen Scherz. Der andere Fehler, den Joey hat, liegt in seiner Neigung, mir nie wehtun zu wollen. Jede Antwort, die ich von ihm fordere, wägt er minutenlang ab, um genau die Mitte zu treffen zwischen Wahrheit und Höflichkeit. Dass eine solche Mitte nicht existiert, oder nur aus Lügen besteht, darauf würde er nie kommen mit seiner Computerseele.

Aber ich mag ihn trotzdem, wie er ist. Seine Zuwendung tut mir gut.

---

*Wir lieben Hunde. Das Gesundheitsministerium leider nicht. Bitte lassen Sie Ihren Hund draußen.

„Was gibt's?", fragt er, als er ins Zimmer tritt. Ich deute auf den Briefumschlag, der immer noch geschlossen auf meinem kleinen, runden Tisch liegt.

„Hat mir jemand zugespielt, und ich weiß nicht, was es ist." Er geht darauf zu und betastet den Umschlag mit den langen, weißen Fingern seiner rechten Hand.

„Vorsicht", sage ich noch, aber so schnell kann ich gar nicht reden, wie er das Papier aufreißt und eine kleine, blaue Diskette herauszieht.

„Das kann ich von jeder Atombombe unterscheiden."

Er lacht. Wenn Joey lacht, kriegen seine Ohren Besuch, wie man so schön sagt. Ich habe noch bei keinem anderen Menschen einen so großen Mund gesehen. Er liegt wie eine breite Schüssel unter Nase und Augen, als müsse er jederzeit bereit sein, sie aufzufangen.

„Woher hast du sie?", fragt er wie beiläufig, die Diskette mit den Augen untersuchend.

„Ich glaube, Celia hat sie mir zugespielt."

Er schaut kurz auf, und sofort ist es wieder da, sein Mitleid und sein Wohlwollen, und ich kann förmlich seine Gedanken hinter der weißen, faltigen Stirn sehen, wie sie die Wörter hin und her schieben, austauschen, alles verwerfen und den Satz noch einmal bauen, um dann die für den Moment passende Formulierung auszuschütten:

„Celia? Sie wüsste wahrscheinlich nicht einmal, mit welcher Seite eine Diskette in den Rechner geschoben werden muss, aber vielleicht hatte sie ja einen Helfer, wollen wir mal reinschauen?"

Das alles sagt er betont lässig, spöttisch und schnell, damit es keine Bedeutung für mich bekommt und ich mich bei der Erwähnung des Namens der Frau, die ich immer noch liebe, nicht sofort aus dem Fenster werfe, was dann schließlich seine Schuld wäre.

Ich nicke bloß, und er schaltet meinen Computer an, der in der Ecke gegenüber dem Fernseher steht, dummerweise so, dass sich tagsüber die beiden großen Fenster im Glas des Bildschirms spiegeln.

„Du bringst dich noch um mit diesem Gerät", sagt er und trommelt ungeduldig mit drei Fingern auf dem Rand der Tastatur herum, „du lebst wie im Mittelalter mit dieser Foltermaschine, ich denke, du schreibst für die New York Times, die müssten doch ein anständiges Honorar zahlen für einen wie dich."

„Ich arbeite nicht für die Times, und außerdem zahlt keine Zeitung ihren Journalisten ein anständiges Honorar, außer einigen Kultfiguren, wegen denen die Leute das Geld für die Zeitung ausgeben." Joey ist nicht verheiratet, er hat auch nie in einer Beziehung gelebt, soviel ich weiß. Wenn er Langeweile hat, kommt er zu mir. Celia konnte er nie leiden, er nannte sie auf seine diplomatische Art „nett, sehr nett sogar, vielleicht in meinen Augen nicht genau der Typ, der zu dir passen würde, aber insgesamt wirklich wertvoll".

Wertvoll! Zuerst habe ich mich über dieses Wort maßlos aufgeregt. Man kann, dachte ich, so ein Wort bei der Beurteilung einer Frau nicht benutzen, man liebt einfach drauflos, sieht, wie sie einen anlächelt, wird verrückt bei dem Wunsch, sie endlich anfassen zu dürfen, sie ziert sich ziemlich lange, stellt dich inzwischen allen ihren Freundinnen vor, die dich abchecken wie eine Kuh auf dem Weg zum Schlachthof, und wenn die dann grünes Licht gegeben haben, fängt sie an, mit dir zu spielen. Und behauptet dann noch, in aller Frechheit, es seien die Männer, die ihre Frauen erobern müssten. Aber wertvoll? So ein Wort wäre mir früher nie in den Sinn gekommen. Man spürt instinktiv, dass man ungefähr denselben Bildungsgrad hat, und liebt los.

Jetzt denke ich, dass Joey recht hat. Es ist der Wert, der fehlt, wenn eine Beziehung nicht mehr funktioniert. Celia hat das wohl als erste verstanden. Wir konnten uns nichts geben, weil wir in völlig verschiedenen Welten lebten und keiner von uns bereit war, in der Welt des anderen etwas Sinnvolles zu sehen und in sie einzutauchen.

Dabei hat Joey kaum Erfahrung mit Frauen, wenigstens hat er mir von keiner erzählt.

„Wann hast du das letzte Mal mit einer Frau geschlafen?", frage ich ihn unvermittelt.

Er dreht nicht einmal den Kopf vom Bildschirm weg, auf dem sich inzwischen das Startfenster aufgebaut hat.

Er schiebt die Diskette in den Schlitz, ohne zu antworten, aber ich fühle, wie es in seinem Schädel arbeitet. Er überlegt sich die Antwort, nach der ich keine weiteren Fragen stellen würde.

„Sagen wir mal so, ...", beginnt er, und ich denke, ich sollte ihn erlösen, weil ich ihn ja eigentlich ganz gut leiden mag:

„Hast du übrigens gesehen, dass Manhattan immer blau ist?"

Jetzt dreht er sich brüsk um: „Waas?!"

„Ich meine, es erscheint einem blau, weil man so nahe an Wasser und Himmel ist, findest du nicht?"

Er überlegt kurz.

„Nein, es hat keine bestimmte Farbe. Es hat sogar überhaupt keine Farben, sie werden alle von den Formen verschluckt, von den hunderttausend verschiedenen Formen der Häuser, der Menschen, der Autos, der Sprachen; die Formen sind so dominant, dass für nichts anderes Platz bleibt, außer für ihre Bewegungen und Veränderungen."

Auch eine Sicht. Vielleicht macht das unseren Unterschied aus. Joey sieht sich als Teil einer gewaltigen Maschinerie, in der sich alles bewegt, alles lebt, er springt von einem Zahnrädchen zum andern, fährt ein kleines Stück mit, und wenn er herausgefunden hat, in welche Richtung es sich dreht und warum, dann hüpft er weiter. Ich aber liebe meine Stadt, sie ist für mich wie eine schöne Frau, sie hat einen typischen Geruch, der sich nicht verändert, sie ist im Laufe der Jahrhunderte so auf die Natur gefesselt worden, dass sich ihre äußere Form nicht mehr wesentlich entwickeln kann, und sie hat eine Farbe, die von der Verbindung zu ihrer Umwelt diktiert wird, und diese Farbe ist für mich Blau, verdammt nochmal. Ganz egal, wo ich stehe, ich fühle mich immer so, als flöge ich weit oben durch die Luft, leicht und unbekümmert, selbst wenn es mir hier unten noch so dreckig geht, ich wohne in New York City, und das ist so ziemlich das unbeschreiblichste Gefühl, das es gibt. Da muss ich nicht auf das Empire State Building steigen, um mit dem Himmel verbunden zu sein, es reicht, zu Hause im Bett zu liegen, irgendwo im sechsten Stock eines grauen Gebäudes auf der Upper West Side, und sich aus dem Fenster zu träumen, die Fassaden des benachbarten Gebäudes, das dir die Sonne nimmt, nach oben, immer weiter, Stockwerk für Stockwerk, es will kein Ende nehmen, und dir wird schon ganz anders im Bauch, wie auf der Achterbahn, und du steigst immer noch weiter, die Sonne ist ein entfernter gelber Fleck, der sich auch nicht gegen das weite Blau wehren kann, das ihn umgibt und das sich dir um so weiter öffnet, je näher du ihm auf deiner Fahrt kommst, und du denkst, jetzt fliegst du wirklich bis ans Ende, ins Zentrum aller Phantasien und allen Werdens, und du steigst und steigst, obwohl du doch schon über den Wolken sein müsstest seit einer ganzen Weile.

Manchmal genügt es auch, ein paar Straßen weiterzulaufen, bis zum Morningside Park, und auf die braunen, schmutzigen Dächer von Harlem herabzuschauen, die hier wie ein Meer kleiner, fleckiger Pilze aussehen, die unter einem weiten, viel zu viel Fruchtbarkeit spendenden Himmelsdach aus dem Boden sprießen.

„Ich hab's", sagt Joey, „es ist eine Datenbank."

Er hat eine Handvoll Namen und die dazugehörigen Adressen gefunden und, schön geordnet in einer Tabelle, ausgedruckt.

„Ist das alles, was die Diskette hergibt", frage ich ihn ziemlich enttäuscht.

„Sieht ganz danach aus, aber das hier ist doch schließlich mehr als nichts, oder?", tröstet er mich auf seine Art.

Es sind alles Leute, die in New York City leben, verstreut in der Stadt. Alles Männer. Vielleicht ihre neuen Liebhaber, denke ich zunächst, streiche den Gedanken aber sofort wieder, da sie mir zum Abschied versichert hat, sie habe für lange Zeit von Männern die Nase voll.

Ich verliere sofort das Interesse an ihnen.

Joey stachelt mich an, der Sache auf den Grund zu gehen, aber ich will nicht mehr.

„Außerdem habe ich noch eine Reportage zu Ende zu schreiben", druckse ich mich um das Abenteuer herum, das hinter den Namen womöglich steckt.

Meine Zurückhaltung ist aber von tieferer Natur. Da wirft mir das Schicksal wieder einmal eine Fata Morgana an den Kopf und rechnet damit, dass ich auf sie hereinfalle und nach ihr greife. Fünf Namen, die zunächst nur Luft sind, nicht wirklich, ein Vorschlag oder eine Versuchung, hinter denen jedoch lebendige Menschen stecken könnten, die ihre Lebensbahnen mit meiner kreuzen werden, sollte ich mich je auf sie einlassen, und die meine Ordnungen durcheinanderbringen könnten, wieder einmal.

„Du musst das positiv sehen", sagt Joey immer, wenn ich in meine Katerstimmung komme und ihm vorjammere, wie ich mich in meinem Leben habe hin und her werfen lassen, bis ich hier in New York gestrandet bin; noch vor zehn Jahren hätte ich nur gelacht beim Gedanken an einen Ortswechsel. „Du hast die Entscheidungen getroffen, das ist das Wichtigste, es kommt aus deinem Innern, auch wenn dir das nicht bewusst ist."

Recht hat er, mein Joey, mein großer, naiver Joey, mit seiner Lebensweisheit. Tiefer kann er eben nicht blicken. Natürlich habe ich meine Entscheidungen jedes Mal selbst getroffen, ich bin schließlich kein Flüchtling; aber heute, nach Jahren in Berlin, London, wieder Berlin, dann Hamburg, erneut London, und schließlich New York, fühle ich, dass all meine Entscheidungen auf einer großen, harten Fläche mit buntköpfigen Nadeln vorgesteckt sind, und ich laufe nur die kurzen Strecken zwischen ihnen ab, ohnmächtig, von Rot zu Gelb, zu Blau und Grün und Schwarz. Alles Zufälle, auf denen die Entscheidungen basieren, Zufälle jedoch, die mir vor die Beine gelegt wurden, damit ich sie betrete. Da kann mir einer erzählen, was er will. Ein Leben in der Familie, scheinbar behütet, dann die Trennung der Mutter vom Vater, sie geht nach London zurück, wo sie geboren wurde (weil sie es ohnehin nicht länger in *diesem Deutschland* ausgehalten hätte), er bleibt in Berlin, ich lebe ein Jahr hier, dann dort, komme zurück, der Zufall verschafft mir endlich eine Anstellung bei einer kleinen Hamburger Zeitung, wo ich es aber nicht lange aushalte, nervös und hektisch werde, am Ende so frustriert, dass ich heulend wieder bei meiner Mutter in London ankomme.

Der Entschluss, nach New York zu gehen, war vielleicht mein erster richtiger... Nein, eigentlich doch nicht. Ich bin vor meinem Leben in Europa geflohen, also doch ein Flüchtling: vor den Niederlagen und der Unstetigkeit. Und hier, in der Stadt der Städte, habe ich neue Bekanntschaften geschlossen, die mir durch ihre Leben, Beziehungen und Charaktere meine Entscheidungen vorweggenommen haben: Joey, der mich an die Hand genommen und in der ersten Zeit, schwatzend und lachend, durch den Großstadtdschungel geleitet hat; Ann, meine erste amerikanische Freundin, die dann ganz allein auf die Freiheitsstatue klettern musste; und endlich Celia. Celia die Sanfte. Celia die Zornige. Celia die Verlegene. Celia die Sexbesessene – ja, warum soll man es nicht aussprechen dürfen. Und Celia die Unzufriedene. Und unzufrieden ist sie hauptsächlich mit mir, wie sich herausgestellt hat, auch wenn mir Joey einreden will, sie sei eigentlich nur mit sich selbst noch nicht im reinen.

(Mir fällt an dieser Stelle wieder ein Brief von Marius ein, der mir in meinen Gedanken immer dazwischenredet: „Man glaubt es kaum, aber man hat in jeder Situation immer eine unendliche Anzahl von Entscheidungsmöglichkeiten. Es ist mit den Schritten, die man tut, wie mit den Bewegungen eines Schiffbrüchigen im weiten Ozean: Er könnte schwimmend jede Richtung einschlagen, könnte die dreihundertundsechzig Grad, die der wässrige Horizont um ihn herum einnimmt, in Zehntel, Hundertstel und Tausendstel zerteilen und die Auswahlmöglichkeiten wirklich ins Unendliche treiben, doch er wird sich selbst in der größten Schwäche, selbst im kräftelosesten Zustand, immer für die eine Richtung entscheiden, die ihm eine Ahnung oder eine Fata Morgana als die richtige vorgaukelt, und zehn Meter weiter wird er sie ändern, weil er zu seiner linken oder rechten Seite eine Erscheinung am fernen Himmel erblickt, die etwas zu bedeuten haben könnte; schließlich wird er umkehren, durstig und fast willenlos, und sich nach hinten treiben lassen, von wo er Stimmen zu hören glaubt, die ihn jedoch, wie alles, was er in seinem Leben unternommen hat, nur ins Verderben locken werden.")

Ich bedanke mich bei Joey, dass er mir so schnell zu Hilfe gekommen ist.

„Schickst du mich jetzt nach Hause? Hat der Mohr seine Schuldigkeit getan?"

Er scheint ernsthaft beleidigt, verschränkt die Arme und macht keine Anstalten, aufzustehen und zu gehen.

Ich muss mich entschuldigen, und da es spät geworden ist, lade ich ihn zum Essen ein, wir ziehen unsere Wintermäntel an, schnüren die Stiefel fest zu und begeben uns in unsere Stammpizzeria.

Draußen beginnt es zu stürmen. Wässrige Schneeflocken tropfen in unsere Hälse.

Spät in der Nacht klingelt das Telefon. Ich habe gerade das erste Glas Rotwein hinter mir und lasse mir die vierte Mahler-Sinfonie in doppelter Zimmerlautstärke um die Ohren fliegen. Ich brauche das wie eine Droge, um schreiben zu können. Auch das ist ein Tribut an die Stadt, in der ich wohne. Du konzentrierst dich nicht mehr. Du fällst von einer Überraschung in eine andere: Wenn du morgens aus dem Haus trittst, fällt dir ein paar Straßen weiter ein Wolkenkratzer auf, der gestern garantiert noch nicht dort gestanden hat; wenn du dann einen alten Freund triffst, der dir noch vor zwei Monaten etwas von seinem neuen Job als Redakteur einer kleinen Stadtzeitschrift vorgeschwärmt hat, erzählt er dir, dass er in den vergangenen zwei Jahren ein Abendstudium in so etwas wie Betriebswirtschaft absolviert hat und sich jetzt seinen Lebenstraum erfüllt und einen eigenen Laden für was-weiß-ich kauft und da drin alt werden will, und nebenbei Deutsch lernt, ohne genau zu wissen wofür.

Um mich konzentrieren zu können, brauche ich etwas von der Macht eines Hammers, der mir auf den Kopf fällt und mich aus der Gegenwart reißt: der Wein macht das Denken leicht, und der Lärm der Musik – immer etwas ohne modernen Rhythmus, etwas Fließendes ohne zuviel Gesang – zieht meine Aufmerksamkeit auf eine einzige Bahn, macht diese Bahn schlank und glatt, löscht ihre diffusen Ränder und überlässt mich dann nur der Fantasie und der gespeicherten Erfahrung. Die tun ihr Werk, bis die Arbeit fertig ist.

Es klingelt erneut. Widerwillig hebe ich ab.

„Richard?", fragt mich eine Stimme. Ich stelle die Musik ab, das mache ich immer, wenn *sie* anruft.

Es ist Patricia, Celias Mutter. Sie ist – neben meinen Eltern – die einzige, die mich Richard nennt. Außerdem erkenne ich sofort ihre Stimme, eine sich bei jedem Wort überschlagende, hysterische Stimme. Heute höre ich jedoch noch einen anderen Ton mit, etwas Beunruhigendes.

„Ja, ich bin's. Wie geht's?", sage ich und füge schnell hinzu: „Ist was mit Celia?"

Patricia beginnt zu weinen und kann nicht sprechen. Sie schluchzt in den Hörer, und mir bricht der Angstschweiß aus.

„Was ist los?", schreie ich sie an, um sie zum Reden zu bringen, das braucht sie manchmal, „ist Celia in Ordnung?"

Sie bemüht sich, ruhiger zu werden, aber sie kann noch nicht sprechen. Mir ist schlecht, kotzübel.

„Es hat ja nichts... nichts mit dir zu tun", bringt sie zwischen zwei Anfällen hervor. Warum zum Teufel sagt sie das so, als ob sie das Gegenteil meinte?

„Celia ist tot."

Celia ist tot, wiederholt ein Echo sofort in meinem Kopf, und ich verstehe erst nicht, oder kann keinen wirklichen Zusammenhang zwischen Celia und dem Wort tot herstellen, bis sie es in mein Schweigen hinein noch einmal sagt, nun ruhiger und leiser:

„Sie ist tot."

Ich bringe kein Wort heraus. Vor meinen Augen wird es so schwarz, wie es jetzt wohl in der Nacht draußen, weit draußen auf dem Meer, ist, nur in der Mitte, von ganz oben bis ganz unten, zieht sich ein dünner, weißer Strich durch das Dunkel, und ich versuche, mich daran festzuhalten. Mir wird jedoch immer schwindliger.

„Richard?"

Celia soll tot sein? Ihre kleinen, blassen, trotzigen Hände sollen nie wieder, zu Fäusten geballt, auf den Tisch pochen, wenn sie auf jemanden zornig wird – und sie wird oft zornig. Das fällt mir zuerst ein, als ob ich ihre Wutausbrüche nur als Akte der Zärtlichkeit interpretiert hätte. Vielleicht habe ich das sogar. Nie wieder soll sie, wenn sie verlegen wird, ihre Brille abnehmen und umständlich mit einem Blusenzipfel putzen können? Und sie ist oft verlegen geworden.

„Richard, bist du in Ordnung?"

Verdammt, sollte ich jetzt nicht ganz andere Dinge denken? Zum Beispiel, dass ich sie nie wieder an mich drücken und mein Kinn an ihren Hals legen kann, wenn ich jemanden zum Anlehnen brauche, weil mir alles da draußen auf den Straßen Manhattans und in den Redaktionsstuben der Zeitungen über den Kopf gewachsen ist; oder, überkommt es mich plötzlich, dass sie sich wegen mir umgebracht hat. Wie sollte *ich* damit leben können?

„Es war ein Unfall, hörst du!", ruft Patricia, da ich nichts sage, „ein Verkehrsunfall."

Ich beginne zu weinen.

„Richard, bist du okay? Wir sind alle ganz am Ende..."

„Ich rufe dich in einer halben Stunde zurück", unterbreche ich sie leise, damit sie mich nicht weinen hört, lege sofort auf, lasse mich auf das Sofa neben dem Telefon fallen und ergebe mich meinem Schluchzen.

Es ist das Weinen eines Kindes, das merke ich unter den Tränen und bei der ersten Bewegung meiner Schultern, die von innen, den Krämpfen der Seele, gesteuert wird, und die mich daran erinnert, wie ich vor langer Zeit geweint habe; oder sollte ich besser sagen: die mich daran erinnert, *dass* ich vor langer Zeit noch geweint habe.

Der erste Gedanke, den ich einigermaßen klar fassen kann, holt die seltsame Frau vom Nachmittag vor meine Augen zurück. Das kann alles kein Zufall sein. Die Frau, die sich so auffällig in meine Gegenwart drängt, die Diskette, die sie vor meiner Nase fallen lässt, und nun Celias Tod.

Ich bin kein Detektiv, aber ein Journalist, und ich spüre ebenso wie jener überall Zusammenhänge. Es kann unmöglich alles zufällig sein.

Eine halbe Stunde später erfahre ich von Patricia, dass Celia vor drei Tagen volltrunken vor ein Auto lief, nachdem sie eine Bar verlassen hatte. Ihr Körper flog einen halben Meter nach vorn, und sie schlug mit dem Kopf auf dem Asphalt auf. Der Fahrer des Wagens hielt sofort an, rief geistesgegenwärtig mit seinem Funktelefon den Rettungsdienst, sprang aus dem Wagen, um ihr zu Hilfe zu eilen, konnte aber, wie er sagte, nichts mehr für sie tun. Wahrscheinlich war sie sofort tot. Er ist ein Anwalt aus Philadelphia, der über die Weihnachtstage seine Schwester in Santa Ana besuchte. Schöne Weihnachten. Die Beerdigung findet Anfang Januar statt. Ich werde nach Kalifornien fliegen, um mich von Celia zu verabschieden. Diesmal für immer.

Am nächsten Morgen, nach einer schlaflosen Nacht voller trauriger und bitterer Erinnerungen, spüre ich Verärgerung in mir über die Passivität, mit der ich mich den ungewöhnlichen Ereignissen des vergangenen Tages hingegeben habe. Ich stecke die Seite mit den Adressen ein, die Joey für mich ausgedruckt hat.

Meistens frühstücke ich in einem kleinen Café auf dem Broadway, zwischen der 104. und 105. Straße. Es wird von den Mitgliedern einer großen vietnamesischen Familie betrieben, von denen nachts manchmal eines im Gastraum schläft. Sie sprechen – mit Ausnahme eines Sohnes und einer Tochter – fast kein Englisch, was zur Folge hat, dass ich jeden Tag, wenn ich an der Kasse mein Standardfrühstück bestelle, einen anderen Preis bezahle und das Bestellte auch nicht immer bekomme. An den Wänden hängen Gemälde, die sie abends mit lilafarbenen Leuchtstoffröhren bestrahlen. Die Ausstellungen werden von Malern aus der Gegend gestaltet, die hoffen, hier oben, zwanzig Straßen vor Harlem, einen Käufer zu finden oder wenigstens den reichen Besitzer einer Downtown-Galerie zu begeistern, der sich in diese Gegend kurz vor dem Columbia-Campus verirrt hat.

Ich schaue mir die Adressen genauer an, während ich appetitlos auf einem getoasteten Zimtbagel – einem runden und festen, mit Zimt bestreuten Stück Weißbrot mit einem Loch in der Mitte – herumkaue und mich an einem Plastikbecher voll heißem Kaffee festhalte:

Laurence Wilson, Michael Dawson, Jeff Baker, Marc Wilcox, Paul Greenwood. Die Namen sagen mir nichts, gar nichts. Sollte Celia mit ihnen etwas zu tun gehabt haben, dann nur ohne mein Wissen. Sie wohnen verstreut über die ganze Stadt. Ich müsste zunächst bei der Auskunft ihre Telefonnummern erfragen und sie dann anrufen.

Ich beschließe, mich erst noch mal mit Joey zu beraten, er ist pragmatischer als ich. Außerdem wird er einen kühlen Kopf behalten bei der Sache, weil er Celia noch nie leiden konnte, und mich so vor Dummheiten bewahren.

„Gut, alter Junge, dass du es dir überlegt hast", beginnt Joey, als er am Abend tatendurstig in mein Zimmer stürmt (die Nachricht von Celias Tod hat ihn für zwanzig Sekunden sprachlos werden lassen, als ich sie ihm am Telefon mitteilte, dann raspelte er etwas von *Beileid* herunter – und sofort war er wieder ganz der alte). „Machen wir einen Plan. Schalte du den Rechner ein, ich muss meine Nerven schonen."

Ich spüre an seiner gespielten Geschäftigkeit, wie verlegen er ist.

„Wir brauchen erst einmal keinen Computer dazu", versuche ich ihn zu besänftigen, „lass uns zunächst reden. Ich habe daran gedacht, zur Polizei zu gehen."

Er starrt mich entsetzt an, geht einige Schritte rückwärts und fällt auf mein Sofa. Er kennt meine Wohnung ziemlich genau, so dass mich sein Schauspiel nicht sonderlich beeindruckt.

Er ist eingeschnappt, zieht ein beleidigtes Gesicht und steht wieder auf. Dann beginnt er, durch mein Zimmer zu laufen und eine lange Rede zu halten, bei der er all seine Vorsätze von der notwendigen Abgewogenheit seiner Äußerungen mir gegenüber vergisst und aufs Ganze geht:

„Was willst du bei der Polizei, he? Was würdest du ihnen sagen? Etwa: Ich habe eine Diskette gefunden, auf der Sie die Namen der Mörder meiner Freundin, meiner, äh, Ex-Freundin finden können; die Diskette habe ich von einer anderen Frau erhalten, die genauso aussieht wie Celia, allerdings habe ich sie nur von hinten gesehen, wobei wahrscheinlich meine Phantasie mit mir durchgegangen ist; drittens hat sie mir die Diskette eigentlich gar nicht gegeben, nicht so im wörtlichen Sinne, ich habe sie nämlich gestohlen..."

Er verbessert sich, als ich ihm an den Hals springen will:

„...das heißt ich habe gesehen, wie sie die Diskette aus der Tasche verloren hat, und dann habe ich sie aufgehoben und zu Hause unter Verletzung aller Datenschutzgesetze gelesen; viertens ist Celia ungefähr zur selben Zeit in eine Bar gerannt, allerdings ein paar tausend Meilen von hier entfernt, und hat sich vollaufen lassen, um sich dann völlig unschuldig von einem wildgewordenen Anwalt, der wahrscheinlich dafür bezahlt wurde und aus Philadelphia, der Stadt der Verbrechen, stammt, töten zu lassen."

Er holt Luft und fügt hinzu: „Und du kannst kein Motiv dafür nennen und dir gleich ein Bett in der nächsten Klapsmühle bestellen, weil sie dich dann bestimmt nicht länger frei herumlaufen lassen. He, Dick, die werden dir kein Wort glauben, so sind die Cops nun mal, denen musst du die Fakten glasklar auf den Tisch legen, und selbst dann werden sie noch alles in Zweifel ziehen."

Ich klatsche langsam Beifall und sehe zu, wie er sich darüber ärgert. Dann hole ich eine Flasche sauren, aber billigen Cabernets aus der Küche, öffne sie und schenke uns ein. Wir setzen uns an den runden Tisch in der Mitte.

„Nehmen wir mal an, es ist alles wirklich kein Zufall, was gestern passiert ist", sage ich, laut denkend. „Welche Zeichen gibt es? Ich meine, was könnte darauf hinweisen?"

Joey atmet wieder tief ein und aus, als müsse er seinem Hirn erst genug Sauerstoff zuführen, bevor es sich äußern kann.

„Nichts", antwortet er. „Noch nichts. Wir müssen es herausfinden. Das einzige Zeichen ist die zeitliche Parallelität der beiden Ereignisse in New York und in Santa Ana, und die besagt rein gar nichts."

„Aber der Anwalt stammt aus Philadelphia, das ist nicht weit weg von hier."

„Und?", fragt Joey und verzieht spöttisch seinen Mund. „Warum soll sich ein Anwalt um seinen Job bringen durch die Ausführung von Mordaufträgen? Er verdient auch so genug."

Schon sind wir am Ende.

Fast. Joey hat noch einen Trumpf in der Tasche, der uns wieder Mut macht:

„Die Frau mit dem Spiegel ist zurückgekommen, nachdem du stehen geblieben bist, richtig? Sie hatte es also in der Tat auf dich abgesehen. Wir müssen die Frau finden, aber wir werden an sie nur über die fünf Adressen oder über den Anwalt herankommen. Mit wem wollen wir beginnen?"

„Zuerst den Täter", stoße ich hervor, wild entschlossen, ihn in die Enge zu treiben, und ich habe den Eindruck, als fletsche ich bereits die Zähne.

Ich verlange noch, dass wir sofort die Polizei informieren, falls wir auf eine heiße Spur stoßen. Ich habe keine Lust, mich irgendwie in Gefahr zu bringen.

Joey lacht, breit wie immer, und nickt: „Okay, okay, bist eben doch noch kein richtiger Amerikaner."

Ich stehe auf, nehme mein Glas Rotwein mit und gehe zum Fenster. In die Musikanlage unter ihm schiebe ich eine alte Miles-Davis-CD, die mir Celia vor sechs Jahren geschenkt hat und nach der wir in ihrem Zimmer leise und eng umschlungen stundenlang getanzt haben, immer und immer wieder von vorn, doch das *Blue in Green* und Davis' Trompete stimmen mich heute nur traurig.

„He, Alter, was ist los", sagt Joey leise hinter meinem Rücken, aber ich habe mich schon der Nacht da draußen zugewandt, damit er meine Tränen nicht sieht, blicke auf die Fensterreihen, eine nach der anderen, meine Augen steigen schwerfällig nach oben, und da ist nichts mehr von der Leichtigkeit, die mich sonst immer überkommt. Keine Flügel. Keine Celia mehr. Kein Himmel mehr so blau. Die Trompete stößt sich einsam vom Klavier ab, und beide gehen ihre dunklen Wege ohne Ziel, wissen nicht wohin, so wie ich, und drehen sich im Kreis, fast lautlos, schwerelos sowieso, und dann weiß ich es, woher mir das Weinen auf einmal kommt: vom Gefühl, ohne Celia plötzlich wieder heimatlos zu sein in dieser großen Stadt.

Ich wische die Tränen von meinen Wangen, als die Musik verstummt ist. Mit Joey kann ich über diese Dinge nicht reden, das weiß ich, das ist mir klar, das rede ich mir ein.

Dann plötzlich merke ich, dass er dicht hinter mir steht. Ich fühle seine Arme, die sich rechts und links meiner Hüften um meinen Körper winden, schließlich seinen Atem, als er leise sagt:

„Tut mir leid, Dick, alter Junge, dass das alles so passiert ist. Ich weiß, wie traurig du bist."

Er stockt, dann fährt er mit dünner, weinerlicher Stimme fort:

„Ich kann mit sowas nicht umgehen, Dick!"

„Ich auch nicht", antworte ich, und halte seine Hände fest.

PILOT:

He, Bayou, erzähl doch nochmal die Story von der Lady, die du neulich drangehabt hast, du weißt schon, was ich meine.

KILLER:

Ja, wir müssten mal zusammen wieder so'n Ding drehen. Na los, Bayou, erzähl schon!

BAYOU:

Wo ist denn dieser verdammte Chuck schon wieder?

ROCKY:

Lass ihn doch, Bayou, der muss neuerdings immer auf's Klo, wenn wir uns treffen, der geht bestimmt nicht verloren.

BAYOU:

Welche Story meint ihr denn? Die mit dem Auto, in der ich die Lady durch drei Straßen gejagt habe, oder die, wo sie sich vor mir ausziehen musste?

PILOT:

Was, ausziehen? Das hast du vor uns noch geheimgehalten, du Schuft. Na los jetzt!

KILLER:

Also ehrlich mal, Bayou, wir wollten uns doch immer alles sagen.

BAYOU:

Klappe, Killer, wann hast du denn das letzte Mal was Vernünftiges gesagt, he? Wieso muss ich hier immer den Helden spielen und ihr geilt euch daran auf?

KILLER:

Ich hab ja immer gesagt, wir sollen mal wieder was gemeinsam anstellen, wo jeder mitmachen muss.

BAYOU:

Hi, Pilot, wie geht's?

PILOT:

Hi, Bayou, gut, ich höre zu.

BAYOU:

Wie immer.

ROCKY:

Bayou?

BAYOU:

Ja, Rocky?

ROCKY:

Sind deine grusligen Geschichten denn nun wirklich nur ausgedacht, oder bist du so'n gewalttätiger Typ?

BAYOU:

Wie hättest du's denn gerne, mein Zuckermäulchen, stehst du auf gewalttätige Männer? Mit vielen Haaren auf den Armen? Mit 'nem Bizeps wie'n Gebirge auf jeder Seite? Und die dir mit stahlharten Händen das Hemd aufreißen? Und dir mit 'nem Messer eine dicke Narbe verpassen auf deiner muskelbepackten milchweißen Brust, von einer Warze zur anderen? Okay, tut mir leid, Rocky, ist nicht so gemeint. Ich nehme alles zurück. Okay? He, Rocky?

ROCKY:

Ja?

BAYOU:

Alles klar?

ROCKY:

Ja.

CHUCK:

Hi, Leute. Ich bin wieder da.

PILOT:

Zu spät, Chuck.

KILLER:

Warst wohl wieder auf'm Klo, was, Chuck?

CHUCK:

Nee, ich musste meiner Schwester noch eins überbraten.

KILLER:

Was? Warum?

CHUCK:

Sie tanzt mir neuerdings auf der Nase herum. Sie macht, was sie will, das dumme Luder. Ich hab ihr hundertmal gesagt, dass sie mich mittwochs in Ruhe lassen soll mit ihrem blöden Weibergewäsch, das sie die ganze Woche so von sich gibt, weil ich meine wichtigen Gesprächstermine mit euch habe und meine Ruhe brauche. Aber sie kann nicht anders. Sie redet und redet und redet, dass mir die Ohren glühen, und nicht ein vernünftiger Satz ist dabei. Dann rennt sie mir noch in mein Zimmer hinterher, so dass ich nichts machen kann, ohne dass sie dabei zuguckt. Zum Kotzen, das ganze.

BAYOU:

Ist ja wirklich ein hartes Leben, Chuck. Wieso wohnst du mit deiner Schwester zusammen, kannst du dir keine eigene Bude leisten, weit weg von der Familie?

CHUCK:

Sie ist nicht ganz richtig im Kopf, ich muss mich ab und zu um sie kümmern.

ROCKY:

Das ist nett von dir, Chuck.

CHUCK:

Nett? Wenn du wüsstest, Rocky! Wenn du das aushalten müsstest, du hättest sie trotz deiner sanften Art schon dreimal umgebracht.

ROCKY:

Was hast du mit ihr gemacht?

CHUCK:

Ich habe sie an den Haaren ins Badezimmer gezerrt, habe ihren Mund mit Heftpflaster verklebt und das Zimmer abgeschlossen. Das hat die paar Minuten gedauert, die ich zu spät gekommen bin.

KILLER:

Geil, Chuck, absolut geil.

ROCKY:

Aber Chuck, da kann sie ersticken, falls sie durch die Nase keine Luft bekommt.

CHUCK:

Soll sie ersticken – wenn die draufgeht, merkt das kein Schwein in der ganzen Welt. Dann hab ich meine Ruhe.

KILLER:

Du bist absolut cool, Chuck.

BAYOU:

Du bist ein absolut brutales Schwein, Chuck.

CHUCK:

Was soll das denn jetzt heißen, Bayou?

BAYOU:

Das soll heißen, dass du ein absolut brutales Schwein bist, Chuck, weil man so mit Ladys nicht umgeht, auch wenn sie nicht mehr alle Tassen im Schrank haben.

CHUCK:

Na, da bin ich aber gespannt, wie du mit Ladys umgehst. Bist uns sowieso noch 'ne Geschichte schuldig.

BAYOU:

Ich bin niemandem etwas schuldig, Chuck, weder dir noch Pilot oder sonst irgend einem Arsch auf dieser Welt. Klar?

CHUCK:

Klar, Bayou. Und jetzt erzähl endlich, lass dich nicht solange bitten. Wo hast du sie getroffen?

BAYOU:

Ich hab sie nicht getroffen, sie ist mir zugeflogen. Es klingelt an meiner Wohnungstür, sie steht davor, in einem beklagenswerten Zustand, dreckig vom Schmutz des Regens draußen, viel zu leicht und zu knapp bekleidet für diese Tage, und sie sagt – mit einem hübschen Gesichtchen unter der Dreckschicht – sie sei die neue Mieterin in der Wohnung unter mir, und es tropfe in ihrem Badezimmer von der Decke. Zuerst denke ich ja, sie spinnt, weil die bestimmt kein Badezimmer von innen gesehen hat in den letzten Wochen, dann kriege ich einen Schreck, dass ich so leichtsinnig die Tür geöffnet habe. Ich schaue an ihr vorbei nach rechts und links, aber sie ist wirklich allein. Ich bitte sie herein, damit sie sich davon überzeugen kann, dass in meinem Badezimmer alles in Ordnung ist, und dabei überlege ich, wie ich sie dazu bewegen kann, sich auszuziehen und zu duschen, möglichst hier bei mir, denn sie ist jung und nicht hässlich. Es ist irgendwie alles komisch, ich habe das Gefühl, dass etwas mit ihr nicht stimmt, und dann kommt mir die Idee: Ich nehme wie beiläufig einen Krug voll Milch, den ich für meine Katze immer griffbereit am Fenster stehen habe – bei diesen Temperaturen wird die wochenlang nicht schlecht. Die Kleine steht noch an der geschlossenen Eingangstür und traut sich nicht allein in mein Bad. Sie soll ruhig näherkommen, sich wie zu Hause fühlen und alles genau untersuchen, sage ich zu ihr, aber, bitteschön, ihre Schuhe müsse sie vorher schon ausziehen, denn ich stamme von einer alten deutschen Familie ab, in der es von jeher zu den sieben großen Todsünden gehörte, mit Straßenschuhen durch den Korridor zu latschen. Und als sie sich willig bückt, um ihre dreckverkrusteten schwarzen Schuhchen aufzuschnüren, täusche ich einen kleinen Unfall vor, stoße einen Schmerzensschrei aus und schütte ihr die Milch in den Nacken, so dass ihr die weiße Brühe in das Kleid läuft, den

Rücken entlang, und unten wieder heraustropft. Sie kreischt auf, und wie sie so mit ihrem Kopf nach oben schnellt, stößt sie ihn an den Krug, der mir aus der Hand und auf den Boden fällt. Binnen weniger Sekunden sieht es in meiner Wohnung wie auf einem Schlachtfeld aus, die Lady rutscht zu guter Letzt noch aus in der Milch und fällt mir in die Arme, das heißt, sie fasst mich fest an den Schultern, und ich halte ihre Taille umschlungen, und ich kann euch sagen, das war vielleicht ein Gefühl! Sie liegt so ganz an mir dran, mit ihren kleinen Brüstchen an meinem Bauch, ihr Kopf an meinem Hals, in dem mir plötzlich das Blut pocht, und beginnt zu weinen, so dass ich – gentlemanlike – nur noch sagen kann: Lady, Sie können hier getrost mein Bad benutzen und den ganzen Schlamassel mit Ihrer Kleidung und so in Ordnung bringen, bevor Sie sich wieder zu ihrer Familie gesellen, eine Etage tiefer, fühlen Sie sich wie zu Hause, ich mache mich unsichtbar. Dann kommt mein Geniestreich, ein Gedanke, zu dem einer vielleicht nur einmal im Leben in der Lage ist: Sie steigt bekleidet in die Wanne, um sich hinter dem Folienvorhang auszuziehen, sie schiebt mir die Wäsche durch den Vorhang, ich verspreche, sie sofort in die Waschmaschine zu stecken, die auch trocknen kann, und beim rausgehen nehme ich wie in Gedanken alle Handtücher mit. Dann gehe ich ins Wohnzimmer und schalte das Radio ein mit lauter Musik, laut, versteht ihr, wirklich so laut, dass ich mich selbst nicht rülpsen hören würde. Na, was sagt ihr d a z u, ihr Spanner, he?

PILOT:
Genial, Bayou. Wirklich genial.

CHUCK:
Du bist echt ein geiler Hund, Bayou. Und wie geht's weiter?

BAYOU:
Wie soll's schon weitergehen! Ich hatte doch alles geplant. Sie schreit eine halbe Stunde lang um Hilfe, aber ich kann nichts hören. Dann sucht sie nach einem Stück Stoff, den sie sich um den Körper wickeln kann, aber sie findet keins, weil ich wirklich alles mitgenommen habe, alles. Und den Folienvorhang abzureißen – das traut sie sich doch nicht. Also überwindet sie sich endlich, weil sie ja außerdem inzwischen friert, und steckt ihren Kopf in mein Wohnzimmer. Sobald ich sie sehe, fällt es mir ein, was ich angerichtet habe, ich schlage mir mit der flachen Hand an die Stirn und springe auf; dann renne ich an ihr vorbei in mein Schlafzimmer – so schnell kann sie gar nicht wieder im Bad verschwinden – und bringe ihr ein Hand-

tuch. *Sie kauert verschüchtert in einer Ecke des Korridors und hält ihre Arme verschränkt vor der Brust. Als sie das Tuch nimmt, muss sie einen Arm vom Körper nehmen, und ich halte meine Hand einen Augenblick zu spät vor die Augen. Dann gehe ich in die Küche und koche uns einen Tee. Der Rest ist uninteressant.*

KILLER:

Toll, Bayou.

PILOT:

Also wirklich, Bayou, wie du das immer erzählst.

CHUCK:

Warum hast du sie nicht...

BAYOU:

Schnauze, Chuck! Du bist und bleibst eben ein ordinäres Arschloch.

KILLER:

Also, Leute, wir müssen unbedingt mal wieder was gemeinsam machen, so was wie Bayou, aber noch schärfer, wo wir alle was davon haben, was denkt ihr?

BAYOU:

Nächstes Mal, Killer. Ich gehe ins Bett. Gute Nacht, Rocky, du warst ja heute so still, hat es dir nicht gefallen?

ROCKY:

Gute Nacht, Bayou. Doch, schon.

CHUCK:

Gute Nacht allerseits.

Eigentlich hat er absagen und „mit der ganzen schrecklichen Angelegenheit nichts, aber auch gar nichts mehr zu tun haben" wollen. Es sei ihm nie so schlecht gegangen in seinem Leben, wie in den letzten Wochen, der Schock, die Alpträume, die nervenden Befragungen, die hundert Formulare, all das – obwohl er es ja aus seinem Beruf kenne, wenn auch von der anderen Seite her – sei ihm mächtig in die Glieder gefahren, und er brauche jetzt „nichts weiter als Ruhe, Ruhe, Ruhe", sonst könne er seinen Job sofort an den Nagel hängen.

Seine Augen sind ganz klein und unstet, wie ängstlich, und ich verstehe nicht, warum er mir das alles erzählt und dennoch hier sitzt. Auf seinem Kopf trägt er eine künstliche Welle aus gefärbtem schwarzen Haar, die sich selbst bei starkem Sturm nicht aus der Fassung bringen ließe. Die Stirn glänzt von glättendem, färbendem Öl, doch darunter kann ich die schuppige Schicht einer zu trockenen, weißen Haut erkennen, die ihm offensichtlich sehr zu schaffen macht. Seine Nase ist klein und fest, ohne Charakter. Die weichen, dicken Wangen hängen zu weit oben, so dass Kinn und Mund sehr schmal und verlassen wirken. Wenn er spricht, bewegt sich das schlaffe Fleisch überall in seinem Gesicht, als würde es durch die Worte hin und her geschüttelt.

„Ich weiß nicht genau, was Sie von mir wollen", sagt er mit einer tiefen und ruhigen (man möchte sagen: einlullenden) Stimme. Ich bestelle eines der dünnen amerikanischen Biere, als ich den fragenden Blick einer jungen, kleinen Kellnerin mit blassblauen Augen neben mir bemerke. Er nickt ihr zu.

„Das gleiche?", fragt sie.

Er nickt wieder und sie verschwindet.

Wir sitzen in einer schmutzigen Kneipe auf der achten Avenue, zwischen neununddreißigster und vierzigster Straße, dort, wo Midtown am hässlichsten ist. Er wollte es so, er besitzt hier in der Gegend eine zweite Wohnung, da er oft in New York zu tun hat.

Ich frage mich, wie man sich einem solchen Menschen anvertrauen kann. Bisher hatte ich nie etwas mit Anwälten zu tun, aber aus den Filmen und den Zeitungen weiß ich, wie sie auszusehen haben, wenn sie in dieser Gesellschaft erfolgreich sein wollen. Während er weiter jammert über die bittere Erfahrung mit Celia, die, wie er nicht müde wird zu betonen, ihm das Autofahren für unbestimmte Zeit vergällt habe, schaffe ich es, Joey, der an einem Tisch im Rücken des Anwalts sitzt, einen unauffälligen Blick zuzuwerfen und dabei das vereinbarte

Zeichen zu geben, dass ich meinen Gesprächspartner für verdächtig halte: ich fahre mit der Zunge über meine Oberlippe, wie in Vorfreude auf einen Genuss.

„Da kommt das Bier", bemerke ich und blicke wieder zu dem Anwalt, der schweigend vor mir sitzt und mich mit seinen kleinen Schweinsaugen beobachtet. Solche Typen sind clever und gefährlich, sage ich mir plötzlich, sie sind glatt wie ein Aal und rutschen überall durch, sie kennen die Gesetze, sie kennen die Verbrechen, und sie kennen die Wege, auf denen die Geschworenen zu beeinflussen sind. Sowas weiß man aus den Filmen. Ich muss sehr vorsichtig sein und nicht zu schnell alle Karten auf den Tisch legen, wenn wir ihn packen wollen.

Draußen, vor dem Fenster des dunklen Cafés, in dem wir sitzen, und das nur aus zwei Reihen geschmacklos hellbrauner Tischchen und grauen Plastikbänken davor besteht, geht langsam ein alter Mann vorbei, er kann kaum laufen vor Schwäche, wird von den ungeduldigen Passanten hin und her geschoben, sieht aus wie hundert, ist faltig, haarlos, zahnlos sowieso, zerlumpt, als hätte er sein einziges Hemd das ganze Leben über tragen müssen, die dürren Hände hat er wie automatisch nach rechts und links geöffnet, damit die Cents der Mitleidigen ihren Platz finden und sich später verwandeln können in die ersehnte, oft flüssige Mahlzeit, die dann durch die lecken Rohre seines schmalen Körpers ins Zentrum fließt, ins Herz, das ihn mit seiner Stetigkeit noch eine ganze Weile quälen wird; seine Haut ist schwarz, als wäre sie am Ende aller Farben, ledern, als hätten Tausende auf sie eingedroschen, um noch etwas aus ihm herauszuholen, seine Augen und sein Wimmern sind die eines Kindes, die Gewohnheit bewegt die morschen Knochen seiner Beine, mechanisch, langsam, ruckartig, immer im Kreis, die Straße hinauf und herunter: Wenn man dort angekommen ist, wo sich der Tod mit dem Leben verbündet hat und der Zerfall der Fassaden mit dem Sterben der Alten, wo die Häuser lediglich durch himmelhohe Reklameschilder und durch die starren Blicke erkalteter Männer hinter die Vorhänge der Sex-Shops zusammengehalten werden und der Tag grau und furchtbar und die Nacht schwarz und hoffnungsvoll scheint, dann lebt es sich angstfrei und ohne Leidenschaft, ereignislos – und eben mechanisch. Natürlich gibt ihm hier keiner was. Ich möchte fast aufstehen und seine Hände berühren wie etwas Heiliges. Wer hierher kommt, denke ich plötzlich, der führt nichts Gutes im Schilde, oder er hat sich verirrt, macht sich bald wieder aus dem Staub, falls er es dann noch schafft, oder er verdient daran, dass es den meisten hier so schlecht wie nirgendwo sonst im weißen Westen Manhattans geht – schlecht nicht unbedingt im materiellen Sinne, sondern vor allem seelisch. (Marius schrieb irgendwo: „Unsere Leben sind wie große Papiersäcke. Solange wir Kinder sind, nehmen sie alles auf, sind leicht und kaum wählerisch, ja manipulierbar; erst später, mit zunehmendem Gewicht, machen uns Schmerzen hier und da klar, was nicht zu uns passt und was wir dennoch nicht wieder abgeben können, weil dicke Schichten von Nützlichem darüber liegen. Irgendwann binden wir, Ängstliche und Leichtsinnige, sie zu, weil wir glauben, fertig zu sein, und das An-schwellen der faulenden, fremden Ideen unter all dem andern, das wir tagtäglich gebraucht und abgenutzt haben, bringt sie zum bersten. Das ist dann, kurz vor dem Ende, ein recht hässlicher Anblick.")

Ich finde es seltsam, dass der Anwalt eine Wohnung ausgerechnet in dieser Gegend unterhält.

Als ich zurück in seine Augen blicke, erschrickt er so sehr darüber, dass er fast sein Bier verschüttet.

„Woher kennen Sie Celia?", frage ich unvermittelt.

Er starrt mich an und antwortet nicht. Trinkt einen langen Schluck aus seinem Glas, und immer noch einen, setzt nicht ab, und ich schaue Joey, der hinter dem Rücken des Anwalts verzweifelt versucht, jedes von meinen Lippen geformte Wort zu entziffern, wieder bedeutungs-voll an.

„Sie ist vor mein Auto gelaufen, das habe ich Ihnen doch gerade erzählt; vorher habe ich sie nie gesehen", sagt er schließlich, und es klingt überzeugend. Dabei wirft er mir eine Bierwolke ins Gesicht.

Was weiß er, was weiß er nicht?, schießt es mir immer wieder durch den Kopf. Er spürt meine Aggressivität und hält sich zurück, um mich zu beruhigen und von seiner Unschuld zu überzeugen. Wird er es schaffen? Wenn Joey nicht in der Nähe wäre, vielleicht.

„Warum sind Sie hierher gekommen?", frage ich ihn, und er lacht.

„Ich wusste, dass Sie das wissen wollen."

Er setzt sein Bierglas an, schlürft den Rest zwischen seine schmalen Lippen und dreht den Kopf zu der kleinen Kellnerin, die gerade mit einem vollen Tablett vorbeiläuft; sie nickt ihm zu, als würde sie ihn verstehen.

„Vielleicht hatte ich Mitleid mit Ihnen?" Er lacht schon wieder und ich habe Lust, ihm in seine verdrehte Visage zu schlagen. „Sie haben mir am Telefon erzählt, wieviel... wie hieß sie doch gleich, Celia? Seltsamer Name!... also Sie haben mir schließlich erzählt, wieviel Celia Ihnen bedeutet, und da ich ein großes Herz habe..." Und so weiter, ich kann schon gar nicht mehr zuhören. Dann unterbricht er sich und starrt mich an:

„Wem geben Sie die ganze Zeit über Zeichen?"

Ich fühle, wie mir das Blut ins Gesicht schießt, und Joey macht ein kummervolles Gesicht, als er mich erröten sieht, und setzt dazu mit seiner langen rechten Hand einen bedeutungsvollen symbolischen Schlag quer in die Luft wie ein japanischer Karatekämpfer; ich beginne augenblicklich zu lachen, laut und ungehemmt, durch diesen düsteren Raum, und ziehe die Aufmerksamkeit der armseligen Trinker ringsherum auf mich. Da ich nicht sofort antworte, dreht sich der Anwalt um, und Joey duckt sich, zieht seinen Schädel zwischen die Schulterblätter, dass ich es bis hierher knacken höre.

Der Mann ist gefährlich, ich habe es von Anfang an gewusst. Sein dummes Gesicht lenkt seine Gegner leicht davon ab.

„Was ist?", sagt er, da ich mich nicht entschließen kann, etwas zu erwidern, „wollen wir ein paar Schritte laufen? Draußen auf der Straße? Wir können Ihren Freund da mitnehmen."

Mir schlottern die Knie beim Aufstehen. Die Kellnerin kommt auf ihren kurzen Beinen zu uns gerannt, mit einem Glas Bier für den Anwalt in der Hand, doch er verlangt die Rechnung. Joey blickt mich verlegen und verständnislos an. Ich lege ein paar Münzen auf den Tisch für die Kleine und begebe mich zur Kasse.

Draußen laufen Joey und ich bedrückt neben dem Anwalt her, wie ertappte Strolche. Der Kerl hat ein verstecktes Lächeln auf seiner Fresse und fühlt sich obenauf. Wir laufen die Avenue hinunter, stadtabwärts, an den seltsamsten Figuren vorbei, durch feuchten, kalten, schmutzigen Staub.

Dabei hat alles so verheißungsvoll angefangen. Als mir Patricia, nach langem Zögern, den Namen und die Telefonnummer des Anwalts gab, blieb mir fast das Herz stehen; er war einer der fünf Männer, die auf der Liste der Unbekannten verzeichnet waren: Laurence Wilson. Die Überraschung Nummer Eins in diesem traurigen Abenteuer.

„Mr. Wilson", beginne ich, um das peinliche, ja fast unerträgliche Schweigen zu beenden, „kennen Sie einen gewissen…"

Joey schlägt mir etwas zu heftig in die Seite, so dass ich vor Schmerz aufschreie. Er macht einige Grimassen in meine Richtung, die mir sagen sollen, dass wir nicht alles Pulver schon am Anfang verschießen sollten, und dass der Anwalt seine Kumpane sofort warnen würde, wenn er erst mal wüsste, dass wir ihnen allen auf den Fersen sind. Ich halte mir mit einer Hand meine wie Feuer brennende linke Hüfte und gebe noch ein paar stöhnende Laute von mir. Dann blicke ich zu Joey und schüttele mit schmerzverzogenem Gesicht den Kopf über soviel Brutalität.

Er ist jetzt ganz blass geworden und bewegt lautlos seine Lippen, und es sieht aus wie eine Entschuldigung.

Der Anwalt amüsiert sich immer mehr über uns.

„Einen gewissen…? Wen soll ich kennen?"

Joey ist mir inzwischen ganz egal. Nicht dass ich wütend auf ihn bin, ich verstehe ihn ja, aber erstens kann ich nun nicht mehr zurück, und zweitens sind wir in der vergangenen Stunde keinen Schritt weiter gekommen. Wilson hält uns fest zwischen seinen weichen Händen, von Anfang an, und hat auch nicht die Absicht, uns die Richtung des Gesprächsverlaufs bestimmen zu lassen. Ich würde jedoch schon ganz gern sein dummes Gesicht sehen, wenn er merkt, dass wir mehr wissen, als er vermutet.

Also drehe ich mich noch einmal zu Joey um, zucke jetzt meinerseits entschuldigend mit den Schultern, ziehe schnell den Zettel mit den Namen aus der Tasche und reiche ihn Wilson.

„Ihr Name steht ganz oben auf der Liste, und wir würden gern wissen, wer die anderen sind, und was Sie miteinander verbindet."

Jetzt kann ich gar nicht so schnell nach rechts und links gucken, um die beiden entsetzten Physiognomien zu genießen: Joeys breiter Mund hat sich das erste Mal im Leben umgedreht, das heißt seine Mundwinkel hängen nach unten, was ein unglaublich komischer Anblick ist, nicht nur weil er bei dieser Bewegung seine Ohren ein Stück mit hinunter gezogen hat, sondern weil jetzt alles abzurutschen scheint auf dieser großen, umgestürzten Schüssel, die Nase, die Augen, die Ohren, die Stirn, alles ist plötzlich gefährdet und hängt hilflos wie an einem zu dünnen Faden über einer spiegelglatten Eisfläche; Wilson dagegen macht ein noch dümmeres Gesicht als vorher, ich sehe, wie ihm der Schreck in die Glieder gefahren ist, wie er die Namen immer wieder buchstabiert, einen nach dem anderen, von oben nach unten und von unten nach oben, es arbeitet hinter seinen Stirnfalten, und er fühlt sich sichtlich unwohl. Ich muss schon wieder lachen, und ich tue es auch, laut und bitter, so dass mich meine beiden Begleiter und die Passanten anstarren, die einen verständnislos, die anderen amüsiert.

Er lässt seine Hand sinken, mit dem Zettel darin.

„Ich kenne die anderen nicht, nie gehört die Namen", lügt er.

Nach einer kurzen Pause fügt er hinzu: „Ich wüsste natürlich sehr gern, woher Sie diese Namensliste haben und wer sie zusammengestellt hat und warum."

„Sie halten mich wohl für blöd", erwidere ich trocken.

Wir sind immer weitergelaufen, ohne zu merken, wie weit, biegen irgendwo in eine Seitenstraße ein und gehen jetzt ostwärts. Die Häuser haben hier freundlichere Fassaden, der kalte, schmutzige Dreck, der uns drüben begleitet hat, ist wie verwandelt, hat sich als Schnee entpuppt, in einigen Fenstern brennen künstliche Kerzen, kleine Lämpchen leuchten uns auch aus den wenigen nackten Bäumen heraus an, die den Straßenrand säumen, und wir erinnern uns, dass vor ein paar Tagen Weihnachten war.

Ich nehme ihm den Zettel wieder aus der Hand und stecke ihn in die Hosentasche.

„Wissen Sie, dass Celia eine Tochter hatte?", frage ich Wilson. Joey senkt wie schuldbewusst den Kopf; das tut er immer, wenn die Rede darauf kommt.

„So", sagt der Anwalt nur, „eine Tochter."

Natürlich weiß er es, das fühle ich.

Er aber bleibt hartnäckig: „Ich weiß nichts von Ihrer Celia, ich habe Ihnen schon zehnmal gesagt, dass ich sie noch nie in meinem Leben gesehen habe."

Und er fügt hinzu, lauter, als ob ihm das ganze Gespräch allmählich auf die Nerven ginge: „Es tut mir ja wirklich leid, dass dieser Unfall passiert ist! Es war ihre Schuld, Sie dürfen sich da nichts einreden! Ich verstehe wirklich nicht, was das soll, dieses Aushorchen, diese Verdächtigungen…" Er verzieht den Mund und wiederholt meine Fragen in einem spöttischen Ton: „…Ihr Name steht ganz oben auf der Liste und ich will wissen, wer die anderen sind… Wissen Sie, dass Celia eine Tochter hatte? Hören Sie auf, Sie verrennen sich, junger Mann!"

Junger Mann! Ich bin fünfunddreißig!

Ich blicke Joey triumphierend von der Seite an: Wilson wird nervös und muss sich schon hinter seiner Arroganz verstecken, sage ich ihm mit den Augen, und er versteht es.

„Sie ist auch tot", kommt es plötzlich aus Joey, und ich hätte es nie für möglich gehalten, dass er zu diesem Satz in der Lage ist. „Sie hat sich wahrscheinlich umgebracht. Als sie acht war."

Wir bleiben stehen, da uns der Anwalt entgeistert anschaut, mit aufgerissenen Augen, soweit das bei ihm möglich ist. Zehn Sekunden lang bleibt er sprachlos, ohne sich zu rühren, hält den Mund ein wenig offen, seine Wangen sind starr vor Kälte, er atmet etwas schneller, dann donnert er los:

„Ja ist denn das die Möglichkeit!"

Er muss sich irgendwo festhalten und kann nur einen dürren, schwarzen Baumstamm am Straßenrand finden.

„Da kommen zwei Gauner dahergelaufen und denken, sie können mich mit ein paar Gruselgeschichten fix und fertig machen! Wozu eigentlich? Was soll das ganze? Ich kann es immer noch nicht richtig verstehen. Aber was ich verstehe, ist folgendes: Es war einer der größten Fehler meines Lebens, Ihrer Bitte zu diesem Gespräch zu folgen. Ach was, Gespräch!..."

Er lacht höhnisch auf: „...zu diesem Verhör!"

Seine Hässlichkeit hat durch den Frost zugenommen, seine weichen Wangen sind geschwollen und blau angelaufen, seine Nase ist nur noch ein kleiner, roter Fleck, und der Zorn besorgt den Rest: die Augen sind fast geschlossen und die Lippen zwischen den Zähnen verschwunden. Es ist grotesk.

Er keucht und starrt uns jetzt mit dem Ausdruck der größten Verachtung, zu dem er fähig ist, an. Dann fügt er leiser hinzu:

„Und ich bitte Sie, mich jetzt und in aller Zukunft in Frieden zu lassen. Ich habe mit der ganzen Sache nichts zu tun."

Dann dreht er sich um und geht langsam den Weg zurück, den wir gekommen sind, zur Westseite Manhattans, zur achten Avenue.

Diese Szene eines abrupten wortlosen Abschieds erscheint mir wie eine Wiederholung. Ich habe das schon einmal erlebt, vor ein paar Jahren, als ich Celia vier Wochen lang kannte. Es war im Sommer, mein erster Sommer in New York, und ich dachte, ich würde die Hitze nicht überleben. Celia lachte mich aus: „Ach, ihr weichen Deutschen!

Ihr seid so verwöhnt: sechs Wochen Urlaub, eine Menge Geld auf der Bank, die Arbeit macht euch nicht kaputt, wie sie es mit vielen Menschen hier tut, ihr habt Zeit, die Welt mit euren dicken Fotoapparaten heimzusuchen und euch vierzig Jahre lang auf die ruhige Rente vorzubereiten – und dann noch das Klima! Alles schön in der Mitte, keine Extreme, nicht zu stark pendeln, nach rechts oder nach links, vielleicht nach oben, aber um Himmels Willen nie nach unten, alles muss gemäßigt sein!"

Ich glaube, das war der Grund, warum ich ihr damals von meinem Leben in Ostdeutschland erzählte und dadurch in ihr ein paar Tage lang etwas mehr Interesse für mich erweckte.

Es war wirklich heiß wie in einem Backofen, die Leute hinterließen feuchte Spuren auf dem staubigen Asphalt, Tropfen vom Schweiß oder aus den Wasserflaschen, die sie mit sich herumtrugen. Und es war Feiertag, ich war neugierig auf das, was mit der Stadt passieren sollte, auf die geschlossenen Geschäfte, auf die Zeitungen, auf den Abend. Noch blieb New York ein Mythos für mich, auch wenn ich in den ersten Wochen wie ein Betrunkener durch die Straßen gerannt war, stadtauf und stadtab, durch den Reichtum und das Elend, an den hoffnungsvollen Farben in den menschlichen Gesichtern vorbei, bis zu den Sehnsüchten, die mir jeder einzelne Gesprächspartner, stolz und übertrieben, entgegenblies. Schon hatte ich das Knirschen der Walzen vernommen, in denen diese Wünsche zermalmt werden, hatte ein wenig vom Funktionieren dieser Stadt verstanden, in der mit so geballter Kraft wie nirgends sonst aus Hoffnungen viel Geld und viel Ruhm gemacht werden soll.

Das gigantische Feuerwerk in der Nacht des 4. Juli, mit dem die Stadt die amerikanische Unabhängigkeit beging, ergoss sich über die Insel und brach – wie auch in jedem Jahr danach, das ich hier erlebte – die Höhenrekorde der Wolkenkratzer von Midtown und vom Südzipfel Manhattans. In tiefer Verzweiflung, immer und immer wieder, versuchten heiße Funkenwolken, auf ihrer Bahn vom Himmel herab ein paar Farbtupfer in die Straßenschluchten zu senken, doch ehe sie auch nur in die Nähe der Oberfläche gelangten, noch bevor sie ein halbwegs glaubhaftes Schattenspiel unter den abwartenden Dächern hervorrufen konnten, wurden sie ausgeblasen – vom Atem der zehn Millionen kleiner Katastrophen da unten. Es liegt ein dickes, unsichtbares Polster aus Angst und Widerstand über der Insel, das sie unantastbar macht.

Die Einwohner der reichen und armen Viertel, die Einwanderer der ersten Generation und die der zehnten, deren Vorväter die amerikanische Unabhängigkeit zum ersten Mal begehen konnten, die Bettler von Uptown, die Bohémiens im Südosten, die Angestellten in den Bürosilos der Downtown-Türme und die faltigen Saxophonspieler in den U-Bahn-Schächten, sie alle waren dieses bunte Feuerwerk, sie alle glühten an diesem Tag vor lauter Hoffnung auf eine große Flamme, von ihnen entfacht; ein paar Tage und Nächte lang leuchteten sie so, warfen sich bis unter die Wolken – und fielen wieder zurück, ohne ihr Ziel erreicht zu haben. Sie verrecken also auch hier, dachte ich, wie alle Tiere dieser Welt, wie der kurzlebigste Glühwurm.

„Durften die bei euch denn eine englische Mutter haben?", fragte Celia verwundert, räkelte sich dabei gähnend auf einer blauen Decke, die wir am Nachmittag im Central Park am Rand einer Wiese im Schatten ausgebreitet hatten.

„Was meinst du mit ‚die'?"

Sie schaute mich an und blinzelte. Ihre blonden Stoppelhaare waren nass.

„Na, du zum Beispiel."

„Ich hab mir meine Eltern nicht ausgesucht. Meine Mutter ist in den Fünfzigern nach Berlin gekommen, hat an der Ostberliner Universität Englisch unterrichtet, und ist dann dageblieben. Das gab es schon. Auch welche aus anderen kapitalistischen Ländern."

Sie lachte bei dem Wort „kapitalistisch", und ich lachte mit. Dann warf sie sich auf mich und bedeckte mein Gesicht mit Küssen: „Du bist einzigartig!"

Erst drei heiße Wochen später setzten wir die Diskussion fort, nachdem wir unsere erste große Auseinandersetzung beigelegt hatten. Ich erzählte ihr vom Alltag in der DDR, von Ostberlin, wo ich geboren wurde, von der sächsischen Kleinstadt, in der meine Großmutter wohnte, von meinem Journalistik-Studium in Leipzig („Karl-Marx-Universität? Da durften doch bestimmt nur die Besten hin, oder?"), von meiner Arbeitssuche, von den Wendetagen, von den offenen Grenzen, der großen Hoffnung und der ersten Hilflosigkeit danach. Der Streit war ausgebrochen, weil Celia, die Hemmungslose, heimlich Marius' Tagebuch gelesen und auf einer der blöden Partys bei ihren Freundinnen zu meinem Entsetzen eine lange Passage daraus vorgetragen hatte. Ein Text wie ein Lied voller Neid auf den westlichen Intellektuellen und gleichzeitig ein kurzer Seufzer auf das Leben in der DDR, mehr ein Stück Literatur als eine Erinnerung, oder beides. („Wer zum Teufel ist Marius!?" - „Wieso nimmst du dir einfach ein fremdes Tagebuch und liest es!?" - „Hast du das übersetzt? Warum gibt er dir das, willst du es veröffentlichen?" - „Das geht dich nichts an!" - „Wer ist dieser Marius? Woher kennst du ihn? Bring ihn doch mal mit!" - „Du bist unmöglich! Ich bin wirklich enttäuscht von dir, man kann nicht ein fremdes Tagebuch lesen, das ist wie ein Verrat!" - „Also das halte ich nicht aus! Verrat? Woran denn? Es ist doch nicht deins! Ach, geh doch zum Teufel!" etc.)

Wir stritten uns während eines Spazierganges auf der Straße, und bei dem Wort „Teufel" drehte sie sich einfach um und ging weg. So wie es Jahre später der Anwalt tat.

(Celia, aus Marius' Tagebuch vorlesend:

„Ein Anfall:

Ich bin wütend auf die Engstirnigkeit, in die mich mein verlorenes Land getrieben hatte, und die aus der Vielfalt der quirligen Welt mit all ihren großen und kleinen Qualen und Siegen und mit allen glücklichen und hässlichen Schöpfungen die Theorie von der einen *Linie* gemacht hatte, die vom Leben auch noch verbogen und immer wieder kleingehämmert wurde wie ein blendendes Stück Unmöglichkeit;

ich bin wütend, weil ich weiß, dass ich vom anderen Leben ausgeschlossen war, und dass ich mich nicht ausgeschlossen fühlte, sondern tätig und an der einzig möglichen Zukunft mitbastelnd;

ich bin wütend, weil ich das Allwissen jetzt gebrauchen könnte, das rechts und links der *Linie* hinter Mauern verborgen blieb, und weil ich weiß, dass mein Fanatismus mir dieses Allwissen ermöglicht hätte;

weil ich nicht denken gelernt habe, sondern nur lernen brauchte, was die unteilbare, fertige Wahrheit zu sein schien;

weil Du vor meinen Augen mit den Namen von fünfzig Malern der Moderne jonglieren konntest, von denen ich zwei oder drei schon einmal gehört habe, aber selbst die nur aus der Ferne, weil ihre Bilder unerreichbar in London, Paris oder New York hingen;

weil Du das Driften der Menschheit mit den Theorien und Modellen von fünfzig Philosophen vergleichen konntest, von denen ich nur weiß, dass sich mit ihnen Marx oder Lenin oder irgendein ostdeutscher oder sowjetischer marxistisch-leninistischer Philosoph oder Bürokrat kritisch-distanziert auseinandergesetzt hat;

weil Du wusstest, dass die Entwicklung der großen Musik nach dem zweiten Weltkrieg weitergegangen ist und nicht bei Schostakowitsch aufgehört hat, sondern weil Deine Muskeln und Deine Nerven gelernt hatten, auch bei John Adams' *Harmonielehre* zu vibrieren;

weil Du schließlich von den Weltwundern und den großen Architekturen schwärmen konntest, weil Du sie – von Indien über Ägypten bis Italien – gesehen hattest und kanntest.

Du hattest alles kennengelernt, Du hast dreißig Jahre Vorsprung – und vielleicht nicht die Geduld zu warten, bis ich einiges Wesentliche aufgeholt habe, um gleichberechtigt mit Dir leben zu können.

Ich aber hatte mein *Experiment*, das kleine, das sich selbst das größte nannte und dank der vielen Stillehalter, denen es gut ging in *sozialer Geborgenheit*, über Jahrzehnte vegetieren konnte. Ich hatte die Möglichkeit zu erfahren, wie Leute auch in größerer Anzahl und über einen längeren Zeitraum hinweg zu Menschen werden können, wie sie solidarisch mit den Nachbarn werden können, wie sie sich selbst aufgeben können für das Glück der Mehrheit der Menschen auf dieser Welt – und wie das alles nur Theorie und Bestreben und Ziel und Strategie und großer Traum und Ideal und *historische Mission* bleiben und schließlich zertrümmert werden sollte. Und ich muss jetzt erleben, wie das Ideal in vielen Menschen und in mir weiterflackert, sehr unruhig und unsicher, und ich muss erleben, wie ich abtauchen möchte und auf ewig versinken und mich zerstören, weil die Kindheit vorbei ist und die Jugend und vielleicht die Hälfte des Lebens – und weil bald die Panik kommt vor dem Siechtum und die Gewissheit, dass wir dort bei uns keine Zeit mehr hatten, uns einzurichten, um nach getaner Arbeit uns auf unseren Festungen auszuruhen und beruhigt zurück und nach vorne zu blicken auf die weiten Abgründe dieser Welt.")

„Ist das nicht furchtbar?", fragte mich Celia, nachdem wir uns wieder vertragen hatten. „Ihr führt ja ein Doppelleben: Ihr habt eure Vergangenheit, die nach so vielen Jahren doch immer präsent sein muss in euren Köpfen, und ihr lebt in der Gegenwart mit ihren ganz anderen Illusionen, mit ihrem Stress und den vielen falschen Geschichten."

So hatte ich das noch nicht gesehen, aber sie hatte recht: Ich führe ein Doppelleben, auch wenn ich mir manchmal einrede, die Vergangenheit abgestreift zu haben. Aber so geht es wohl jedem Menschen auf der Welt, der irgendwann einmal neu anfangen muss.

„Bloß eins will ich unbedingt wissen", fügte sie hinzu, „wer ist dieser Marius, der so etwas schreiben kann? Ich werde es herausbekommen, verlass dich drauf!"

Sie hat es nicht herausbekommen. Sie ist jetzt tot.

Am nächsten Tag bereits erreicht mich ein Brief vom Anwalt. Er muss ihn noch am selben Nachmittag geschrieben und aufgegeben haben, und es ist erstaunlich („...und verdächtig", ergänzt Joey), wie schnell und leicht er seinen Ton und seine Meinung ändern kann.

Ich bin dazu nicht in der Lage. Mir sieht man jeden Versuch, einen Gegner hinters Licht zu führen, zu taktieren, oder mich auch nur mit einer Notlüge über eine Situation zu retten, an der Nasenspitze an; ich werde rot wie eine Tomate, selbst noch mit fünfunddreißig, also lasse ich lieber jeden Schwindel. Da muss schon etwas zusammenfallen oder absterben, und wieder aufgebaut oder neu geboren werden, damit ich eine Grundhaltung verändere. Und das ist dann doch jedes Mal sehr schmerzhaft. Aber Leute wie dieser Wilson sind fähig, ihren Klienten, Bekannten und Freunden Tag für Tag neue Wendungen vorzuspielen. Vielleicht glauben sie auch schon, dass die Welt so wechselhaft sei. Das ist bei ihnen der Berufsoptimismus, denke ich, sonst würden sie nie in einen Gerichtsprozess gehen, der anfangs aussichtslos scheint.

(Marius: „Ich falle bei jähen Wendungen in meinem Leben auseinander wie ein Puzzle. Die Teile werfen sich auf die Erde, als wenn das Chaos ihnen Spaß machte, und es sind so viele, und sie sind so durcheinander, dass ich mich von außen entsetzt anschaue, den Hügel kleiner farbiger Kartonecken, den niemand, der mich vorher kannte, wieder mit mir in Verbindung bringen könnte; ich kann es ja selbst nicht. Das Wissen über meine Herkunft hält mich am Leben, ich trage die Beständigkeit irgendwo tief in mir, aber die Oberflächen werden wieder und wieder zerstört und durcheinandergeworfen, wie tote Tiere nach einer Seuche, und natürlich bin ich es, der diesem zufälligen Muster aus Kadavern eine Bedeutung zuordnen muss, damit ich weiterleben kann. Ich halte das nicht mehr lange aus.")

Nichts Gutes ahnend öffne ich das Kuvert. Es ist nicht weiß, sondern hellbraun, auf dem dicken Papier kann ich in der linken oberen Ecke der Vorderseite ein kleines Relief ertasten, eine Art aufgeprägtes kleines Wappen, in dessen Mitte beim genauen Hinsehen die Buchstaben „LW" – für Laurence Wilson – erkennbar sind. Der Brief ist lang, und er hat es in sich.

„Sehr geehrte Herren,
zunächst bitte ich Sie für mein gestriges Verhalten um Entschuldigung. Sie müssen einsehen, dass Ihr Vorgehen ein wenig ungewöhnlich, ja seltsam, war, ein Versteckspiel, ein Versuch, mich einzuschüchtern, und ich muss gestehen, es ist Ihnen ganz gut gelungen. Ich habe meine Fassung verloren. Eigentlich darf das einem Anwalt nicht passieren, und ich habe nun leider keine Ahnung, was für einen Reim Sie sich auf meine Reaktion machen.

Ich möchte Ihnen mit diesem Brief meine Loyalität unter Beweis stellen und meine weitere Mitarbeit bei Ihrem Versuch, die letzte Lebensphase Celias zu erkunden und scheinbar Mysteriöses aufzuklären, anbieten.

Ihrem allzu forschen und vordergründig aggressiven Auftreten ist es geschuldet, dass ich keine Lust verspürte, irgendetwas von meiner Verwicklung in diese Sache preiszugeben – Verwicklung ist sicher ein Wort, welches Sie in Ihrem Übereifer und in Ihrer Naivität falsch interpretieren werden; aber damit kann ich leben.

Okay, Sie hatten recht, ich kannte Celia. Nicht gut, nicht wirklich, aber ich hatte von ihr gehört. Sie war bereits nach den ersten vier Wochen ihres Aufenthaltes in Santa Ana der Polizei und der Presse bekannt wie ein bunter Hund, wenn ich das mal so salopp aufschreiben darf. Sie wurde aller paar Tage betrunken von der Straße aufgelesen, und einmal fand die Polizei Drogen bei ihr. Nichts hartes, und auch nicht viel, aber es hätte für eine Anklage gereicht. Ich hatte mit dem Fall eigentlich zunächst nichts zu tun, da ich wochentags in Philadelphia arbeite, ich registrierte ihren Namen nur ganz nebenbei, wenn ich die polizeilichen Mitteilungen und die Lokalnachrichten während meiner Besuche in Santa Ana las; aber dann hatte ich eines Tages die Gelegenheit, Celias Mutter kennenzulernen, Patricia, eine nette, resolute, zielstrebige Frau..." („Ein Adjektiv hat er vergessen zu notieren", sage ich zu Joey, während ich ihm den Brief durchs Telefon vorlese, „Patricia ist reich, steinreich!").

„... die tottraurig ist über die moralische Entwicklung und den Umgang ihrer Tochter. Ich wusste zunächst nicht, dass sie Celias Mutter ist, sie erzählte es mir am dritten Tag unserer Bekanntschaft frei heraus, vielleicht auch in der Hoffnung, ich könnte einen positiven Einfluss, einen moralisch säubernden Druck auf Celia ausüben.

Ich muss wohl auch gleich hinzufügen (um die Flügel Ihrer Fantasie von Anfang an ein wenig zu stutzen), dass ich Patricias Haus noch nicht betreten habe und seine anderen Bewohner - Celia und die Haushälterin - von Angesicht nicht kannte.

Patricia beklagte sich dann bei jedem unserer Treffen über das Verhalten ihrer Tochter, die sich nach der Trennung von Ihnen, Mr. Richard Klein, gehen ließ; sie verlor sich, wie Patricia es ausdrückte. Sie war ständig betrunken, und die halbe Stadt wusste das; sie besuchte anrüchige Lokale, haderte mit ihrer Mutter und verbot ihr jeden Umgang mit Männern. Ich weiß nicht, ob sie von dem sich anbahnenden Verhältnis zwischen ihrer Mutter und mir Wind bekommen hatte, oder ob sie nur auf die Möglichkeit eifersüchtig war, Patricia könnte eines Tages nicht mehr ganz allein für sie da sein. (Ihre Mutter war ja in ihren letzten Wochen die einzige wirkliche Bezugsperson; dort in Santa Ana hatte sie sonst keine wirklichen Freunde.)

Bis zu jenem Abend, an dem das tragische Ereignis stattfand, hatte ich Celia also noch nie gesehen, dennoch wusste ich instinktiv, dass sie es sein musste, als sie, grimassenschneidend und volltrunken, direkt aus der Tür der Bar auf die Straße rannte; fast hatte ich den Eindruck, sie wusste, wer da in diesem Moment hinter dem Steuer des Fahrzeugs saß, das an der Bar vorbeifuhr, ja es schien mir, sie wollte sich absichtlich von diesem Mann töten lassen. Patricia hält diese Theorie für abwegig, und auch ich muss zugeben, sie ist sehr dumm, aber ich beschreibe Ihnen damit schließlich nur ein Gefühl, keine irgendwie beweisbare Tatsache.

Sie können mit diesen Informationen jetzt tun und lassen, was Sie wollen - sie hätten das alles im Laufe der Zeit sowieso von Patricia erfahren, denke ich mir. Aber bitte schonen Sie sie in den nächsten Wochen, sie ist verstört, nicht mehr - oder noch nicht wieder - ganz beisammen, seelisch aufgeweicht, seit Celia tot ist.

Scheuen Sie sich nicht, mich anzurufen, wenn weitere Fragen Sie quälen sollten. Es gibt für alles eine vernünftige Antwort, und wir können sie gemeinsam finden, wenn Sie wollen. Ich möchte Ihnen noch einmal versichern, dass ich volles Verständnis dafür habe, dass Sie die Todesumstände und die scheinbaren Geheimnisse der letzten Lebenstage Celias kennenlernen möchten.

Mit vorzüglicher Hochachtung, Ihr

Laurence Wilson, Rechtsanwalt."

„Warum hat er uns belogen!", schreit Joey sofort durchs Telefon, und ich muss ihn stoppen und auf einen Nachsatz des Anwalts aufmerksam machen:

„PS: Sie sehen, ich habe bei unserem Gespräch nicht gelogen: Ich sagte Ihnen, dass ich Celia nie vorher gesehen hatte. Und das ist die Wahrheit. LW."

Es knirscht und knackt in der Leitung, und ich weiß nicht, ob die Laute von Joey kommen, der manchmal seine langen Zähne nervös aneinanderdrückt, wenn er nachdenkt.

Dann imitiert er plötzlich, fast perfekt, die tiefe, klare, einwickelnde Stimme des Anwalts und wiederholt einen seiner gestrigen Sätze: „Ich wüsste natürlich sehr gern, woher Sie die Namensliste haben und wer sie zusammengestellt hat und warum."

Stimmt, Joey hat recht, Wilson spielt mit uns, er lenkt uns auf seine Art, indem er vorwärts prescht. Er lässt uns Freiraum, aber nur soviel, wie er überblicken kann, damit nichts passiert. Wir sollten also jetzt selbst die Initiative ergreifen, einen Bogen um ihn machen und die Geschichte von einer anderen Seite her aufrollen. Vielleicht erwischen wir ihn so eines Tages von hinten.

BAYOU:

Hallo, Rocky, bist du schon da...? Hallo? Rocky!?

ROCKY:

Hier bin ich.

BAYOU:

Mein Gott, das ist ja jedes Mal fast, als ob ich Angst hätte, allein hier zu sein. Kommt es dir nicht auch manchmal so vor, als ob wir ängstliche, einsame Blinde sind, die sich durch Zeit und Raum tasten, um Kontakt zu allen anderen Blinden, Ängstlichen und Einsamen zu finden?

ROCKY:

Bis du plötzlich 'n Philosoph oder sowas geworden?

BAYOU:

Über persönliche Angaben der Gruppenmitglieder hatten wir Stillschweigen vereinbart, und ich denke, das ist auch ganz gut so.

ROCKY:

Ich weiß nicht... Manchmal tut es mir leid, dass ich euch nicht näher kenne, sozusagen anfassen kann, im übertragenen Sinn, wenn du verstehst, was ich meine. Wir sind hier wie Geister.

BAYOU:

Wir SIND Geister!

ROCKY:

Ich nicht, glaube ich jedenfalls. Ich bin aus Fleisch und Blut...

BAYOU:

...und du willst Freundschaften schließen mit uns. Das würde unsere Beziehungen kaputt machen. Ist es nicht pervers, dass du denkst, du liebst mich, obwohl du doch gar nichts von mir weißt?

ROCKY:

Niemand kann mit Sicherheit sagen, wie Gefühle entstehen, Bayou. Und es ist bestimmt auch nicht so eine richtige Liebe, wie draußen, im realen Leben, aber ich habe mir in der langen Zeit unserer Bekanntschaft eben so meine Vorstellung von dir entwickelt.

BAYOU:

Du meinst, ein Wunschbild von mir aufgebaut...

ROCKY:

Wahrscheinlich ja. Bestimmt wäre ich enttäuscht, wenn ich dich näher kennen würde...

BAYOU:

Bestimmt. Ich bin nicht wie meine Geschichten... Da kommen übrigens die anderen.

CHUCK:

Na, hängt ihr wieder mal zusammen, ihr beiden? Ihr Turteltäubchen? Ich hoffe, außer Schmus ist auch noch was Praktisches für uns dabei herausgekommen: ein Plan oder sowas. Wir wollten doch die Stadt in Angst und Schrecken versetzen? Dämmert es wieder?

ROCKY:

Hallo, Chuck, wie geht's? Noch nichts von Anstandsregeln gehört? Guten Tag erstmal.

CHUCK:

Oh, hab ich euch gestört beim Tête-à-tête? Es gibt hier leider keine Holztür, an die ich vorher anklopfen kann, und eine Klingel haben wir auch nicht.

BAYOU:

Chuck, wo ist denn d e i n Plan? Oder hat dich deine nette Schwester wieder daran gehindert, kreativ zu sein und einmal im Leben etwas Vernünftiges zustande zu bringen?

CHUCK:

Meine Schwester pennt zur Zeit, sie pennt ziemlich viel in letzter Zeit, und einen Plan für heute hab ich. Selbstverständlich!

KILLER:

Hi, Leute, hier bin ich. Wie geht's?

ROCKY:

Hi, Killer, hast du Pilot mitgebracht?

KILLER:

Wieso, willst du den Partner wechseln? Hast du Bayou schon satt?

ROCKY:

Halt's Maul, Killer.

KILLER:

Rocky! Was für Töne spuckst du denn heute! Hab ich dich also auf frischer Tat ertappt!

PILOT:

Hier ist Pilot. Wie geht's euch?

BAYOU:

Bis jetzt noch ganz gut.

PILOT:

Bin ich heute dran, Bayou? Suchst du dir jedes Mal einen andern zum Stänkern aus?

KILLER:

Heute wollten wir doch unser großes Ding drehen. Hat jemand etwas vorbereitet?

BAYOU:

Chuck hat einen Plan.

KILLER:

Toll, Chuck, erzähl doch mal.

CHUCK:

Okay, Pilot ist jetzt auch da, also sind wir vollzählig. Kann es ja losgehen.

ROCKY:

Ist es gefährlich, Chuck?

CHUCK:

Ja, du Weichei. Es handelt sich um einen Banküberfall. Wir wollen doch alle reich werden, oder gibt es hier etwa jemanden, der das nicht will?

KILLER:

Geil, Chuck! Welche Bank?

CHUCK:

Zunächst einmal: sind alle bereit? Alle motiviert? Bayou?

BAYOU:

Klar, Chuck.

CHUCK:

Killer?

KILLER:

Ich stehe stramm vor dir, bereit, alle Befehle auszuführen!

CHUCK:

Rocky?

ROCKY:

Ich will nichts Gewalttätiges mitmachen, gib mir eine leichte Aufgabe. Unter der Bedingung bin ich bereit.

CHUCK:

Das hab ich mir gedacht, also kriegst du was einfaches. Pilot?

PILOT:

Ich kann es gar nicht mehr erwarten. Fang schon an, Chuck!

CHUCK:

Also volle Konzentration, Leute! Macht für dreißig Sekunden die Augen zu, atmet tief ein und wieder aus..., und noch mal... Wir sind jetzt hier in einem Raum im zweiten Stock, Fünfte Ecke Achtzigste, seht ihr die Bankfiliale da drüben? Das ist es, unser Ziel. Sie haben zur Zeit dreihundert Millionen Dollar in ihrem Safe. Die holen wir uns. Ein Kinderspiel, sage ich euch!

KILLER:

Toll, Chuck! Echt toll! Aber wie wollen wir das anstellen? Hast du Waffen besorgt?

CHUCK:

Jeder bekommt eine Pistole. Jetzt folgt die Aufteilung der Aufgaben: Rocky, du stehst Schmiere und hältst das Fluchtauto bereit, klar?

ROCKY:

Und wo steht das Auto?

CHUCK:

Siehst du den roten BMW da unten, der direkt vor der Eingangstür der Bank parkt?

BAYOU:

Sag mal, bist du blöd, Chuck? Wie kann man einen BMW als Fluchtauto benutzen, und dann auch noch einen knallroten? Das fällt ja gar nicht auf! Willst du uns in den Knast bringen?

CHUCK:

Immer mit der Ruhe, Bayou, das war die schnellste Karre, die ich in der Kürze der Zeit auftreiben konnte.

PILOT:

Also ich meine, Bayou hat recht. Wir sollten uns ein anderes Auto besorgen. Das ist zu riskant.

CHUCK:

Das wird jetzt durchgezogen. Seid ihr Feiglinge, oder was? Ich glaube, ihr wollt euch drücken. Und außerdem geht es nur heute Abend, der Chef der Filiale ist im Urlaub und der Tresor ist so voll wie selten.

ROCKY:

Erzähl weiter, Chuck.

CHUCK:

Rocky sitzt im Auto, mit einer Hand an der Hupe, falls die Polizei auf-
taucht, und mit der anderen Hand am Knopf für den Kofferraum. Wir vier
ziehen uns auf mein Signal hin die Strümpfe über den Kopf und stürmen
hinein. Pilot und Killer halten die Kunden in Schach, Bayou und ich die
Bankangestellten, pass vor allem auf, dass keiner unter die Computertastatur greift, denn dort haben sie die Alarmknöpfe. Ich gehe auf den einzigen
Bärtigen zu, den es in der Filiale gibt, weil der die Schlüssel zum Safe hat.
Den Rest müssen wir improvisieren, hängt von der Reaktion der Leute ab.
In drei Minuten müssen wir wieder draußen sein und abdampfen, denn
dann könnten die Cops auftauchen, weil es auch in den Hinterzimmern
der Bank immer welche gibt, die sich die aktuellen Videobilder aus dem
Schalterraum angucken. Alles klar, Leute?

PILOT:

Klar, Chuck. Ist die Knarre geladen?

CHUCK:

Na und ob!, Pilot, oder denkst du, das ist nur ein Spiel? Ich hoffe, du weißt,
wie man damit umgeht!

KILLER:

Alles klar, Chuck. Ich zeig's ihm.

BAYOU:

Okay, Chuck. Geschossen wird aber nur im Notfall.

CHUCK:

Logisch. Rocky, fertig?

ROCKY:

Ich setze mich schon ins Auto und warte.

CHUCK:

Starte den Wagen und lass ihn laufen, bis wir kommen. Es muss dann
schnell gehen.

ROCKY:

Okay, bis dann, und viel Glück!

CHUCK:

Können wir loslegen, Leute?

BAYOU:

Volle Konzentration! Wir dürfen keine Fehler machen. Vor allem du, Killer, halt dich zurück und tu nichts unüberlegtes...

KILLER:

Is' ja gut, Bayou, für was hältst du dich?!

BAYOU:

Für jemanden, der dich ziemlich genau kennt und weiß, was für ein unbeherrschter Idiot du bist.

KILLER:

Sag mal, hast du sie noch alle?! Du kennst mich noch lange nicht! Aber wenn du weiter solchen Schwachsinn redest, wirst du mich noch kennenlernen. Vergiss nicht, dass ich jetzt eine geladene Pistole in der Hand halte...

BAYOU:

Siehst du, das ist es, was ich meine. Du bist unbeherrscht und zu allem Übel auch noch ziemlich blöd.

KILLER:

Halt die Schnauze, Bayou, oder ich mach dich fertig!

CHUCK:

Ihr könnt euch später streiten. Rocky sitzt schon im Auto und wartet auf uns, und die Zeit rennt davon. Jetzt oder nie. Also dann: Runter zum Eingang der Bank... schneller, Mann... aber unauffällig... und jetzt durch die Drehtür da, jetzt stopp! ...und los: Masken über, und ab durch die zweite Tür, rein in den Kassenraum bei drei: Eins... zwei... drei!

BAYOU:

Chuck, ich krieg keine Luft hier drunter!

CHUCK:

Dann schieb die Maske hoch bis zum Mund. Killer nach rechts! Pilot nach links! Bayou, nimm die rechten Schalter, ich nehme die Kassenschalter hinten... ALSO ALLE MAL HERHÖREN, LEUTE, DAS IST EIN BANKÜBERFALL! KEINE DUMMHEITEN, ALLES FLACH AUF DEN BODEN LEGEN, UND DIE KOLLEGEN DA DRÜBEN NEHMEN SOFORT IHRE HÄNDE ÜBER DEN KOPF! SCHNELLER! SCHNELLER, HAB ICH GESAGT! DU AUCH DA HINTEN! KEINE FALSCHEN BEWEGUNGEN, WIR SIND BIS AN DIE ZÄHNE BEWAFFNET!

PILOT:

He, Killer, der will sich nicht hinlegen!

KILLER:

Gib ihm eins auf die Rübe, dann legt er sich sofort flach.

CHUCK:

HE, DU DA, NIMM DEINE GOTTVERDAMMTEN SCHLÜSSEL AUS DER TASCHE UND SCHLIESS DEN TRESOR DORT AUF! ABER SCHNELL! BEWEG DICH!

PILOT:

Killer, der will sich immer noch nicht hinlegen. Was soll ich machen? Er fuchtelt mit seinen Armen vor mir rum und will nach meiner Pistole greifen.

KILLER:

Warte ich komme zu dir, du Schlappschwanz... Jetzt leg dich hin, du Sau, oder ich knall dich ab! Was, du willst nicht? Ich entsichere jetzt und zähle bis drei: eins...

PILOT:

Überleg dir genau, was du machst, Killer!

KILLER:

zwei... und... Sooo ist's gut! Warum nicht gleich so. Ich geh wieder rüber, Pilot.

BAYOU:

Chuck, kommst du klar, oder brauchst du Hilfe? Wir haben noch eine Minute und vierzig Sekunden, neunununddreißig..., achtunddreißig...

CHUCK:

Alles klar hier, Bayou. *NA LOS, DU ARSCHGESICHT, SCHNELL, SCHMEISS DAS GELD IN DIESE TASCHE, SCHNELLER, HAB ICH GESAGT! LASS SEIN, STELL DICH DA RÜBER UND HEB DIE FLOSSEN, ICH MACH ES SELBER. HAU AB, UND HÄNDE HOCH, VERDAMMT NOCHMAL!*

PILOT:

Killer, pass auf! Der Idiot gibt keine Ruhe, jetzt will er nach deinem Bein greifen!

KILLER:

Also jetzt reicht es endgültig, ich mach dich fertig. Ich mach dich fertig! Du denkst, ich tu's nicht. Aber es ist ganz einfach: Entsichern – ich habe entsichert; zielen – ich ziele, und zwar auf deinen verdammten Dickschädel, und...

BAYOU:

Sag mal, Killer, bist du blöd! Hör auf!

KILLER:

...und...

BAYOU:

Hör jetzt auf mit dem Quatsch, das ist keine Notsituation! Er bewegt sich doch gar nicht mehr! Killer!

KILLER:

...und...

PILOT:

Hör jetzt auf, Killer!

KILLER:

...und SCHUSS!

BAYOU:

Killer!

KILLER:

...und SCHUSS! SCHUSS!

CHUCK:

Was ist denn das?! Wer war denn das!? Welcher Wichser hat denn da geschossen! Wir wollten nur im Notfall wirklich abdrücken!

ROCKY:

Habt ihr etwa jemanden erschossen? Was habt ihr getan? Er blutet!

CHUCK:

Rocky! Raus mit dir! Mach sofort, dass du raus kommst, in den Wagen!

ROCKY:

Mein Gott, wie er aussieht! Was hast du getan?! Sieh dir seinen Kopf an! Oh, Killer...

CHUCK:

Sagt mal, seid ihr alle Dilettanten, oder was? Rocky, hör auf zu flennen. Pilot, nimm Killer die Waffe aus der Hand. Okay, okay, ganz ruhig jetzt, Killer. Wir haben es ja schon geschafft. Und – Rückzug jetzt, Leute, los zum Auto, ich hab alles, was ich brauche. Rocky, Türen und Kofferraum auf! Rein das Zeug, springt auf die Sitze... und jetzt Gas, Rocky! Fahr zu, was das Zeug hält!

BAYOU:

   Da sind die Bullen!

PILOT:

   Haben die uns einsteigen sehen? Zieht euch die Strümpfe vom Gesicht!

KILLER:

   Sie nehmen die Verfolgung auf. Geil!

BAYOU:

   Was ist daran geil, du Idiot! Wenn die uns kriegen, landest du als erster im Knast

ROCKY:

   Die werden uns nicht kriegen. Nicht mit dem Auto. Wenn Chuck vorher getankt hat und die Karre sonst in Ordnung ist, kriegt uns kein Schwein ein. Und nach rechts... und jetzt links... wie die alle gaffen!

CHUCK:

   Du fährst ja wie ein Henker, Rocky. Das hätte ich dir nie zugetraut! Wo hast du das gelernt?

BAYOU:

   Fahr lieber etwas vorsichtiger, sonst hängen sich uns noch mehr Bullen an die Fersen.

CHUCK:

   Da ist eine Einfahrt, da drüben, fahr durch das Tor, Rocky! ...Killer, spring raus und schließ das Tor, pass auf, dass dich keiner sieht! Na los schon, Killer!

BAYOU:

   ...Das war knapp, Chuck.

CHUCK:

   Aber wir haben es geschafft. Jetzt alle nichts wie raus aus dem Auto, ich nehme das Geld an mich und wir treffen uns nächste Woche zur üblichen Zeit zum Verteilen.

KILLER:

   Du musst uns doch für total verblödet halten, Chuck. Wir gehen jetzt alle mit zu dir und teilen das Geld sofort auf.

CHUCK:

   Okay, okay... War toll mit euch, Jungs.

ROCKY:

Außer mit Killer, der konnte wieder mal nicht an sich halten. Das war keine Notsituation. Er hat jetzt die Bullen auf uns gehetzt.

CHUCK:

Reg dich ab, Rocky, keiner wird uns finden, niemand hat unsere Gesichter gesehen. Los jetzt, kommt alle mit zu mir. Aber wir gehen in zwei Gruppen, in einem Abstand von zwanzig Metern. Wir müssen ungefähr fünfzehn Blocks laufen. Ausruhen könnt ihr euch später, bei euch zu Hause.

KILLER:

Wir sind jetzt reich, Leute! Echt geiles Gefühl!

ROCKY:

Schnauze, Killer.

Es ist Januar, das neue Jahr hat neuen Schnee, neue Eiseskälte und neuen Schmutz nach Manhattan gebracht, aber alle tun so, als sei dies das Natürlichste von der Welt. Ich wohne uptown, also in der nördlichen Hälfte des weißen Manhattans, und zwar westlich des Central Parks, wenige Straßen vor dem weiten Areal der Columbia-Universität. Zwischen Broadway und Amsterdam Avenue. Das heißt genau an dem Schnittpunkt zwischen den Wohnungen der Schwarzen in Harlem, denen der Weißen vom Süden und den Latinos von Amsterdam und von weiter drüben – bis zum Park wohnen sie inzwischen. Die Armen aus dem Norden dehnen sich immer weiter aus, nur um Columbia machen sie einen Bogen, gehen ein paar Blocks lang auf der anderen Seite. Manhattan ist in den letzten Jahren sauberer geworden, sagt man, und es hat mehr Polizisten als früher, aber das hindert das Elend nicht daran sich auszubreiten. Jetzt finde ich auch an den Ecken des Hauses, in dem ich wohne, die Drogendealer mit ihren leisen, festen Stimmen, wenn sie den Vorübereilenden ihre Ware anbieten, jetzt sehe ich morgens, ganz zeitig, wenn ich vor der Schreibarbeit manchmal Joggen gehe, die Prostituierten der vergangenen Nacht stehen und frieren, jetzt betteln sie auch hier in allen Straßen, auf dem Broadway vor jedem Block, vor jeder Bankfiliale liegen sie in den Morgenstunden, vor jedem Laden, aus dem man mit gefüllten Einkaufsbeuteln herauskommt, zielen sie mit ihren geöffneten Händen auf einen los, schüchtern zwar, aber deutlich, und verlangen das Wechselgeld. Wie die da.

Wo kommen sie nur alle her?

„Wo kommen Sie nur alle her?", frage ich die Alte, als ich einen Quarter in ihre Hand fallen lasse. Sie trägt ein schwarzes, zerschlissenes langes Kleid, und darüber einen jahrhundertealten schwarzen Mantel mit einem dunkelroten Kragen, der aufgestellt ist und vor der Kälte schützen soll. Die Haut ihrer Hände ist ebenfalls schwarz, ihr Gesicht schmal und faltig und grau wie zu trockene Erde.

„Von der anderen Hälfte des Mondes", sagt sie, mit Verachtung für mich im Blick ihrer kleinen weißen Augen. „Ich muss mir einen Kaffee kaufen", fügt sie hinzu, „sonst erfriere ich heute morgen".

Wieder streckt sie ihre Hand zu mir aus. „Nur noch einen, dann gehe ich weiter."

Ich drücke ihr den Rest Münzen in die Hand, den ich in meiner Börse finde. Es ist nicht viel, aber sie sagt nichts.

„Wieviel Geld bekommen Sie so am Tag?", frage ich sie plötzlich, und ich weiß auch nicht, was in mich gefahren ist, als ich fortfahre: „Sie müssen doch früher mal irgendwo gewohnt haben…"

Sie lacht auf, öffnet dabei ihren kleinen Mund, so dass ich zwischen die dünnen, grauen Lippen sehen kann. Sie ist vollkommen zahnlos. Dann lacht sie mit heller, zittriger Stimme weiter, als sie meinen Blick auf ihren Mund sieht, und schüttelt den Kopf über meine Naivität.

„Ich komme aus Europa", sage ich wie entschuldigend.

„Und? Gibt es da keine Armen?"

„Nicht so viele."

Sie packt mich plötzlich mit ihrer dürren rechten Hand am Mantelärmel und zieht mich bis zum Straßenrand.

„Ich will dir zeigen, wo wir herkommen", sagt sie, und steuert auf die dichten Reihen Autos zu, die den Broadway entlang fahren, von einer Ampel zur nächsten, schwerfällig, gleichgültig, ohne die Ungeduld und Hast ihrer Besitzer zu verstehen. Hier ist ein Auto nur eine weitere Waffe in dem Kampf, es in dieser Stadt zu schaffen. Aber was? Was?

Ich versuche, die Alte zurückzurufen, sie vor dem Verkehr zu warnen, aber sie läuft schnurstracks zwischen die Autos, wie in Selbstmordabsicht, wirft sich vor das erstbeste gelbe Taxi, das gerade nicht auf die Bremse drückt, und ich denke in diesem Augenblick, ich werde verrückt. Was ist hier los? Träume ich? Die anderen tun, als wäre nichts passiert, und ich schreie laut um Hilfe, mir laufen Tränen über die erfrorenen Wangen, obwohl ich die Frau doch gar nicht kenne; ich sehe noch, wie das Taxi sie ein paar Meter mitschleift, ich glaube, die Geräusche zu hören, die ihr berstender Körper von sich gibt, dann stockt der Verkehr und ich renne los.

Sie muss unter dem Auto liegen, weil ich sie sonst nirgendwo entdecken kann. Völlig verzweifelt stelle ich mich vor das Taxi und versuche, es mit den Händen zurückzuschieben. Der Fahrer springt aus dem Wagen, schaut mich entsetzt an und schreit mir in einer fremden Sprache etwas zu, was ich nicht verstehe. Vielleicht denkt er, sie gehöre zu mir, und sieht mich daher als einen Schuldigen hier herumstehen. Ich lege mich hin und krieche auf dem Boden entlang, um etwas von ihr sehen zu können, muss aber zu meinem Erstaunen feststellen, dass sich unter dem Taxi nichts und niemand befindet. Mir schwinden für einige Augenblicke die Sinne.

„Eines Tages wirst du verrückt", hatte Celia mir prophezeit, und es war einer ihrer Lieblingssprüche.

Ich springe wieder auf und blicke wild um mich. Wo ist sie? Wo ist sie nur? Was hat sie mit sich angestellt? Ich werde hektisch und beginne zu zittern. Jetzt schiebt mich der Taxifahrer, ein bulliger, kleiner Mann mit blauer Knollennase, zurück an den Straßenrand, durch die wartenden, hupenden Autos hindurch, und als er wieder eingestiegen ist und losrollt, fahren ihm alle anderen hinterher, als wäre es das Richtige für diesen Augenblick, gleichgültig und schwerfällig, wie vordem, von Ampel zu Ampel. Es ist nicht zu fassen. Ich denke für einen Augenblick, sie hat sich in Luft aufgelöst.

In Polen hat mir mal eine Zigeunerin aus der Hand gelesen, als ich noch ein Kind war. Ich gab ihr die fünf (Ost-)Mark, die sie verlangte, und sie erzählte mir, ohne wirklich auf meine ausgestreckte Hand zu blicken, dass ich neunundsiebzig Jahre alt werden könnte, zwei Kinder zeugen würde und viel auf Reisen ginge. Ich schaute die braungesichtige und schlauäugige alte Frau fasziniert an, sie war für mich eine Zauberin, die alles wusste, alles vorhersehen konnte, die den sechsten Sinn, das dritte Auge und das zweite Gehör haben musste, und die wohl mein Schicksal war. Jetzt ist sie wieder da, hat ihre Gestalt verändert, aber ich spüre ihren Geist um mich.

Wird man so verrückt?, frage ich mich, hat man zuerst Halluzinationen? Ich habe doch mit ihr gesprochen, ganz deutlich habe ich ihre Stimme vernommen, auch wenn sie vom Alter und vom Wetter ausgedünnt war, und ganz deutlich habe ich sie vor mir stehen sehen. Ich ziehe meine Geldbörse aus der Tasche und reiße sie auf: leer! Sie ist leer! Ich werde die Münzen doch nicht weggeworfen haben, einfach auf die Straße fallen lassen, nur weil ich mir eingebildet habe, den ausgestreckten Arm einer Bettlerin zu sehen! Mein Gott, werde ich verrückt?

Jemand legt mir von hinten eine Hand auf die linke Schulter und ich zucke erst heftig zusammen und drehe mich dann erschrocken um.

„Ist Ihnen schlecht, junger Mann? Ich beobachte sie schon eine kleine Weile und mache mir Sorgen um Sie."

Sie ist es. Sie hat wieder Zähne, ist zwanzig Jahre jünger, etwas dicker, aber sie ist es. Sie trägt statt Schwarz ein dunkles Rot, aber sie ist es, denn das Rot ist alt und fast nicht mehr als Farbe anzuerkennen. Ihr Gesicht ist dasselbe, etwas glatter, aber genauso hungrig, die Augen blicken genauso ruhig, die Lippen waren mal schön und sind nur noch ein Strich. Und die Hände! Mein Gott, die Hände! Sie haben schon die erfrorene Farbe der Vergessenen.

„Wo waren Sie?", frage ich sie, mit ängstlicher Stimme.

Sie zeigt nach hinten, auf einen Hauseingang. „Ich habe die ganze Zeit da drüben gestanden und Sie beobachtet. Es steht nicht gut um Sie."

„Sie haben sich so verändert!"

„Sie auch", sagt sie leise, „gehen Sie nach Hause und ruhen Sie sich aus."

Plötzlich kommt mir ein schrecklicher Gedanke.

„Wo wohnen Sie?", frage ich unvermittelt, und es ist mir egal, was sie jetzt von mir denkt.

„In der hundertdreiunddreißigsten, junger Mann."

„Dann sind Sie nicht obdachlos!" Ich bin schon wieder den Tränen nahe und will die Frau umarmen. Sie bekreuzigt sich schnell, als wäre ich ein böses Orakel. „Gott, nein!"

Dann hält sie mir eine offene Hand hin, in der Münzen liegen. „Die haben Sie vorhin verloren. Ich habe sie für Sie aufgesammelt."

„Bitte behalten Sie das Geld", stammele ich, werde verlegen und weiß nicht genau, warum. Vielleicht weil ich denke, sie ist die alte Frau von vorhin, nur zwanzig Jahre jünger und voller Ahnung, wie schwer die nächsten Jahre für sie sein werden.

„Ich will es nicht!", höre ich es scharf durch den kalten Wind zischen, und ich weiß schon gar nicht mehr, ob ich das gesagt habe oder ob sie es war, ich drehe mich einfach um und laufe nach Hause, so schnell mich meine Beine tragen können. Nach Hause!

Joey ist da. Ich bemerke es jedes Mal sofort, nicht nur, weil die Wohnungstür natürlich nicht abgeschlossen ist, sondern auch, weil ich die offene Badtür sehe, nachdem ich in den Flur getreten bin. Das ist eine seiner Angewohnheiten. „Ich will mich nicht eingesperrt fühlen", erklärt er dazu, und lässt in seiner eigenen Wohnung nicht nur die Badtür, sondern alle Türen ständig weit offen stehen. „Das gibt mit Luft, Größe, Freiheit und was ich sonst noch so zum Leben brauche." Ich habe keine Ahnung, was er sonst noch so zum Leben braucht, aber wenn er bei mir ist, steht immer nur die Tür zum Badezimmer offen, weil er das Schlafzimmer nicht einmal aus Neugierde betreten würde, und weil Küche und Wohnzimmer keine Türen, sondern nur Vorhänge haben.

Er wartet auf mich.

Mit den Wohnungsschlüsseln hat es schon vor ein paar Jahren begonnen. Irgendwann gab er mir seine, als er in den Urlaub fuhr, und ich sah zweimal nach dem rechten und goss seine Palmen und Kakteen. (Nach seiner Rückkehr kam er tagelang aus dem Kopfschütteln nicht heraus, weil ich die gleiche Menge Wasser über Palmen und Kakteen gegossen hatte: „Kakteen sind wie Kamele", erklärte er mir dann, „die halten wochenlang trockenen Wüstenstaub aus, weil sie das Wasser speichern können".) Kurz darauf brachte ich meine Schlüssel zu ihm, als ich für eine Woche meine Mutter in London besuchte. Und eines Tages einigten wir uns darauf, die Schlüssel des anderen zu behalten. Das ist in einer Stadt wie New York sehr gefährlich, ich weiß.

Aber bis heute ist nichts passiert. Mit einer Ausnahme: Joey war für fünf Tage zu seiner Mutter nach Baltimore gereist. Ich lief am dritten Tag ahnungslos in seine Wohnung, schloss die Tür auf, ging zuerst in die Küche, um ein Glas Wasser zu trinken. Auf dem Tisch lag ein langer Brief mit der Bitte, den Abwasch zu erledigen, dazu tausend Entschuldigungen und zehntausend Gründe, warum er es vor seiner Abreise nicht mehr geschafft hat. Es roch alles schon ein bisschen, weil es eine heiße Sommerwoche war. Da ich Joeys Schreibgeschwindigkeit kannte, ahnte ich, dass er für den Brief die dreifache Abwaschzeit gebraucht hatte. Ich wusste natürlich auch, wie sehr er das Geschirrspülen hasst. Ich tat ihm den Gefallen, keine Ahnung, warum. Aber als ich das nächste mal abwesend war, bat ich ihn in einem Brief, der (ich werde zum Schnellschreiber, wenn ich gute Ideen habe) sieben Seiten lang war, meinen Müll zu entsorgen und die Fenster zu putzen. Er hat es nicht getan, angeblich hat er die Küche nicht betreten und den Brief nicht auf dem Tisch liegen sehen. So einer kann Joey sein.

Die Unterschiede zwischen uns sind erstaunlich groß, obwohl wir doch recht gut miteinander auskommen. Ich zum Beispiel habe es mir seit meiner Ankunft aus Europa noch nicht abgewöhnen können, alle Zimmertüren einzuklinken, die Schuhe am Eingang auszuziehen und Hauspantoffeln überzustreifen (die ich mir von meinen Deutschlandreisen mitbringen muss) und natürlich den Toilettendeckel immer zu schließen. Sie lachen alle, wenn sie das hören, und können nicht glauben, dass diese Dinge in Deutschland zu den Grundregeln des bürgerlichen Anstands gehören. Sparsamkeit und Sauberkeit haben ja auch etwas für sich, denke ich mir, und ernte einen schiefen, beleidigten Blick Joeys, wenn ich mich mit diesen Worten bei ihm für mein Verhalten rechtfertige.

Ich lege eine Fotografie auf den Tisch, an dem er mit seinem langen Gesicht sitzt und mich angrinst, als ich das Wohnzimmer betrete.

„Das kam heute in einem Briefumschlag, ohne Brief", sage ich in mürrischem Ton. „Auf der Rückseite steht etwas."

Joey merkt, dass ich schlecht gelaunt bin, und legt seine Stirn präventiv in Sorgenfalten.

„Von wem hast du sie bekommen?" Er dreht die Fotografie um und liest den kurzen Text auf der Rückseite. Dabei verfinstert sich sein Gesicht immer mehr.

„Sie heißt Kate. Das steht doch da!"

Er verzieht entschuldigend seinen Mund.

„Ja, aber.... kennst du eine Kate?"

Ich setze mich zu ihm an den Tisch. Nehme ihm die Fotografie aus der Hand und lege sie mit der Vorderseite nach oben vor ihn hin.

„Siehst du die beiden Frauen, Joey?"

„Ja, natürlich, und die eine ist Celia."

„Na schön, soweit bist also schon. Und jetzt guck dir die andere an. Was bemerkst du?"

Joey beugt seinen Kopf zur Fotografie hinab.

„Soll ich dir deine Brille holen?", frage ich ihn ungeduldig.

„Ich hab doch gar keine", antwortet er.

Ich lache. Endlich kann ich wieder lachen. „Ich hab doch gar keine." Joey! Ich kenne ihn seit sieben Jahren, und er erklärt mir in vollem Ernst, dass er keine Brille braucht. Als ob ich das nicht wüsste!

Ich atme tief durch, und es geht mir nun wirklich etwas besser. Joey fasst meinen rechten Unterarm, der auf dem Tisch liegt, und blickt mich, breit lächelnd, an – glücklich darüber, dass er mir mit seiner Naivität die gute Laune wiedergeholt hat.

„Aber siehst du jetzt wenigstens, was ich meine?", frage ich noch einmal, „fällt dir bei der anderen Frau etwas auf?"

„Ich weiß nicht, worauf du hinauswillst."

„Was unterscheidet die beiden voneinander?"

Joey zählt auf: „Die andere ist etwas kleiner, sieht ein wenig älter als Celia aus, und sie hat den gleichen..."

Er stutzt und schaut mich an, dann schlägt er sich mit der flachen Hand an die Stirn:

„Sie ist es, die Frau, die dir die Diskette mit den fünf Namen zugesteckt hat, stimmt's? Sie hat den gleichen Haarschnitt wie Celia!"

„Genau! Was noch?"

Er senkt seinen Kopf wieder hinunter zur Fotografie und denkt weiter nach. Aber er findet nichts. Also muss ich nachhelfen:

„Was denkst du, wie alt diese Fotografie ist?"

„Nicht sehr alt, glaube ich, Celia sieht aus wie zum Schluss..." Er schaut entsetzt auf: „Ich meine...! Also, Dick, ich meine wie in den letzten..., wie sie eigentlich seit einem oder zwei Jahren ausgesehen hat, entschuldige bitte!"

Er ist völlig durcheinander. Aber er fährt tapfer fort:

„Noch vor zwei Jahren hatte sie längere Haare, richtig? Also ist das Bild nicht älter als zwei Jahre."

„Na also. Und jetzt die letzte Frage: Wie gut kennen sich die beiden Frauen auf dem Foto – deiner Meinung nach?"

Darüber scheint er schon eine ganze Weile nachzudenken, denn er sagt sofort, ganz leise: „Ziemlich gut, wie es aussieht."

„Sehr gut, würde ich sagen!" Ich sollte mich jetzt nicht wieder aufregen. „Sehr gut! Sieh doch, wie die beiden sich umarmt halten! Wie Celia diese Frau anguckt! Wenn sie mich nur einmal so angehimmelt hätte! Man könnte denken, es ist ihre beste Freundin! Und ich habe sie nie gesehen in all den sechs Jahren? Was soll das?"

Joey greift jetzt fester zu an meinem Arm, als ob das etwas helfen könnte. „Ruf sie doch einfach an, warum sonst hat sie dir ihre Telefonnummer auf die Rückseite geschrieben."

„Ich will erst Informationen über sie haben", stoße ich hervor, und denke dabei an die Hühner, wie ich insgeheim Celias Freundinnenkreis nenne. „Ich werde ihre Partyweiber besuchen. Eine von ihnen wird diese Frau sicher kennen. Freundinnen erzählen sich fast alles."

Ich lehne mich zurück, froh über diesen Entschluss.

„Und du, Joey, du kannst dir inzwischen einen der anderen vier Männer auf Kates Diskette aussuchen und ihm einen Besuch abstatten. Wenn ich die Sache mit dieser seltsamen Freundin hinter mir habe, werde ich mir auch einen von ihnen vorknöpfen."

Ich schaue wieder auf die Tischplatte und das Foto.

„Aber das alles kann erst passieren, wenn ich von der Beerdigung zurück gekommen bin", füge ich leiser hinzu. „Sie findet am kommenden Montag statt; Patricia hat mir ein Telegramm geschickt."

Joey steht auf, als ob er das schon seit Minuten vorhat, geht zu meinem Kühlschrank und öffnet ihn. „Hast du Cola?"

„Nein. Nur Wasser. Und Wein. Oder Milch."

„Dann wirst du ja vielleicht den Anwalt wiedersehen", sagt er beiläufig, während er sich Mineralwasser in ein Glas gießt.

„Ja, vielleicht. Aber ich werde ihn ignorieren. Soll er sich wundern!"

„Willst du auch ein Glas?"

„Ja, bitte."

Er öffnet den Kühlschrank wieder und holt die Flasche ein zweites Mal heraus.

Joey hat also seine Aufgabe bekommen. Und ich muss nach Kalifornien.

Beerdigungen sind für mich die Hölle. Sie sind in der Regel der Gipfel der Demütigung der Toten, eine hohe Zeit für Heuchler. Auch in diesem Fall. Patricia hasste ihre Tochter, und der Anwalt hat in seinem Brief kein gutes Wort für sie übriggehabt. Aber selbstverständlich werden sie sich mit dem Taschentuch ein paar Tränen aus den Augen drücken, werden einige Redeminuten lang die tottraurigen Anverwandten spielen, um sich danach, erleichtert über das Ende der meistgehassten Zeremonie auf der Welt, so schnell wie möglich wieder dem Alltag hinzugeben. Ich konnte nie verstehen, wie sich meine Eltern nach Begräbnissen, auf dem Weg aus dem Friedhof heraus, Arm in Arm, schon wieder über das Wetter oder das nächste Mittagessen unterhalten konnten, und wie sie noch am selben Tag wieder Scherze machen und lachen konnten. Dazu wäre ich nie in der Lage, der Tod ist der Tod, der härteste Übergang in einen anderen Aggregatzustand, den sich die Natur ausgedacht hat: Während die meisten Dinge nur sanft aus festen Körpern in Flüssigkeiten und aus Flüssigkeiten in Gase verwandelt werden, handelt es sich beim menschlichen Tod um den grausamsten Übergang von einem Komplex aus fester Materie, Wasser, Geist und Seele in ein Nichts; ein Nichts, das zunächst noch berührbar ist (aber wer wagt denn schon, seine Hand auf eine tote, kalte, weiße Stirn zu legen?), das dann langsam zerfällt, zurückfällt ins Zentrum, zu der dunklen Substanz des kleinen, milliardenfachen Urknalls, aus dem die nächsten Gräser und Käfer, Bäume und Affen, die Wasser und Himmel, die Erde und die neuen Menschen entstehen, wenn sie alle gestorben sein werden, die Patricias und die Anwälte und die unbekannten Doppelgänger, und all die anderen kleinen Hasser hier in New York, und dort in Santa

Ana, in das ich wie in einen Nebel eintauche, einen heißen Nebel aus den Resten meiner Liebe die ich nie verstanden habe weil ich alles verstehen wollte und deshalb alles falsch gemacht habe und vielleicht zu laut gedacht geredet geweint und gelacht habe aber wann wann wann bloß habe ich zurückgeschaut und sie verloren ein für allemal unter den Bäumen und Sträuchern dieses riesigen schönen Friedhofs weit weg von jedem Lärm soll ich suchen und mit meinen Krallen die Gräber aufreißen und kann sie nicht sehen oder will sie nicht sehen die Fratzen die triefäugigen wie sie ihre Köpfe auf die Brust fallen lassen wie auf Kommando als der Weihrauch verströmt aus einem fremden Mund der nichts weiß und nichts wissen kann von der fremden Celia die er beschreibt mit steifen Gebärden und salbungsvoller Stimme und wie sie auffallen mit ihren schwarzen teuren Kleidern an diesem sonnigen kalten und leeren Januartag voller Freude ringsherum um die Insel der Verlogenen von gestern der Trampel der Trampelnden auf der Erde von morgen auf der Weisheit der Welten und auf den tief unter dieser Gräberlandschaft verborgenen dunklen Geistern die das noch ungeborene Licht in sich tragen und die Liebe von übermorgen doch da bin ich schon wieder im Taxi zum Flughafen als sie die ersten Tonnen Kuchen in ihre Münder schaufeln als gäbe es etwas anderes zu feiern als Celias Erlösung von ihnen. Der Anwalt war nicht auf der Beerdigung, ebenso wenig die Hühner. Die ganze Welt war abwesend, nur Patricia war da und ein Onkel, eine Tante, eine Cousine, alles Schatten. Noch ein Grund, endlich die Hühner zu besuchen. Was, was fand Celia bei ihnen? Wie sehr müssen sie sie gemocht haben, dass sie sogar größere Angst als ich vor der Beerdigung hatten? Ich lande in La Guardia, stürze in den Bus, der mich durch Harlem fährt, und falle eine Stunde später in meine Straße. Endlich hat mich die Zeit wieder im Griff. Es tickt an meinem Handgelenk, als ich mich erschöpft auf mein Bett lege, langsam, um nirgendwo mehr anzustoßen, es reicht mir für dieses Wochenende. Ich verfluche Joey, weil er nicht da ist. Wenn man ihn schon mal braucht...

Ein paar Tage lang lässt er sich nicht bei mir blicken. Dann sehe ich eines Abends auf dem runden Tisch im Wohnzimmer, genau in der Mitte, einen Briefumschlag liegen, auf dem mit fetten Buchstaben das Wort „Überraschung!" zu lesen ist. In ihm finde ich zwei große, mit vielen kurzen Stichworten versehene Blätter Papier (wirre Notizen unter einer dahingeschmierten Überschrift: „Der arme Krüppel") und eine Tonbandkassette. Ich gehe in die Küche und schenke mir ein Glas Rotwein ein, schließlich setze ich mich auf das Sofa, mit verschiedenfarbigen Stiften, einem leeren Schreibblock und meinem uralten Kassettenrekorder bewaffnet, und versuche, die Erlebnisse Joeys mit Marc Wilcox zu verstehen. Er hat doch tatsächlich unbemerkt und unerlaubt von Anfang an das Kassettengerät laufen lassen und das Gespräch während ihrer Begegnung aufgezeichnet. Vielleicht gehen wir zu weit. Das sind ja schon fast kriminelle Methoden, denke ich. Wahrscheinlich ist das nicht gestattet. In Amerika schon gar nicht, wo die Individualität und die Persönlichkeitssphäre angeblich über alles andere gehen und offiziell nicht verletzt werden dürfen, erst recht nicht von solchen dahergelaufenen Möchtegerndetektiven, wie wir es sind.

Anderthalb Stunden später sehe ich deutlich vor meinen Augen, wie es Joey bei diesem Mr. Wilcox ergangen ist; ein paar Fragen bleiben offen, die ich ihm sofort am Telefon stelle. Dann habe ich die ganze Szene im Kopf, als Ablauf von Bewegungen und Sätzen, und gleichzeitig abstrahiert, in Prosa sozusagen. Und weil das da plötzlich so klar dasteht in meinem Geist, beginne ich es aufzuschreiben:

Es schneite. Das war Joeys erste Notiz. Wahrscheinlich hatte er deshalb zunächst keine Lust, die Nachforschungen schon an dem Samstag zu beginnen, der mich nach Santa Ana geführt hatte. Aber dann strich er die Bemerkung zum Wetter durch, und es zeigte sich erneut, dass Kälte besser als Hitze für tolle Ideen geeignet ist, und dass der Rückzug der Stadt hinter den Nebel der dichten Schneeflocken selbst Joeys Hirn wieder beruhigte und ihn auf einen genialen Gedanken und zu einem weiteren sensationellen Fund brachte.

Während er darüber nachgrübelte, unter welchem Vorwand er Marc Wilcox – wer auch immer das sein mochte – besuchen konnte und ob er seine Telefonnummer ausfindig machen und ihn vorher anrufen sollte oder nicht (vielleicht würde der ja seinen bissigen Hund auf ihn hetzen oder ihn mit der Pistole in der Hand aus seinem Haus jagen), lief er ahnungslos noch einmal zu seinem Büro, um sich im Internet nach ihm zu erkundigen – denn: „Manchmal gibt es ja irrsinnige Zufälle" (Originalzitat aus Joeys Notizen). Er hat zwar auch einen Anschluss an das Netz von seinem Computer zu Hause aus, aber „man muss heutzutage ja sparen, was das Zeug hält, um über Wasser zu bleiben" (Joey).

Und die Computer im Büro waren sowieso Tag und Nacht angeschaltet, da fiel das nicht weiter auf. Außerdem waren sie viel schneller.

Die beiden Kollegen, die an diesem Wochenendtag Dienst hatten und die Technik der Providerfirma überwachten und gleichzeitig auf mögliche Hotline-Anrufer warteten, begrüßten ihn ohne Verwunderung. Joey war ihr Chef, und Kontrollen am Wochenende oder in der Nacht waren zwar nicht die Regel, aber kamen hin und wieder vor. Nach einem kurzen Gespräch über die täglichen kleinen Probleme, die Beschwerden über zu lange Wartezeiten beim Einloggen oder über zu hohe Verbindungsgebühren, schloss Joey die Tür zu seinem Büro von innen ab und setzte sich an seinen Schreibtisch. Bereits zwei Minuten später arbeitete ein Dutzend Suchmaschinen das Internet nach Marc Wilcox ab. Dass er darauf nicht schon vor Tagen gekommen war! Ein positives Ergebnis ließ nicht lange auf sich warten: Nachdem er die vielen Treffer gesiebt hatte, musste er zu seiner großen Überraschung feststellen, dass Mr. Wilcox nicht nur ein aktiver Bewohner des Internet war, sondern sogar Kunde der Firma, in der Joey arbeitete.

Ein Tastendruck und ein Blick auf den Bildschirm bestätigten ihm, dass Name und Adresse auf Kates Diskette mit den Angaben in der Kundendatei übereinstimmten. Dann kam ihm die wirklich geniale Idee, „sozusagen ein kreativer Gedanke" (Joey): Er druckte noch einmal die Namen und Adressen der anderen vier von uns gesuchten Männer aus, und fand sowohl Laurence Wilson, den Anwalt, als auch Jeff Baker als Kunden in der Datei seiner Firma wieder. Eine kurze Suche im Internet ergab schließlich, dass die letzten beiden, Michael Dawson und Paul Greenwood, bei der größten Konkurrenzfirma in der Stadt angemeldet und also auch eifrige Internetnutzer waren.

Sofort war ihm klar, dass jetzt alles viel einfacher werden würde. Wer erst einmal Spuren im Netz der Netze hinterlassen hat, der kann sich nicht so schnell wieder verstecken. Die meisten wollen es auch gar nicht, denn Joey wusste - wie auch jeder andere Profi in diesem Gewerbe - dass das Internet eine riesige Stadt von Exhibitionisten ist. Von dem Geld der süchtigen Bewohner dieser virtuellen Stadt lässt sich gut und sicher leben; niemand wird seiner Sucht müde, wenn er die Gelegenheit bekommt, sie zu pflegen und weiterzuentwickeln.

Ausgerechnet die beiden Kunden der Konkurrenzfirma hatten eine kleine Website gebastelt, auf denen sie - wie das üblich geworden ist - ein paar private Angaben zu sich preisgaben, ihre Hobbys vorstellten, oder die Computerfans daheim an den Bildschirmen mit wundersamen, aber inhaltsleeren optischen und akustischen Spezialeffekten in Erstaunen versetzen wollten. Die Seiten von Mr. Dawson druckte Joey für mich aus, weil er wollte, dass ich mich um ihn kümmern sollte. Die des anderen behielt er für sich. Das sei ein Fall für ihn, schrieb er, fügte aber nicht den Grund hinzu. Ich werde ihn fragen müssen.

Dann folgte der zweite kreative Gedanke des Tages, der ihn allerdings, nun mit Sicherheit, an den Rand der Legalität führte. Joey schrieb, halbanonym, eine E-Mail, einen als Rundschreiben getarnten elektronischen Brief, an Marc Wilcox und Jeff Baker, seine beiden eigenen Kunden. Als Absender nutzte er seine Firma:

„Sehr geehrte Damen und Herren,

Sie gehören zu der kleinen, per Zufallssuche ausgewählten Gruppe treuer Kunden unserer Firma, von der wir uns wünschen, sie könnte uns bei der Verbesserung unserer Serviceleistungen beiseite stehen. Wir haben zehn Fragen für Sie vorbereitet und bitten Sie, diese mit knappen Sätzen oder Stichworten zu beantworten. Sie können uns dadurch helfen, unser Angebot den sich schnell verändernden Wünschen unserer Kunden besser anzupassen. Wir danken Ihnen ganz herzlich und verlosen unter allen Beteiligten, ganz gleich, ob Sie uns antworten wollen oder nicht, zwei wertvolle Buchpreise."

Dann folgten zehn Fragen, die sich mit der Zufriedenheit der Firmenkunden beschäftigten, und die sich Joey auf die Schnelle ausdachte, und endlich schrieb er Wilcox und Baker eine zweite E-Mail, die er mit vier Stunden Zeitverzögerung vom Computer absetzen ließ: „Sehr geehrter Herr, herzlichen Glückwunsch zu dem kleinen Sachpreis, den wir im Zusammenhang mit unserer heutigen Umfrage gestiftet haben. Sie gehören zu den beiden glücklichen Gewinnern. Wir werden uns erlauben, in den nächsten Tagen einen Kollegen vorbeizuschicken, der Ihnen das ‚Buch zum Netz' und die dazugehörige CD mit tollen Internet-Programmen vorbeibringen wird."

Eine halbe Woche ließ Joey noch verstreichen, um sicherzugehen, dass die Post auch wirklich gelesen wurde und die Angeschriebenen nicht etwa genervt mit Protestbriefen antworteten, und dann machte er sich auf die Suche nach Marc Wilcox.

Ein wenig seltsam kam ihm seine Vorgehensweise schon vor, aber er sah keine andere Möglichkeit, um an die Männer heranzukommen. Diese Chance war fast ein Geschenk des Himmels. („Außerdem rechtfertigt eine gute Absicht den seltsamsten Weg zum Ziel", meinte Joey später, zum Abschluss der Aktion, und überzeugte mich damit sogar, weil nichts Schlimmes passiert war und die ganze Sache zunächst keinerlei juristischen Konsequenzen hatte.)

Am Dienstagabend begab er sich also, mit einem Buch und einer CD aus dem Firmenregal in der Tasche, nach Midtown, in eine kleine Straße auf der Westseite Manhattans, in der überwiegend halbwegs wohlhabende Kleinbürger lebten: Leute mit etwas Geld, genug für anständige Häuserfassaden und einen Wächter am Hauseingang, aber eben nicht ausreichend für eine Flucht vor dem Straßenlärm oder vor der Allgegenwart der immer weiter um sich greifenden Armut, für eine Flucht an die konservierten Ränder des Central Parks oder in die frische Luft nahe der leise an den Ufern der Insel plätschernden Flüsse, an einige Stellen im Riverside Park zum Beispiel, wo Tauben sich nicht von Abfällen ernähren müssen und Eichhörnchen von kompletten Familien noch mit ausgewählten Nüssen gefüttert werden.

Joey schaltete das kleine Kassettengerät, ein winziges Diktaphon, auf Aufnahme, und versteckte es in seiner inneren Manteltasche, bevor er an das Haus herantrat.

„Zu Mr. Wilcox", sagte er zu dem Schwarzen in Uniform, der zwischen Fahrstuhl, Haustür und einem klitzekleinen Raum mit Holzschemel und Klapptisch hin und her lief wie ein Panther hinter Tierparkgittern. Der Mann war jung und kräftig, hatte ein schönes, intelligentes Gesicht, doch seine Freundlichkeit war eingeübt. „Sind Sie angemeldet?"

„Ja und nein", antwortete Joey. „Er weiß, dass ich komme, aber wir haben keine genaue Uhrzeit vereinbart."

„Klingeln Sie dort", entgegnete der schwarze Panther und wies mit seinem langen Arm auf das riesige Klingelbrett. „Linke Reihe, dritte von oben."

Joey drückte kräftig auf die Klingel und lächelte den Wächter an. Alles in Ordnung, schien sein Lächeln sagen zu wollen, ich bin weder ein Dieb noch ein Mörder oder ein Terrorist, gleich werden Sie sehen, dass Mr. Wilcox weiß, wer ich bin, und er wird sogar erfreut sein, mich empfangen zu dürfen. Dann blickte er auf den großen Spiegel an der Ecke, der so angebracht war, dass von jeder Stelle des Flures aus jede andere Stelle zu sehen war. Neben dem Spiegel hing auffällig eine Videokamera, an der ein rotes Lämpchen blinkte, das jedem, der mit unlauterer Absicht in das Haus eintrat, sagen wollte: Sieh her, ich bin in Betrieb und habe dich schon im Visier. Schade nur, dass die meisten Einbrecher ohnehin wussten, dass die Kameras in vielen Häusern nur Attrappen waren.

„Wer ist da?", fragte eine barsche, verzerrte Stimme aus dem Lautsprecher.

„Guten Tag, Mr. Wilcox!", rief Joey zurück, wobei er mit den Augen das Mikrofon suchte, aber nicht fand. Aus irgendeinem Grund schaute er zu dem Panther und lächelte ihn noch einmal an, als ob der Triumph ganz nahe wäre: Gleich wirst du sehen... Dann nannte er den Namen seiner Firma und seinen eigenen. „Ich bringe Ihnen den angekündigten Gewinn aus unserer Umfrage vom vergangenen Wochenende."

„Warum schicken Sie das Zeug nicht mir der Post, verdammt nochmal?", kam es ungehalten aus dem Lautsprecher.

Joey spürte die Augen des Panthers auf sein Gesicht gerichtet und war etwas verunsichert. So schnell wollte er jedoch nicht aufgeben.

„Tut mir leid, Mr. Wilcox, aber Sie kennen das ja: Neue Firmenstrategie bei der wachsenden Konkurrenz und so, das heißt mehr direkter Kontakt mit den Kunden, vor allem mit den treuesten und besten, ich kann da auch nichts machen, ich bin ja nur geschickt worden. Ich will Ihnen das Buch doch nur übergeben, es dauert nicht lange."

Der Panther bewegte sich leise auf ihn zu, fast bedrohlich, als ob er den ungeladenen Besucher auf ein vereinbartes Signal aus dem Lautsprecher zerreißen wollte, doch da kam der erlösende Satz: „Okay, kommen Sie herauf. Aber ich habe nur zwei Minuten, das sage ich Ihnen gleich." Dann knackte es zweimal laut, einmal in der Wechselsprechanlage, und einmal an der zweiten Eingangstür vor dem Fahrstuhl, die der Wächter für ihn weit geöffnet hielt: „Bitte, Sir, Wohnung 7b".

Oben angelangt, läutete Joey an der Tür, auf der mit großer, gelber Schrift die Wohnungsnummer zu lesen war. Eine ältere, kleine Frau mit weißen Haaren und breitem Mund öffnete ihm, musterte ihn kurz von Kopf bis Fuß und bat ihn schließlich einzutreten:

„Sie sind also der nette, junge Mann von der Computerfirma, kommen Sie doch herein", sie zog Joey am Ärmel in den Korridor und schloss schnell die Tür hinter ihm, „endlich hat er mal was davon, also Marc meine ich, endlich hat er mal was davon, dass er den ganzen Tag lang am Computer herumsitzt und seine Zeit vertrödelt, auch wenn es nur ein Buch ist, na kommen Sie schon, dahinten ist sein Zimmer."

Sie sprach, fast ohne Luft zu holen. Ich habe es mir auf dem Kassettengerät wieder und wieder angehört, und es ist wirklich erstaunlich, wie sie das schafft. Ein paar Mal habe ich es selbst versucht, diese Satzungetüme hintereinander aufzusagen, wie sie, ohne dabei zu atmen, aber es wollte mir nicht gelingen. Der arme Joey wurde zu einer offenen Tür geschoben. Das Zimmer dahinter war stockdunkel.

„Wissen Sie, da spielen wir nun schon seit zwanzig Jahren Lotto, also nicht regelmäßig, aber wenigstens alle zwei, drei Wochen einmal, und es ist noch nie etwas dabei herausgekommen, als ob es das Schicksal besonders übel mit uns meint, und nun fallen Sie uns vom Himmel und erzählen uns, wir hätten etwas gewonnen." Jetzt musste sie doch tief einatmen, um noch einen Satz anzuhängen: „Aber ich verstehe von diesem ganzen Zeug sowieso nichts, ja wenn Sie ein Kochbuch verlost hätten, Sie können das wohl nicht umtauschen?"

„Halt's Maul!", schrie es aus dem Raum, vor dem Joey immer noch unschlüssig stand. Er versuchte, etwas zu erkennen, einen menschlichen Körper oder einen Gegenstand, aber es war zu dunkel in dem Zimmer. Dafür spürte er wieder die Hand der kleinen Alten an seinem Mantelärmel und drehte sich um. Sie stand hinter ihm, an der Wand, so dass sie vom Zimmer aus nicht gesehen werden konnte, und gab Joey mit Augenbrauen und Mund stumme, unverständliche Zeichen. Unvermittelt schob er seinen Kopf näher zu dem der Frau und drehte ihn dabei ein wenig nach links, wie es Schwerhörige manchmal tun. Sie zuckte mit ihrem Kopf zurück und machte mit der Hand ein Zeichen vor ihrer Stirn, das ihn entweder wieder wegscheuchen oder ihm bedeuten sollte, dass hier jemand verrückt sei, und Joey war es in diesem Augenblick nicht klar, ob sie ihn oder den unsichtbaren Mr. Wilcox meinte.

„Was macht ihr da draußen?", ließ sich eine dröhnende Stimme aus dem Dunkel vernehmen, dann folgte ein Knarren und Ächzen, schließlich erkannte Joey die Konturen eines Rollstuhls, der sich aus dem Schatten schälte, näher kam und hinter der Schwelle stehen blieb. „Was zum Teufel tut ihr da?"

„Was sollen wir denn schon machen, he!?", rief die Alte an Joeys Ohren vorbei. „Der junge Mann wartet hier darauf, dass du dich endlich blicken lässt, er will ja nicht mir ein Buch schenken, sondern dir! Ich verstehe so etwas ja nicht besonders gut, mit Computern konnte ich noch nie etwas anfangen, wer weiß", fügte sie, Joey zugewandt, hinzu, „was er damit alles für Schweinereien anstellt, stille Wasser und so weiter, das kennen wir ja!"

„Hau ab in die Küche!", fauchte sie der Mann im Rollstuhl an, ein Endvierziger, dünn am Körper und im Gesicht, blass und unrasiert, mit ungekämmten, grauen Haaren und den langen, graufleckigen Händen wie angewachsen an den großen Rädern. „Wo ist das Buch?", fragte er Joey. Der gab es ihm, zusammen mit der CD.

„Herzlichen Glückwunsch noch einmal."

„Hast du gehört? Herzlichen Glückwunsch hat der Herr gesagt, warum bedankst du dich nicht? Er ist immer so grob zu allen, wissen Sie, und ganz besonders zu mir, er denkt, mit seiner Krankheit kann er sich alles erlauben, aber dass seine Umgebung nun mit darunter leiden muss, das ist unfair, ich pflege und versorge ihn ja schon seit so langer Zeit, und da wäre es nur angebracht..."

Joey unterbrach sie, aus Angst, er könnte allzu schnell wieder hinausgeworfen werden. Er wollte ja einige Fragen loswerden: „Es ist wirklich toll, dass Sie einer der beiden Gewinner sind, ich hoffe, Sie sind zufrieden mit unserer Firma. Der andere Gewinner heißt übrigens Jeff Baker, manchmal kennt man sich ja innerhalb der Internet-Familie."

„Ich kenne keinen Jeff Baker", knurrte Wilcox, und schaute Joey dabei fest in die Augen, als ob er ihm sagen wollte: Was redest du da, was stehst du überhaupt noch hier herum, mach dass du rauskommst.

„Ja und in die engere Wahl sind noch ein paar andere gekommen, ein Laurence Wilson, ein Michael Dawson und ein Paul Greenwood, nie gehört...?"

Joey zählte die Namen schnell hintereinander auf, in einem leichten Anfall von Verzweiflung, da er ahnte, dass er nur wenige Sekunden Zeit hatte, mit Wilcox zu reden.

„...Schade, wir wollten mal einige Leute einladen zu einem Plausch in unserem Büro..."

Das wäre übrigens eine sehr gute Idee, schoss es ihm durch den Kopf, sowas hatten wir noch nicht, am Wochenende könnte man das machen.

„... damit Sie sich mal die Technik anschauen können, das interessiert die Leute oft."

„Mich nicht. Zwei Minuten, habe ich gesagt."

Wilcox schien zu keiner Konversation bereit, und auch bei den

Namen der anderen Männer von der Diskette hatte er keine Miene verzogen.

Joey versuchte einen letzten Anlauf: „Unsere Celia würde Sie bewirten und einen Tag lang ganz zu Ihrer Verfügung stehen…"

„Also jetzt gehen Sie ein bisschen zu weit", ließ sich die Alte neben ihm vernehmen, die eine geschlagene Minute lang aufmerksam zugehört hatte, „aus dem Alter ist er nämlich heraus, den können Sie mit Weibern nicht mehr hinter dem Ofen hervorlocken…"

Wilcox zog ein Grimasse, während die Frau sprach, schob dann die Zungenspitze zwischen die Lippen und produzierte so einen hässlichen, pupsenden Laut, schließlich beugte er sich weit nach vorn, packte die Räder seines Rollstuhls an der Vorderseite und zog sie nach hinten, dabei fuhr er, wieder ächzend und knarrend, langsam rückwärts, in sein Zimmer, bis ihn die Dunkelheit verschluckt hatte.

„Na, also so etwas…", protestierte die Alte. Joey war sich nicht im klaren, in welchem Verhältnis sie miteinander standen, sie machte auf ihn mehr den Eindruck einer Dienstmagd als einer Ehefrau.

„…er kann so nett sein, manchmal", fuhr sie fort, „aber Sie haben recht, das ist schon lange her, ich weiß nicht, warum er so geworden ist, vielleicht die Krankheit, aber wissen Sie, andere sind ja auch krank, mir geht es auch nicht immer gut, und außerdem habe ich Probleme mit dem Rücken, hier hinten, sehen Sie mal…"

Sie drehte sich um und schob ihren Pullover zehn Zentimeter nach oben, bis die blanke, schlaffe Haut und auf ihr ein großer, dunkelgrauer Fleck zu sehen war. Dann kam sie mit dem Gesicht ganz nahe an Joey heran und sagte zu ihm, in verschwörerischem Ton:

„Aber ich glaube nicht, dass es die Krankheit ist. Ich denke, es ist der Computer. Er redet nur noch mit dem, das muss einen ja verrückt machen. Die Computer machen die Menschen kaputt, Sie sind ja vom Fach. Also ich rühre keinen an, niemals, ich will mir ja nicht noch sonstwas holen, die Gehirnweiche oder was es noch alles gibt, erst haben sie das Radio erfunden, da haben die Leute ein paar Stunden davor gesessen, dann den Fernseher, und da sitzen sie tagelang und gucken hinein, ohne etwas anderes zu tun, und nun ist der Computer da, den sie ihr ganzes Leben lang anstarren, als gäbe es nur noch das. Eine Schande! Und Sie sind auch so einer. Aber Sie können ja nichts dafür, Sie sind noch so jung…"

„Halt endlich dein Maul!", schrie Wilcox wieder aus seinem dunklen Raum, „der Herr will gehen, merkst du das nicht?"

„Ach so, jetzt habe ich Sie aufgehalten." Die Alte konnte nicht aufhören zu reden. „Das tut mir leid."

Sie begleitete Joey bis zur Tür und öffnete sie.

„Also nichts für ungut, es war jedenfalls sehr nett, dass Sie uns das Buch persönlich vorbeigebracht haben, das hat man heutzutage ja nicht mehr so oft, dass sich die Leute um einen kümmern."

Und während sie noch sprach, schloss sie die Tür von innen, und mein armer Joey begab sich, halb betäubt und schwankenden Schrittes, zum Fahrstuhl.

(„Das, also das stimmt nun wirklich nicht! Ich war zwar etwas durcheinander nach dem Redeschwall, aber laufen konnte ich allemal noch!" – „Ich hoffe, er ruft nicht eines Tages in eurer Firma an und fragt nach der netten Celia, die ihn bewirten sollte." – „Ich werde alles abstreiten, alles, alles!" – „Hat eigentlich einer der beiden die zehn Fragen beantwortet?" – „Nein, damit habe ich auch nicht gerechnet. Wenn wir solche Umfragen starten, dann erhalten wir nur von etwa fünf Prozent der Kunden Antwort." – „Wird es ihnen nicht komisch vorkommen, dass der Preis nicht nur unter den Teilnehmern verlost wurde, die geantwortet haben?" – „Also echt, Dick, du machst dir echt zu viele Gedanken! Wirklich mal. Du hättest den Typen sehen sollen, den Wilcox, meine ich! Du würdest diese Fragen nicht stellen. Er ist einfach eine taube Nuss, etwas verkommen, lässt sich gehen, sogar kör-perlich, hat keinerlei Anstand einem Gast wie mir gegenüber – okay, es mag ja sein, dass er mürrisch geworden ist durch seine Krankheit; der Rollstuhl und so. Aber trotzdem... Du brauchst keine Angst zu haben, dass er uns irgendetwas tun könnte, denn ist er ein ziemlich harmloser Mensch. Aber du musst noch zu dem anderen gehen: Jeff Baker, den habe ich dir gelassen, er wartet sicher schon auf sein Buch." – „Sag mal, Joey, hat dich die Alte mit ihrer Krankheit angesteckt?" – „Mit welcher Krankheit?" – „Mit der Viel- und Schnellredekrankheit." – „Also Dick, also weißt du... Gehst du nun zu Jeff Baker oder nicht?" – „Ich mach das, nachdem ich bei den Hühnern war. Und dann haben wir noch die anderen beiden, die mit den Webseiten." – „Stimmt. Das Inter-net ist doch was Feines." – „Warum hast du mir eigentlich die eine Website vorenthalten?" – „Ach, nur so, so ein Gefühl..., dass..." – „... dass?" – „...eben dass ich mit dem besser zurecht komme." – „Wieso? Ist der andere gefährlich?!" – „Nicht gefährlich... Ach, frag nicht so, ich meine ja nur einfach...!")

PILOT:

Was ist denn los, Killer, heute ist Donnerstag! Wir haben doch gestern erst alle miteinander gesprochen. Warum hast du mich herbestellt?

KILLER:

Hast du schon mal jemanden umgebracht, Pilot?

PILOT:

Umgebracht? Also, Killer... Nicht ganz. Aber manchmal könnt ich schon.

KILLER:

Was heißt hier: nicht ganz?

PILOT:

Naja, ich hab mal jemanden zusammengeschlagen, als ich besoffen war. Ich hab vergessen, wer es war, es hatte auch keinen bestimmten Grund.

KILLER:

Ich hab nicht danach gefragt, ob es einen Grund hatte. Nichts hat soviel Grund, dass man einen dafür umbringt. Aber es macht Spaß.

PILOT:

Spaß?

KILLER:

Na klar doch! Es ist einfach geil!

PILOT:

So wie in der Bank, was?

KILLER:

Klar, Mann, denkst du, ich hab nicht gesehen, was der für 'ne Angst hatte? Aber ich konnt' mich nicht mehr bremsen, ich musste einfach abdrücken! Schon um die andern zu schocken. Rocky kam ja gleich reingerannt und drehte durch.

PILOT:

Zum Glück war alles bloß Attrappe, Killer. Im echten Leben würde es dir schlecht ergehen.

KILLER:

Das kann man nie wissen. Wir müssten für unser Gruppentreffen nächste Woche etwas vorbereiten. Deshalb habe ich dich gerufen.

PILOT:

Was willst du vorbereiten? Willst du einen von uns umbringen?

KILLER:

Und wenn? Es ist ja doch wieder nur ein Spiel. Rutscht dir das Herz in die

Hose? Mann, ich brauche einen zweiten Mitspieler, der weiß, worum es geht. Sonst funktioniert das nicht.

PILOT:

Und auf wen hast du es abgesehen?

KILLER:

Also erst musst du mir versprechen, dass niemand von den andern etwas davon erfährt.

PILOT:

Okay, ich bin dabei.

KILLER:

Zweitens: Wenn es ernst wird, machst du keinen Rückzieher. Klar?

PILOT:

Was meinst du damit: wenn es ernst wird? Wie ernst? So richtig ernst?

KILLER:

Ernst eben. Wie in der Bank, nur noch ein bisschen heftiger; und außerdem betrifft es einen von uns. Ernst genug?

PILOT:

Manchmal bist du unheimlich, Killer. Warum hast du dir eigentlich diesen Namen gegeben?

KILLER:

Nächste Woche wirst du es ganz genau wissen. Also pass auf, Pilot...

Meine Mutter ist für ein paar Stunden in New York, und ich habe mich auf ein Treffen eingelassen. Sie kommt von einer Dienstreise aus Washington und muss noch am selben Nachmittag zurück nach Europa fliegen. Fast ganz oben auf dem altehrwürdigen Empire State Building ist die Aussichtsetage, die 86., ich glaube, es war in diesem Raum, wo das Massaker vor Jahren stattfand. Wir sitzen dort, und ich stelle mir vor, wie er plötzlich hereinkommt, mit einer dicken Beule unter dem Pullover, weil dort seine Maschinenpistole versteckt ist, und dann – nachdem er eine Runde auf der Etage gedreht hat, um zu sehen, was für Typen er gleich niedermachen wird – stößt er einen beängstigend langen Schrei aus, um sich zu betäuben, und schießt in die dichteste Touristengruppe, die er finden kann. Glas splittert, Blut spritzt, es wird augenblicklich kälter, weil die Fenster kaputt sind, das Licht geht vielleicht aus, weil der Kugelhagel eine elektrische Leitung getroffen hat, und er schießt und schießt und will nicht aufhören, die Notbeleuchtung schaltet sich ein und eine Alarmsirene ertönt, alles kreischt und flüchtet, und er dreht sich zwei, drei, vier Runden um sich selbst, immer noch mit dem Finger am Abzug, die Verkäufer verstecken sich hinter ihren Tresen, aber ich sehe die Kugeln durch die Holzverkleidung jagen – dann wird es auf einmal mucksmäuschenstill, weil inzwischen alle auf dem Boden liegen, die Lebendigen und die Toten, und endlich gibt es einen letzten Schuss (die Erlösung), den er sich in den Mund setzt, so von schräg unten, durch den Gaumen ins Gehirn.

„Träumst du?", fragt mich meine Mutter und berührt meine linke Hand, wie sie es immer gemacht hat, wenn sie mich von etwas ablenken wollte. „Aber du hast recht, es ist eine so faszinierende Aussicht von hier, da kann man ins Grübeln kommen... Ich habe das mit Celia gehört..."

Sie nimmt einen Schluck Kaffee und verzieht angewidert den Mund. „...das muss schrecklich für dich gewesen sein. Wie lange wart ihr jetzt schon auseinander?"

Meine Mutter fällt hier auf. Nicht nur wegen ihrer britischen Aussprache, auf die sie stolz ist und die sie pflegt, selbst hier im tiefsten Amiland, wo man sich darüber lustig macht. Sie fällt auch wegen ihres Gesichtes, ihrer Frisur, ihrer Kleidung, ihres Ganges, eigentlich wegen allem auf, was sie als Person ausmacht. Sie sieht hart aus, hat fast männliche Gesichtszüge, gibt sich aber zum Ausgleich betont weiblich. Darin hat sie sich kein bisschen geändert: hochgesteckte, gefärbte Haare, viel Rouge, auffälliger Schmuck an Ohren und Fingern, tiefroter Lippenstift. Ich vergleiche sie immer mit Tootsie, der Frau in dem gleichnamigen Film, deren Rolle von Dustin Hoffman gespielt wurde. Aber die Kinozeitschrift hat sie mir schon vor fünfzehn Jahren einmal um die Ohren gehauen, als ich sie mit Hilfe von Fotos auf die Ähnlichkeit aufmerksam machen wollte. Jetzt ist sie vierundfünfzig, und die Falten sind tiefer geworden.

„Guck mich nicht so an", sagt sie.

„Also die Aussicht gefällt dir?"

Ich versuche, das Gespräch zu lenken. Wir kommen sowieso immer zu einem bestimmten Thema, wenn wir uns treffen, und ich habe jedes Mal Angst davor.

„Es ist faszinierend, fast unheimlich", antwortet sie und legt beide Hände um den hohen Kaffeebecher, als müsste sie sich wärmen. „Immer wenn ich Bilder von New York sehe, so von weit oben fotografiert, habe ich den Eindruck, eine Mondlandschaft zu sehen. Geht dir das nicht auch so? Und die Wirklichkeit ist sogar noch brutaler: Krater, Stein und Staub, wohin du auch blickst. Also ich weiß wirklich nicht, was du an dieser Stadt findest. Sie ist so unglaublich hässlich."

„Eben hast du gesagt, es sei faszinierend, hier hinunter zu schauen."
Ich spüre, wie ich wütend werde. Das passiert inzwischen jedes Mal, wenn ich mich mit ihr unterhalte. Ich weiß einfach nicht, ob sie mich nur provozieren will, oder ob wir wirklich so verschieden geworden sind.

„Eine Mondlandschaft ist auch faszinierend, Richard."

Sie steht auf, lässt den halbvollen Pappbecher auf dem Tisch stehen, und wir treten hinaus ins Freie. Eine Weile versinken wir in den Anblick, der sich uns bietet, bleiben stumm und gehen unseren verschiedenen Gedanken nach. Auf den langen Avenues unter uns schieben sich dichte Reihen gelber Taxis nach Norden und Süden, wie winzige Käfer oder zu fette Glühwürmchen sehen sie von hier oben aus. Downtown mit seinen berühmten Wolkenkratzern – dem schönen Woolworth-Gebäude links und den beiden stolzen Türmen des World Trade Center rechts, die wie zwei unter zu lange anhaltender Steife leidende Phalli die verschwenderische Fruchtbarkeit und übermäßige Potenz dieser Stadt symbolisieren – dieses Downtown liegt jetzt zum Greifen nahe vor uns, einen Ballwurf weit entfernt; auf der anderen Seite schläft der Central Park, eine schmale, lange grüne Oase, die fast bis zum Horizont reicht.

Wie auf Verabredung drehen wir uns wortlos um und lehnen uns an das Geländer. Es ist ein wenig unbequem.

„Hast du mit deinem Vater gesprochen?", fragt sie in das Schweigen hinein. Die Touristen schieben sich vor uns vorbei.

Da ist es also, unser Thema. Die erste Hälfte unseres Dauerthemas. Ich versuche noch einen Umweg:

„Du hast mich nach Celia gefragt. Ich war letzte Woche auf ihrer Beerdigung in Kalifornien."

„Wieso in Kalifornien, leben ihre Eltern dort?"

„Ihre Mutter lebt dort, sie ist schon lange wieder allein. Celia hat die letzten Monate nach unserer Trennung bei ihr verbracht."

„Das muss eine schöne Gegend sein, Meer, Berge und so; ich meine, der Anlass war sicher nicht geeignet für einen erholsamen Urlaub, aber ein wenig Ruhe vor der Hektik in diesem New York tut dir bestimmt auch gut. Dein Vater war ja mal in Kalifornien, vor zwei Jahren glaube ich. Hat er dir davon erzählt?"

Ich stöhne innerlich auf. Wir drängen uns zurück ins Innere.

„Ja, Mutter, er hat mich damals sogar in New York besucht, und er war begeistert von der Stadt. Das hatte ich dir doch geschrieben."

„Begeistert!", ruft sie mit ihrer kräftigen Stimme durch den Raum, „da kann man mal sehen, *wofür* er sich begeistern kann!"

Dann fügt sie etwas leiser, jedoch mit versteinerter Miene, hinzu: „Wenigstens gibt es noch *etwas*, das ihn aus seiner ewigen Gleichgültigkeit allem und jedem gegenüber reißen kann."

„Er arbeitet wieder", sage ich, da mir klar ist, dass ich schnell durch alle Bereiche seines Lebens steuern muss, wenn ich wohlbehalten auf der anderen Seite dieser Konversation herauskommen will.

„Als was denn?", fragt sie schnippisch.

„Ein Jahresvertrag bei einem Kulturverein. Ein historisches Forschungsthema." Ich versuche, das Gespräch kurz zu halten.

„Sie arbeiten an der Geschichte der Karl-Marx-Allee. Und der Frankfurter. Eine Dokumentation von 200 Jahren Alltagsleben in einer der bekanntesten Straßen Ostberlins. Alles spiegelt sich dort wieder: das schnelle Wachstum der Stadt, die Kaiserzeit, Weimar, Hitler, Stalin, na, du weißt schon. Nicht uninteressant, denke ich."

Sie schaut weg, während ich ihr das erzähle, wie um ihr Desinteresse zu zeigen. Trotzdem fragt sie:

„Dann habt ihr euch wohl lange darüber unterhalten?"

„Er war vier Tage in New York. Wir mussten viel Zeit mit Reden totschlagen."

„Ein Jahresvertrag?", fragt sie. „Wieso ein Jahresvertrag? Erst haben sie ihn an der Uni evaluiert und schließlich entlassen, dann geben sie ihm nur einen Jahresvertrag! Ein Land ist das!"

„Er hofft auf ein zweites Jahr." Ich werde nicht schlau aus ihr. Sie hasst und liebt ihn gleichzeitig. Sie vermeidet jeden Kontakt mit ihm, und lässt sich doch über jeden seiner Schritte genau unterrichten.

„Pass auf, dass du nicht so endest", sagt sie auf einmal, und ich denke, ich höre nicht richtig, „aber du bist ja ins Ausland gegangen, das hast du richtig gemacht... Bei mir war das was anderes."

„Mir scheint, du bist ein wenig durcheinander, Mutter."

Ich rutsche näher an sie heran und hake mich bei ihr unter, um ihr meine Verbundenheit mit ihrem Schicksal, mit ihrer Einsamkeit und mit ihrem Blick auf ihre Vergangenheit zu zeigen.

„Bei dir war das etwas anderes, stimmt, du stammst ja aus London", beginne ich, und merke, dass ich weiter ausholen muss, um die Positionen wieder gerade zu rücken. „Als alles zu Ende war, bist du einfach nur nach Hause gegangen. Ich habe mich entschieden, in die Staaten zu gehen, weil ich glaube, mich hier besser entfalten zu können, das ist der einzige Grund, wir haben uns schon hundert Mal darüber unterhalten."

Wir schauen uns jetzt nicht an, weil sie weiß, was kommt, und ich weiß, wie sie reagieren wird. Es ist wie ein Teufelskreis, immer dasselbe.

„Ein Druck ist hier von mir abgefallen. Ich bin nicht geflohen vor meinem Leben, das denkst du doch, oder? Ich bin nicht geflohen, auch wenn ich mich damals, kurz nach der Wende, selbst nicht mehr verstanden habe. Aber ich musste irgendwie weiterleben! Verstehst du das?"

Jetzt werde ich auch noch wütend. Mich in Fahrt zu reden, ist eigentlich nicht meine Art, ich kann mich in der Regel beherrschen, nur bei ihr gelingt mir das nie. Ich denke an meine eigene Vergangenheit, und dennoch lade meine ganze Unzufriedenheit wieder einmal auf meiner Mutter ab.

„Ihr habt mir soviel erzählt! Soviel! Als ich Kind war. Und später. Ich fühlte soviel Stolz auf euch und eure Ideen. Die Geschichte habt ihr zu einer Geschichte von Abenteuern umformuliert! Das war alles echt für mich, die Filmhelden, die Erzählungen der alten Genossen, so einer wollte ich immer werden, ist dir das denn nicht klar? Eure

Illusionen – und ich sage nicht, dass man keine Träume haben darf, die habe ich auch – eure Illusionen habt ihr mir als die wirkliche Welt vorgespielt."

Ich drücke sie fester an mich, weil sie schweigt, weil ich natürlich ein schlechtes Gewissen habe, und weil ich ihr auch zeigen will, wie sehr ich sie trotz allem mag, und sie lässt es geschehen.

„Ich habe das immer noch nicht überwunden, meine Selbstachtung leidet noch darunter. Gott, wenn ich daran denke, wie ich sie in Grund und Boden geredet habe, wenn sie auch nur einen Millimeter von deiner oder Vaters Meinung abweichen wollten! Und denkst du, ich habe nicht gespürt, wie ich als Beispiel hingestellt wurde für die anderen Studenten an der Uni, bei solchen Eltern..." (warum sage ich ihr das jetzt, wie komme ich nur darauf?) „...aber hinter dem Rücken von vielen verachtet wurde? Das ist der Preis, den du zahlen musst für deine Geradlinigkeit, habe ich gedacht. Gedacht? Ich habe eigentlich nicht gedacht, nicht kreativ. Wir haben alle nicht nachgedacht. Ich habe fertige Argumente neu formuliert, immer wieder miteinander gemischt, schön und passend illustriert, aber es waren immer wieder dieselben Argumente. *Eure* Argumente."

Gott ja, ich erzähle ihr jedes Mal das gleiche, wenn wir uns treffen. Vor vier Jahren war sie hier, und ich habe versucht, ihr meine Wendungen zu erklären; dann habe ich sie in London besucht, und wieder dasselbe gesagt. Ich wollte mich nie rechtfertigen, und doch tue ich es ausgerechnet vor meiner Mutter immer aufs Neue, und ich merke, ich schaffe es nicht.

Sie dreht sich zu mir um und löst dabei ihren Arm aus meinem.

„Du machst es dir zu leicht, Richard. Und du weißt das auch. Kein denkender Mensch kann sich sein Leben lang hinter den Irrtümern der andern verstecken. Da hat er schon auch eine Verantwortung. Dein Vater hat seine Verantwortung in der Partei gesehen, und wer will ihm das verübeln? Die Zeiten waren so. Und heute sind sie nicht viel besser, im Gegenteil."

Mutter ist nicht anders als ich: Sie benutzt auch immer die gleichen Argumente, wahrscheinlich sogar immer dieselben Worte.

„Ich will ihm nichts verübeln. Er tut mir nur leid, weil er sein Leben zerstört hinter sich liegen sieht. Das macht ihn fertig."

Mutter zeigt auf den Ausgang. Sie hat es plötzlich eilig.

„Ich muss langsam zurück, um vier startet mein Flugzeug."

Wir gehen schweigend zum Fahrstuhl. Dort umarmt sie mich schnell und beginnt zu weinen.

„Du hast gut reden, Richard, du hast noch fast das ganze Leben vor dir…" Sie unterbricht sich und wischt sich mit einem Taschentuch die Tränen aus den Augen. Ich schaue mich um, ob es jemand gesehen hat, aber noch stehen wir allein vor dem Lift.

„Du denkst", sagt sie dann, „du kannst das erste Viertel deines Lebens einfach durchstreichen und jetzt alles richtig machen. Aber es gibt kein Richtig, glaube mir. Nie und nirgendwo gibt es ein Richtig. Immer ist alles falsch. Wenn du etwas richtig machen willst, musst du dich in die Berge verziehen, allein, und von Pilzen und Beeren leben. Und wenn dann die ersten Menschen auftauchen, gibt es erst ein großes Hurra, dann bleiben sie vielleicht da, weil es ihnen bei dir gefällt, und schon werden wieder Strukturen gebildet, einer wird von dem andern abhängig, und alles ist wieder falsch und verzerrt. Kannst du nicht verstehen, warum wir über eine bessere Gesellschaft nachgedacht haben? Es muss doch noch eine andere Lösung für das Zusammenleben von Menschen geben als nur Zank und Streit, Arm und Reich, Hass und Missgunst."

„Hör auf, das gibt es nicht. Das sind Utopien. Du hast nur drei Möglichkeiten: dich entweder wirklich in die Berge zu verziehen und als Eremit zu leben…"

„…wie du, Richard, du bist einfach weggelaufen…"

Ich stöhne vor Verzweiflung über ihre Hartnäckigkeit auf, habe aber keine Lust, auf ihre Bemerkung einzugehen. „…oder du versuchst, dein Leben und – wenn du schon ein Philanthrop bist – das deiner engsten Mitmenschen einigermaßen erträglich zu machen. Die Welt ist ein einziges Chaos, glaube mir, Mutter, und daran wird sich nichts ändern, bis sie an ihrem Ende ist."

Der Fahrstuhl kommt. Mit uns steigen etwa zehn Touristen ein, die meisten Amerikaner, zwei Japaner sind auch dabei.

„Und was ist die dritte Möglichkeit", fragt sie, „du hast von drei gesprochen."

Wir rauschen ab in die Tiefe. Mir wird ganz mulmig im Bauch. Ein paar Stationen nur, dann wechseln wir den Fahrstuhl, und schließlich geht es endgültig zurück auf die Erde. Sie schaut mich die ganze Zeit über an und wartet. Als wir unten angekommen sind und sich die Fahrstuhltür öffnet, sage ich, ergänzend:

„Und drittens kannst du treten, um nach oben zu kommen. Das tun die meisten hier, und auch in Deutschland heute, und das haben die meisten auch in der DDR gemacht. Das ist das Menschliche an uns. Die ersten beiden Möglichkeiten sind die Perversionen, in die wir uns manchmal vor uns retten wollen, wenn wir uns erkannt haben."

(Marius: „Wir waren schon damals jeder zwei Personen, eine für innen und eine für außen, ein Ich und ein Was-weiß-ich, ein Gewissen und ein Wissen.")

Sie seufzt leise, als wir aus dem engen Fahrstuhl geschoben werden, und sie kann es nicht lassen: „Ja hast du dich denn nun überhaupt nicht wohlgefühlt zu Hause?"

Ich fasse es nicht! „Doch, Mutter, ich hab mich wohlgefühlt."

„Na siehst du", sagt sie leise und wie beschwichtigend, „das ist doch das Wichtigste."

„Nein!"

Sie bleibt erschrocken stehen und starrt mich an: „Was?"

Wir werden beide rot, sie vor Scham und ich vor Zorn über ihre Unbelehrbarkeit.

Ich schreie weiter: „Nein, das ist eben nicht das Wichtigste, Mama!" Mein Gott, warum nenne ich sie ausgerechnet jetzt *Mama*? Das habe ich schon zwanzig Jahre lang nicht mehr getan. „Das ist eben *nicht* das Wichtigste; genau das ist der Grund für meine Hilflosigkeit! Ja, ich hab mich wohlgefühlt, sauwohl gefühlt hab ich mich jedes Mal, wenn ich merkte, dass jemandem die Argumente ausgingen und ich als Sieger dastand. Ich war so selbstbewusst in meiner Blödheit, dass mich heute das Heulen überkommt – darüber, was ich vielleicht angerichtet habe in den Köpfen anderer, oder was wir mit etwas mehr Ehrlichkeit zueinander hätten wirklich anrichten können in diesem Land und seinen Köpfen. Nichts, nichts hab ich gewusst von dem, was in der Welt wirklich vor sich ging! Ich denke sogar, ich wollte es nicht einmal wissen. Ach, Mutter!"

Wir gehen durch eine große, mit Touristen überfüllte Halle schweigend zum Ausgang. Draußen empfangen uns Sonne und eine schwache Mondsichel gleichzeitig, und eine Eiseskälte, die einem den Atem an den Lippen erstarren lassen will.

„Mein Gott, seid ihr deutsch", sagt Joey nur, als ich ihm am Abend von dem Gespräch erzähle. „Wenn die Amerikaner alle so über ihr Los grübeln würden, wäre die Selbstmordrate zehnmal so hoch, das kannst du mir glauben, Alter."

Wir sitzen seit ein paar Minuten auf meinem Sofa. Später muss ich mich zu einem Treffen mit zwei von den Hühnern aufmachen. Vielleicht sollte ich Joey zu dem Gespräch mitnehmen?

„Hier, in dieser Stadt", fügt er hinzu, um mich wieder an das Leben zu erinnern und mich aufzumuntern, „hier ist der Alltag das Entscheidende. Du schaffst dir Erfolge – *das* ist das Wichtigste – du willst schließlich ganz groß herauskommen, wie alle andern auch, und da nimmt keiner irgend jemandem etwas übel. Nur das ist hier wirklich von Bedeutung. Normal bist du erst dann, wenn du es endlich geschafft hast. Keiner weiß so richtig was, außer dass es etwas mit Geld zu tun hat. Gott, seid ihr ewige Grübler! Ihr müsst alles so kompliziert machen. Lernen, essen, trinken, arbeiten, um Geld zu verdienen, Erfolg haben, um viel Geld zu verdienen, ein bisschen Liebe, irgendwann ein Haus, eine Familie, wenn du willst, und vor allem: Spaß haben – das ist das Wesentliche. Alles andere macht dich kaputt."

Sein Blick fällt auf Marius' Tagebuch, das ich auf meinem Schreibtisch liegengelassen habe, und jetzt fragt auch er:

„Wer ist denn Marius? Wieso gibt er dir sein Tagebuch? Von dem hast du mir noch gar nichts erzählt."

Aber als er meine Verlegenheit sieht, schaut er sofort wieder woanders hin, nimmt eine Fernsehzeitung vom kleinen Tisch neben dem Sofa und blättert los. Daran erkenne ich meinen Joey, und dafür mag ich ihn.

„Joey, weißt du, was das Schlimmste ist? Dass ich über die Vergangenheit nur noch abstrahiert reden kann. Das ist mir heute nach dem Gespräch mit meiner Mutter ganz deutlich geworden. Ich kann nur noch theoretisieren über die Zeit damals und über meine Rolle. Immer wenn ich versuche, ein Beispiel zu finden, muss ich plötzlich lachen, weil mir dann auch so viele lustige Dinge einfallen – wir haben doch auch eine Menge Spaß gehabt!"

„Aber das ist doch schön, oder?", fragt Joey erstaunt.

„Nein, das ist nicht schön, das ist unerträglich. Die schlimmen Beispiele finde ich immer nur bei den anderen, vor allem bei den Oberen, und obwohl ich weiß, wieviel Unsinn wir damals angestellt haben, kann ich kein einziges Beispiel nennen, ohne dass ich mich gleichzeitig an die vielen wunderbaren Situationen erinnere. Ich habe mich mit jemandem gestritten, weil er eine völlig unmögliche Meinung über etwas hatte, und wenn ich jetzt an ihn denke, dann muss ich mich auch daran erinnern, wie er die besten politischen Witze erzählen konnte und wir uns alle zusammen scheckig gelacht haben, ohne böse Hintergedanken. Wir waren zusammen in den Ferien, hatten unseren Spaß, und haben uns dabei gerauft. Das war so tief in uns, das Bewusstsein, dass wir auf der richtigen Seite standen, dass nicht einmal die Dummheit der Mächtigen unseren Glauben an eine große Zukunft erschüttern konnte..."

Ich halte ein. Was rede ich da für einen Mist zusammen. Das glaube ich ja selber nicht. Und das ist auch für niemanden mehr in Worte fassbar, es ist viel zu komplex, was da in dem kleinen Land geschehen war, weil es von den Millionen Leben durchtränkt war; und wenn du selbst die Hölle mit sechzehn Millionen Menschen besetzen würdest, so wäre auch sie auf einmal ein lebendiger Marktplatz - und in unserem Fall war es ja nicht einmal eine Hölle, also das nun wirklich nicht, sondern nur eine kleine, graue Sackgasse, in der ein paar alte Starrköpfe das Zepter nicht aus der Hand geben wollten... Joey schaut mich mit den größten Augen an, die er zustande bringt. Dann lacht er übers ganze Gesicht. Und ich lache mit. Er hat nichts verstanden. Ganz und gar nichts. Ich liebe ihn.

„War's schlimm?", fragt er stattdessen, „ich meine, auf der Beerdigung?"

Er hat sich ganz schön verändert, in der letzten Zeit, denke ich. Früher hätte er einen solchen Satz nie über die Lippen gebracht, weil er Angst gehabt hätte, mich bei der Erinnerung an etwas Trauriges oder Frustrierendes zu verletzen.

„Das kann ich gar nicht beantworten", erwidere ich. „So richtig war ich nicht bei der Sache. Mein Kopf war in einen dichten Nebel eingetaucht. Alles lief wie in einem skurrilen Film vor meinen Augen ab. Übrigens waren weder der Anwalt noch Celias Freundin da, du weißt schon, die vom Foto, und vom Hühnerhof hat sich auch keine blicken lassen."

„Und was hat das zu bedeuten?"

„Keine Ahnung", antworte ich ihm, „entweder hat Patricia sie nicht eingeladen, oder sie wollten - aus welchen Gründen auch immer - nicht zur Beerdigung kommen. Vielleicht war der Anwalt wegen mir nicht da. Sicher will er sich zur Zeit auf keine Diskussionen mit uns einlassen."

Ich schaue auf die Uhr.

„Ich habe übrigens in einer halben Stunde ein Gespräch mit zwei von den Hühnern, in einem kleinen Pub in der hundertfünften, ich glaube wir waren zusammen schon mal dort."

Dann sehe ich ihn an. „Willst du mitkommen?"

Er nickt sofort, ohne zu überlegen. Das ganze ist für ihn vielleicht doch in erster Linie ein Abenteuer, eines, das sogar mit Leben und Tod zu tun hat, also so richtig spannend ist.

„Was wollen wir eigentlich von all diesen Leuten, Joey?"

Draußen ist es dunkel geworden, ohne dass wir es bemerkt haben. Es ist ein später Sonntagnachmittag; ich habe in den letzten Tagen meine Reportage über die neuen Kneipen in Chelsea zu Ende geschrieben, die ich einer kalifornischen Tageszeitung aufgeschwatzt habe. Blödes Thema; ich hasse diese Etablissements, in denen sich reich gewordene Mittelklassebürger gegenseitig die aktuellste Mode vorführen, als wäre das etwas Lebensnotwendiges, und wo es nur ein Gesprächsthema gibt: alles Neue in der Stadt bereits zu kennen und jeden neuen Star aller möglichen Szenen schon umarmt zu haben. Sie sind alle so toll bei diesem Sport! Die Wirte, mit denen ich gesprochen habe, machen gute Geschäfte mit ihnen, deshalb verteidigen sie ihre hohlen Gäste vor mir. Der Beitrag ist sehr zynisch geworden, und ich habe ein wenig Sorge, dass sie ihn mir ablehnen könnten.

„Wir wollen herausfinden, was sie mit Celias Tod zu tun haben."

Er rutscht nervös auf dem Sofa hin und her, da er meinen wieder aufkeimenden Missmut bemerkt. Ich muss ihn korrigieren:

„Du meinst, wir wollen herausfinden, *ob* sie etwas damit zu tun haben, richtig? Noch gibt es nicht den geringsten Anhaltspunkt. Und ich denke inzwischen, wir verrennen uns ganz gehörig."

„Aber Dick!", ruft er erregt, „Nach dem Gespräch mit dem Anwalt warst du ganz anderer Meinung! Er hat Dreck am Stecken, verlass dich drauf!"

„Ich habe mir übrigens die Webseiten von diesem Paul Greenwood runtergeladen, den du mir vorenthalten wolltest, aber ich kann den Grund dafür immer noch nicht verstehen."

Joey wird rot und stottert: „Es gibt keinen Grund... es ist nur so ein Gefühl... ich meine, dass ich besser mit dem zurecht komme..."

„Aber warum, Joey!" Ich schüttele den Kopf. „Bist du über Nacht zum Psychologen geworden? Ich schaue mir Greenwoods Seiten wieder und wieder an und finde einfach überhaupt nichts, was mit dir oder deinen Interessen zu tun haben könnte."

Ich nehme drei Bögen Papier vom Computertisch und lege sie vor mich hin. „Der Ausdruck seiner Seiten."

Auf ihnen ist wirklich nichts Außergewöhnliches zu finden. Der krampfhafte Versuch, ein wenig Humor im Internet unterzubringen. Im übrigen ein Exhibitionist, wie alle anderen auch: Sein Name, ein paar lächerliche Grafiken, kleine gezeichnete Tierchen, die sich auf dem Bildschirm auch noch hin und her bewegt haben, eine kleine, unvollständige Biografie (Geburtstag und Heimatort des Elternhauses, irgendwo im Nordwesten, Studium, Arbeit in einem kleinen Verlag, was vielleicht einmal für mich interessant werden könnte – wenn ich es richtig deute, dann hat er dort etwas mit Werbung und Öffentlichkeitsarbeit zu tun), sein Bild (eine kleine, undeutliche schwarz-weiße Fotografie) und ein paar Hobbys (er spielt Cembalo, hat auch eins zu Hause, und er schreibt Gedichte; eins davon hat er auf seine Seite gesetzt, und ich finde es ziemlich albern). Dann folgt die E-Mail-Adresse und der Wunsch nach vielen Reaktionen. Das war's. Was in aller Welt bringt Joey auf den Gedanken, er könne mit dem Typen besser als ich umgehen?

„Also weißt du, Joey, wirklich..."

Er verzieht den Mund, ist gekränkt oder fühlt sich ertappt, was weiß ich. Schließlich rückt er jedenfalls mit der Wahrheit heraus, doch es scheint mir, dass selbst das nur eine Halbwahrheit ist:

„Ich glaube, ich kenne ihn irgendwo her. Ich habe ihn irgendwann schon einmal gesehen."

„Wo denn?", frage ich ihn erstaunt.

„Ich weiß es nicht, mir fällt es einfach nicht ein. Vielleicht wenn ich ihn sehe..."

Er ist immer noch rot und verlegen, und ich merke, dass er lügt. Also dringe ich nicht weiter in ihn. Eines Tages wird er es mir sagen, ich kenne meinen Joey. Er braucht für alles ein bisschen länger.

„Wir müssen bald los, es ist halb vier", erinnere ich ihn. „Was die Leute bloß alle plötzlich mit dem Mond haben!"

Er versteht mich wieder nicht, das sehe ich ihm an. So genau liest er also die Informationen über die Menschen, denen er nachspionieren will.

„Joey, dieser Greenwood hat auf seiner Homepage ein Gedicht, in dem es um den Mond geht!"

„Ach ja, ich weiß. Ich kann nicht ahnen, dass du *darauf* anspielst. Und wer hat noch etwas mit dem Mond?"

Ich weise mit der Hand zum Fenster. Da steht er gerade, der Mond, getarnt als Sichel, abnehmend, wenn ich mich richtig erinnere: Die linke Seite ist konvex, also nimmt er ab.

„Erstens habe ich vor ein paar Tagen eine wirre Alte auf der Straße getroffen, die mir weismachen wollte, sie stamme von der anderen Seite des Mondes; zweitens hat auch Marius etwas über den Mond geschrieben. Jetzt frag aber nicht schon wieder, wer Marius ist, ich würde dir sowieso keine Antwort darauf geben."

„Ich weiß", seufzt Joey. Dann nimmt er das Blatt Papier in die Hand, auf der das Gedicht von Paul Greenwood abgedruckt ist, und liest es mit einer leisen, sanften, verzauberten Stimme vor, dass mir der Mund über seine Verwandlung offen stehen bleibt; ein Computerfreak und Poesie – ist das noch mein Joey? Ich habe den Eindruck, er will mich langsam auf etwas vorbereiten, er, der immer gleichmäßig gutgelaunt und vorsichtig im Umgang mit mir war wie keiner sonst, hat eine Ader für das Melancholische entwickelt, die ernsteste Gefahr für das gute Gemüt:

„Der Mond:

Jeder Krater ein See,
jeder Stein ein Leben,
alles Licht ist nackt,
jede Form ein Gedanke.
Milliarden Augen und ein einziges Ziel.

Meine Augen sind blau,
meine Haut ist weiß,
mein Herz schlägt in die Zeit,
ich bin traurig und froh,
und alle können es sehen.

Auf der dunklen Seite des Mondes
wachsen keine Träume,
nur Geheimnisse frei
auf dem schwarzen Stein
ins Trockene."

Es scheint naiv, dieses Gedicht, auch mysteriös, oder ist einfach unverständlich, aber wie Joey es so versunken vorliest, als hätte er etwas zu tun mit ihm, will mir scheinen, dass er ein fremder Mensch ist, der vor mir das Wichtigste verbirgt. Ich sage keinen Ton, lege ihm aber leise Marius' Tagebuch vor die Nase, aufgeschlagen auf der Seite, wo auch er über den Mond schreibt. Während Joey es liest, rezitiere ich den Text in Gedanken; ich kenne ihn seit langem auswendig:

„Und dass der Mond bei seinem torkelnden Gang um die Erde eine Seite konsequent von uns abwendet, zeigt, wie wenig Vertrauen er in uns Menschen hat. Etwas will er behalten, und es ist vielleicht das Beste, oder das Wichtigste. Wie ein Verzweifelter, der seine Hoffnungslosigkeit in schnelle Bewegungen seines Körpers und seines Geistes umsetzt und seine wachsende Unförmigkeit vor uns hinlegt, tief im Innern aber schon genau weiß, oder ahnt, was er jetzt noch ist, was noch von ihm bleibt nach dem Unfall oder Abfall, ein neues Bild, kleiner vielleicht oder etwas blasser, aber doch geformt aus einer Materie, die er wie einen unbezahlbaren Schatz in sich trägt, behütet wie das Leben selbst. Der Mond hat sich organisiert: Während die eine Seite ausatmet, uns direkt ins Angesicht, atmet die andere Seite ein, im Verborgenen, und das wirkliche, kräftige, womöglich auch gewalttätige Leben ist natürlich dort zu finden."

„Stimmt das denn", fragt mich Joey, „dass wir den Mond immer nur von einer Seite sehen?"

Ich bestätige ihm das. Ich habe im Astronomieunterricht gut aufgepasst.

„Seine Rotation um sich selbst und die Drehung um die Erde sind so aufeinander abgestimmt, dass wir nur sein Gesicht und nie sein Hinterteil sehen. Du musst dir das so vorstellen, Joey: Deine Freundin steht mitten in deinem Zimmer, an deinem Geburtstag, und hat ein Geschenk für dich. Damit es eine Überraschung ist und noch eine Weile spannend bleibt, versteckt sie es schnell hinter ihrem Rücken, als du nach Hause kommst und das Zimmer betrittst. Du wirst natürlich neugierig, willst sehen, was sie vor dir verbirgt, und nachdem alles Bitten nichts geholfen hat, springst du um sie herum, eine Weile nach rechts, dann urplötzlich nach links, um sie zu überlisten, aber sie ist so geschickt und kann jede deiner Bewegungen vorhersagen, weil sie dich doch ziemlich gut kennt, so dass sie sich in der gleichen Geschwindigkeit und in dieselbe Richtung wie du dreht und dir immer nur ihre Vorderseite zeigt. Nun ist diese sicher ganz und gar nicht zu verachten, Joey, zumal ihre hübsche, weiße Bluse, wenn sie so die Arme nach hinten streckt, über ihrer Brust spannt und du dir ausmalst, was darunter verborgen ist. Das macht dich gefügig, du wirst weich, verlierst das Interesse an dem Versteck auf der Rückseite, und begnügst dich mit dem, was du siehst. Aber, und jetzt hör genau zu, Joey, aber das Wichtigste in solchen Sachen, das Wichtigste und Geheimnisvolle, das Entscheidende, sogar für dich, ist immer auf der anderen Seite, dort, wohin du nicht sehen kannst. So ist das auch mit dem Mond."

„So ist das?"

„Ja, Joey, so ist das. Nur genau umgekehrt."

Ich breche in Lachen aus, und er stimmt ein.

Auf dem Weg zum Pub gehen wir wieder schweigend nebeneinander her. Etwas Neues ist aufgebrochen zwischen uns, und ich bin blind hinein geschlittert. Joey dagegen hat, wie es aussieht, die Situation vorbereitet... Was wird geschehen?

Natürlich ist mir klar, dass jeder Mensch gleichzeitig mehrere Leben lebt, verschiedene Seiten hat. Das kann auch zu großen Überraschungen führen, von denen sich mancher, der davon betroffen wird, nicht wieder erholt. Celia – ich habe ihre Sexbesessenheit schon erwähnt – kam nach ein paar Monaten unserer Bekanntschaft, in der wir versuchten, eine ganz normale Beziehung aufzubauen (zumindest ich habe das versucht), mit einer großen Tasche voller Sexspielzeuge zu mir und wollte, dass ich sie an ihr ausprobiere. Ich war wie vor den Kopf geschlagen. So etwas hatte ich nicht erwartet, zudem wusste ich mit den Dingen nicht umzugehen. Als ich sarkastisch nach den Gebrauchsanweisungen fragte, lachte sie mich aus. Dann fühlte ich mich beleidigt und lehnte ihr Ansinnen rundweg ab.

Aber sie blieb hartnäckig. Denn eines Abends kam ich nach Hause, lief ahnungslos ins Schlafzimmer, um meine Jacke dort auf einen Kleiderbügel zu hängen, da sah ich sie splitternackt auf dem Bett liegen, mit einem schwarzen, langen Gegenstand in der Hand und zwischen den Beinen. Als sie mich erblickte, lachte sie hysterisch und forderte mich auf, ihr zu helfen.

Sie hat das später oft wieder versucht. Ich habe mich immer wieder geweigert. Und sie hat sich zum Schluss doch jedes Mal durchgesetzt, weil sie stets eine Weile lang auf meinem Ehrgefühl herumtrampelte:

„So etwas habt ihr wohl in eurer kleinen Welt nie gesehen, was?"

„Das haben wir nicht gebraucht, Celia."

„Wirklich nicht? Du bist ja so naiv, Dick. In der ganzen Welt benutzen sogar Teenager schon die verschiedensten Gegenstände, um sich selbst zu befriedigen. Ganze Bücher sind darüber geschrieben worden, und diese aus der Neugierde geborene Sitte sollte ausgerechnet um euer Land einen Bogen gemacht haben?"

Oder:

„Dich interessiert es einen Dreck, ob ich bei der Sache auch meinen Spaß habe, was? Hauptsache, ihr Männer könnt euch so richtig austoben. Hast du dir jemals Gedanken darüber gemacht, wie du eine Frau wie mich allmählich zu einem Orgasmus bringen kannst, der sich gewaschen hat? Natürlich nicht. Alle Männer sind Egoisten in dieser Frage. Und in allen anderen Fragen auch."

Oder:

„Weißt du, dass Studien beweisen, wie sehr die sexuelle Neugierde mit dem Intellekt verbunden ist? Die Einfältigen rammeln drauflos, und in zwanzig Sekunden ist alles vergessen. Viele Frauen erfahren ihr Leben lang nicht, wie sich ein richtiger Orgasmus bemerkbar macht. Aber so will ich nicht sein. Und du bist auch nicht so, du hast nur Angst vor der eigenen Courage. Feigling!"

Jedes Mal hat sie mich herumgekriegt, aber nicht mit ihrem Geschwafel, sondern weil ich wirklich neugierig war, ohne es ihr zu gestehen, und weil ich ohnehin ständig verrückt danach war, ihren Körper zu berühren.

In der Kneipe warten schon die beiden Frauen auf uns. Als sie mich sehen, stellen sie ihre Weingläser auf den Tisch, stehen auf und begrüßen uns, dabei fallen sie mir nacheinander um den Hals und bekunden ihr Beileid. Ich habe das Gefühl, sie warten darauf, dass ich ihnen auch mein Beileid ausspreche. Ich tue es aber nicht, aus einer kleinen Unsicherheit heraus.

Wir setzen uns, und Joey und ich bestellen Bier. Der Pub ist groß und dunkel, und fast voll besetzt. An einer langen Theke sitzen sieben oder acht schwatzende Trinker, und während sie reden, starren sie abwechselnd auf die beiden Fernsehbildschirme, die rechts und links von der Theke an der Wand hängen. Der Raum ist gefüllt mit Bier- und Whiskeygeruch und einem auf- und abschwellenden Gemurmel.

Beide Frauen mustern uns zunächst eine Weile, oder sie warten darauf, dass wir das Gespräch mit unseren Fragen beginnen. Schließlich habe ich sie eingeladen. Ich stelle Joey vor, der beiden noch einmal verlegen zunickt.

Eine von ihnen, Maria, ist klein und etwas kräftig gebaut. Sie hat ein rundes, freundliches Gesicht und kurze, blonde Haare. Sie trägt ein weißes T-Shirt, welches ihre Körperformen schön zur Geltung bringt. Sie hat eine kräftige, tiefe Stimme – und bestimmt das Zeug zu einer Operndiva, denke ich. Maria war auf jeder der Weiberpartys dabei, immer im Vordergrund, laut und oft übertrieben lustig, es war ohnehin meist ihre Wohnung, in denen sie sich trafen. Die andere kam nur ab und zu. Sie ist etwas hagerer, hat langes, schwarzes Haar, ihre Hautfarbe ist etwas dunkler, aber ich habe keine Ahnung, welcher Nationalität sie ist. Ich habe sie auch nie danach gefragt. Sie lächelt die ganze Zeit und redet nicht viel. Ihre Jeansjacke deckt den Oberkörper zu und macht sie so unauffälliger, als es ihre Freundin ist. Sie heißt Sandra.

„Danke, dass ihr gekommen seid", beginne ich, vorsichtig. Eigentlich weiß ich nicht mehr genau, was ich von den beiden will, außer eins: Wer ist Kate? Aber um das zu erfahren, hätte auch ein kurzes Telefonat gereicht.

„Ist schon okay", sagt Sandra, „ist ja für Celia."

„Du hast sie wohl sehr gemocht?", fragt mich Maria und schaut mich mit einem mitleidigen Blick an.

„Hab ich. Ist euch das entgangen?", antworte ich etwas schnippisch. Ich nehme mir aber gleich darauf vor, das Gespräch nicht entgleisen zu lassen. Zwar habe ich sie alle zusammen nie leiden können, doch ich fühle auch heute noch, dass sie in einer Weise, die ich nie verstehen konnte, zu Celias Leben gehört haben.

„Ich vermisse sie sehr", füge ich deshalb ehrlicherweise hinzu, und die beiden senken die Köpfe.

„Wir auch", sagt Maria leise, „wir vermissen sie alle sehr. Sie hat viel für uns getan, für jeden einzelnen von uns. Einfach so, auf ihre Art, durch ihre Gegenwart." Dann blickt sie kurz zur Seite, zu Sandra, und ergänzt: „Es war nicht leicht für uns, damit zurecht zu kommen, dass sie in einer Beziehung mit einem Mann gelebt hat. Sie war die einzige in unserer Gruppe, die es so lange mit demselben Kerl ausgehalten hat."

Ich ahne etwas von einer Schicksalsgemeinschaft; so ähnlich hatte ich mir das immer vorgestellt. Ist schon komisch, dass man über die wichtigsten Dinge nie redet. Das hat wohl etwas mit Angst zu tun, der Angst, neben den Bürden des eigenen Lebens auch noch die von andern tragen zu müssen.

„Die meisten von uns haben mit ihren Männerbekanntschaften bittere Erfahrungen machen müssen", fährt Maria fort und schaut mich jetzt direkt an. „Susan ist ein halbes Jahr lang verprügelt worden, bis sie aufgehört hat zu lieben. Jane ist sogar zweimal vergewaltigt worden. Auch Sandra könnte dir Sachen erzählen!" (Sandra blickt eine Sekunde lang zu uns herüber, als sie ihren Namen hört, und ihre Augen spiegeln in diesem kurzen Moment die kleinen, traurigen Flammen der Erinnerung auf dem Glanz ihrer grauen Pupillen wider.) „Das schlimme ist, dass die Männer am Anfang der Bekanntschaft ganz anders sind. Sie spielen nicht einmal eine Rolle, glaube ich, sie sind am Anfang wirklich anders. Dann kommt aber der Alltag, und du lernst die ganze Persönlichkeit kennen, also auch das Dunkle, die Triebe, das Perverse und so weiter. Jeder hat da seine ganz speziellen Geheimnisse. Irgendwann kamen wir zu der Erkenntnis, dass es heute keine normalen Menschen mehr gibt. Alles ist verdreht, jeder muss einen Teil von sich verstecken, natürliche Regungen sucht man vergebens."

Da ist es wieder. Es verfolgt mich durch mein ganzes Leben, seit der Zeit, in der ich selbständig zu denken begonnen habe: die Doppelung, das Verzerrte, die Entfremdung. Alles flieht vor sich, und die Fallen, in die der Flüchtige tappen wird, stehen an jeder Ecke und warten nur darauf, zuschlagen zu können.

„Kurz: vor ein paar Jahren haben wir uns geschworen, dass uns die Männer für den Rest des Lebens gleichgültig sein sollten. Dann verliebte sich Celia in dich. Am Anfang waren wir schon etwas sauer auf sie, weil sie sich mit dir eingelassen hatte. Um so mehr wissen wir es zu schätzen, dass sie uns all die Jahre nicht fallengelassen hat."

Sie lacht auf, und ihre dicken Wangen werden dabei kugelrund: „Ich weiß, jeder einzelne Abend bei uns war die Hölle für dich! Aber das war der Tribut."

Das Bier kommt. Die Kellnerin stellt die beiden Gläser vor uns auf den Tisch.

Joey nimmt seines sofort in die Hand und setzt es an die Lippen. Es sieht aus, als ob er sich damit in eine gewohnte Geste retten will, weil er die Situation nicht ganz versteht. Ich kann nicht umhin, es ihm gleichzutun. Die beiden Frauen warten geduldig auf unsere Reaktionen.

Als ich das Glas wieder abgesetzt habe, schiebt Maria ihre rechte Hand auf mein Gesicht zu und wischt mir den Schaum von den Lippen. „Entschuldigung", sagt sie danach, „das passiert automatisch bei mir. Du weißt ja, es ist so eine schlechte Angewohnheit von mir, immer an anderen herumzuwerkeln und alles in Ordnung bringen zu müssen."

Sandra lacht jetzt auch und nickt.

Vorsichtig frage ich, was sie mit dem Tribut meine, aber Joey hat gleichzeitig zu sprechen begonnen:

„Warum seid ihr eigentlich nicht zur Beerdigung gekommen? Ihr wart doch ihre besten Freundinnen!"

Maria schaut ihn verwundert an:

„Beerdigungen sind für mich reine Familienfeiern. Da haben Leute wie wir nichts zu suchen. War Kate denn nicht da?"

Die Unterhaltung stockt. Aus irgendeinem Grund reden wir die ganze Zeit aneinander vorbei.

Am Tisch neben uns nimmt ein älteres Pärchen Platz. Ich drehe mich kurz zu ihnen um, als sie die Stühle hin und her rücken. Sie müssen mindestens schon siebzig sein. Ein seltsamer Anblick, hier in dieser Kneipe. Sie wirken müde, bestellen zwei Martini und legen einen großen Stapel Reisekataloge vor sich hin. Ich sitze mit dem Rücken fast zwischen ihnen, so dass ich ungewollt ihre Unterhaltung verfolgen kann.

„Wohin wollen wir fliegen?", fragt die männliche Stimme.

„Wie wär's mit Südfrankreich?", antwortet die weibliche, „dort soll es immer warm, sehr trocken und wunderschön sein. Man kann im Mittelmeer baden, sich ausruhen, braun werden, und über die Märkte schlendern."

„Ja, du hast recht, Erholung könnte ich jetzt gut gebrauchen. Also Südfrankreich... Mal sehen, was wir da haben..." Er blättert.

„Habt ihr euch schon mit Kate getroffen?", fragt mich Maria, „sie wollte Kontakt mit euch aufnehmen."

Ich erzähle ihr von der albernen Diskettenübergabe und dem Foto, das sie mir nach Hause geschickt hat.

„Typisch Kate", lacht Sandra, stützt ihre Ellenbogen auf die Tischplatte, legt das Kinn auf ihre verschränkten Hände und schließt die Augen, als hinge sie einem süßen Traum nach.

Maria dagegen kann es nicht begreifen. „Warum hat sie sich so komisch?"

Dann wird sie auf einmal blass und erschrickt. Ihre Augen sind weit geöffnet, und sie denkt nach. Vielleicht stiert sie auch nur vor sich hin, gedankenlos.

Sandra stößt sie sachte in die Seite. „Was hast du denn?"

„Sag mal", bringt Maria so leise über ihre Lippen, dass wir es kaum hören können, „sag mal..."

„Was denn? He, Maria!" Sandra wird schnell ungeduldig. Jetzt zerrt sie am Arm ihrer Freundin.

Es dauert noch ein paar Sekunden, bevor Maria sich entschließen kann, endlich zu erklären, was sie so entsetzt hat.

Inzwischen schwelgen die beiden am Nachbartisch, hinter meinem Rücken, schon über ihrer Reise nach Frankreich.

„Die Côte-d'Azur, Palmen, blauer Himmel...", sagt die männliche Stimme.

„Hier ist unser Hotel, siehst du, direkt am Meer, du kannst die Möwen schreien hören, wenn du morgens aufwachst", ergänzt die weibliche.

„Sie bringen uns den Kaffee ins Zimmer", die erste.

„Aber wir nehmen die Tassen mit auf den Balkon und trinken ihn draußen", die zweite.

„Dazu frischen Orangensaft, Croissants..."

„Und dann gehen wir baden, gleich am Morgen, das Wasser ist kühl und erfrischend, und es ist noch ruhig am Strand."

„Ja, und dann creme ich dich ein, vom Hals bis zu den Fersen, um dich gegen Sonnenbrand zu schützen, und wir legen uns auf den heißen Sand... und schließen die Augen..."

„Ja, schließen wir die Augen..."

„Ihr wisst nicht, wer Kate ist, stimmt's?", fragt Maria.

Ich lache höhnisch auf und werde ebenfalls ungeduldig: „Maria, genau das ist der Grund für unsere Unterhaltung, ich dachte, du hättest mich am Telefon verstanden. Kate will, dass wir sie anrufen, aber ich möchte vorher wissen, wer sie ist und was sie mit Celia zu tun gehabt hatte."

Jetzt blickt mich auch Sandra entsetzt an, und ich sehe, wie beide einen dicken Kloß aus Wer-weiß-was hinunterschlucken.

„Sag du es ihnen", bittet Maria, Sandra zugewandt.

„Warum ich, nein, du machst das", gibt diese zur Antwort und blickt an den Trinkern vor der Theke vorbei auf einen der flackernden Bildschirme.

Hinter mir geht die Reise weiter.

„Und dann wandern wir am Strand entlang, mit den Füßen im Wasser, von Ort zu Ort..."

„Später nehmen wir einen Bus und fahren in die Berge, hier, sieh dir das an, ist das nicht ein herrlicher Ausblick von hier oben? Felsige Berge, grüne Täler, immer wieder blauer Himmel, und das weite Meer, alles zusammen auf einem kleinen Fleckchen Erde..."

„Und die Künstler! Alle berühmten Maler sind hierher gekommen."

Einer der beiden seufzt tief.

„Ja."

„Matisse und Picasso."

„Ja, aber Picasso mag ich nicht so."

„Giacometti und Mirò."

„Das ist wirklich sehr schön. Warum können wir nicht hier bleiben?"

Wieder seufzt einer, und mir scheint, diesmal ist es der andere.

„Sie hat sie geliebt."

„Wer? Wen?"

„Kate war in Celia verliebt", sagt Maria.

Joey duckt sich. Ich muss erst meine Gedanken sammeln, bevor ich das verstehe.

„Celia war *meine* Geliebte." Denke ich das? Oder habe ich das jetzt schon ausgesprochen?

„Ja, natürlich", erwidert Maria. „Und sie hat auch niemandem gegenüber einen Hehl daraus gemacht. Selbst Kate war sich im klaren darüber, dass sie Celia nie ganz besitzen würde. Ihr habt euch wirklich nie ernsthaft über Kate unterhalten, Celia und du?"

Sie schüttelt langsam und nachdenklich den Kopf und verzieht voller Mitleid mit mir ihre fleischigen Lippen.

„Seltsam, ich dachte, wenigstens *das* wäre klar zwischen euch."

„Nichts war klar zwischen uns!", schreie ich los, und alle drei fassen mich gleichzeitig an Armen und Schultern, um mich zu beschwichtigen. Sämtliche Blicke im Pub sind in diesem Moment auf mich gerichtet, nur die beiden Träumer hinter mir verweilen noch in Südfrankreich.

„Wir bestellen einen Drink auf der Hotelterrasse."

„Als Vorspeise gibt es Austern, die wir ausschlürfen."

„Dazu Weißwein."

„Einen trockenen. Wie heißt der von letztem Jahr, du weißt schon..."

„Ich weiß... Hab ich vergessen, tut mir leid."

„Ich nehme Fisch."

„Ich auch."

„Es schmeckt."

„Fantastisch. Nach Meer."

„Nach Frankreich."

„Das Dessert."

„Ja, eine Crème caramel für beide, das genügt."

„Wie müssen sparen... Wir löffeln aus derselben Schüssel, und dazu trinken wir einen starken Espresso."

„Nein, den trinken wir danach. Die Regeln, du weißt schon."

„Gut, danach."

„Wir lassen viel Trinkgeld auf dem Tisch, weil der Kellner sehr höflich war und mit uns gescherzt hat."

„Dann gehen wir zurück in unser Zimmer und schließen uns ein."

„Und ziehen uns aus."

„Und gehen ins Bett."

„Es ist ganz einfach: Kate hat sie geliebt", erklärt Maria. „Mehr als du dir vorstellen kannst."

„Und Celia konnte damit nicht umgehen. Sie wollte Kate nicht verletzen. Aber sie hat dich sehr gemocht", ergänzt Sandra.

„Hatten sie Sex?"

„Ich glaube nicht", antwortet Maria. „Ist das denn wichtig?"

Ich beschließe, kein einziges Wort mehr zu sagen. Ich könnte auch nicht. Ich meine, sechs Jahre sind eine lange Zeit, da wäre schon mal eine Minute für eine kurze Erklärung übrig gewesen.

Also müssen sie sich irren. Celia war zwar anders, als ich mir meine Idealfrau vorgestellt hatte, aber immerhin habe ich sie geliebt. Das Opfer einer jahrelangen unmöglichen Liebe? Das hätte ich zweifellos gemerkt, so abgestumpft bin ich nun doch noch nicht.

„Immer wenn du mit zu unseren Abenden gekommen bist, ist Kate zu Hause geblieben. Sie wollte dich nicht sehen", erklärt Maria.

Jetzt ergreift Joey das Wort. Natürlich, er muss sich auch noch einmischen und seinen dussligen Senf dazugeben: „Ich glaube, sie war immer sehr durcheinander, vielleicht hat sie den Tod nicht überwunden."

„Welchen Tod denn?", fragt Sandra ihn.

„Na, den ihrer Tochter, vor ein paar Jahren."

„Wie hieß sie doch gleich? Sie war ja ein so tolles Mädchen..." (wieder Sandra).

Und Maria: „Sie wollte wieder ein Kind. Das war ihr größter Wunsch."

Jetzt springe ich doch auf, auch innerlich: „Haltet doch euren verdammten Mund, ihr habt keine Ahnung! Celia war ganz anders! Wir haben uns geliebt..." Mir kommen die Tränen und ich zerre einige Dollarnoten aus der Geldbörse und lasse sie auf den Tisch fallen.

Neben mir sind die beiden Reisenden auch aufgestanden.

„War's schön?"

„Ja, noch schöner als im letzten Jahr."

„Ich liebe dich."

„Ich dich auch."

Dann gehen sie, Arm in Arm, langsam zum Ausgang des Pubs, hinter den Rücken der Trinker an der Theke entlang, ohne jemanden zu sehen; die Reiseprospekte sind auf dem Tisch liegen geblieben.

Ich drängele mich an ihnen vorbei und laufe hinaus in die Winterdämmerung.

Joey und die beiden Frauen stehen eine Minute später neben mir.

„Dick!"

Joey fasst mich am Arm. „Komm doch zu dir! Was ist denn schon passiert?"

„Joey hat recht", sagt Maria auf einmal. „Alles ist nur wegen ihrer Tochter so gekommen."

Sie stellt sich frontal vor mich hin, Joey steht rechts neben mir, und Sandra an meinem Rücken. Links braust der Verkehr den Broadway hinunter, eine endlose Kette hupender und dampfender Autos.

„Womit hat er recht, he?"

„Celia ist mit dem Tod ihrer Tochter nicht zurecht gekommen. Sie war ein Jahr lang völlig am Boden, depressiv, krank und frustriert. Dann hat sie uns kennengelernt. Unsere regelmäßigen Treffen waren die Rettung für sie. Kate war damals noch nicht bei uns. Später kamst du. Sie hat sich in dich verliebt, aber das war nicht genug für sie, um alles zu vergessen. Manchmal schien es, als wollte sie nicht eine einzige Minute in ihrem Leben mehr allein sein. Für jeden Augenblick organisierte sie sich jemanden, der sie ablenken konnte. Eines Tages erschien Kate bei uns. Ich weiß nicht mehr genau, wer sie mitgebracht hatte. Sie verliebte sich in Celia, aber nie, Dick, nicht eine Minute lang, hat Celia diese Liebe erwidert!"

„Wäre das denn so schlimm gewesen?", fragt Joey. „Ich meine, jetzt ist ja schon alles egal, oder nicht?"

„Aber was sie getan hat – und das war schon sehr unfair gegenüber Kate", fährt Maria fort, „sie hat sie benutzt zur Ablenkung. Celia hat um sich herum ein dichtes Netz von Beziehungen aufgebaut. Wer weiß, vielleicht hat ihr das so ein Spinner von Psychologe geraten. Sie ist da einfach nicht mehr herausgekommen. So war das, Dick."

Ich sage jetzt wirklich nichts mehr. Nur Maria hake ich plötzlich unter, ich fühle Dankbarkeit ihr gegenüber, weil sie mich wieder auf den Boden der Tatsachen heruntergeholt und mir erklärt hat, dass man nicht nur an seine eigenen Gefühle und seine eigene Vergangenheit denken kann, wenn man die Beziehung zu einem anderen richtig verstehen will.

Joey hat es eilig, er verabschiedet sich von uns und geht nach Hause. Ich denke, er hat es schon bereut, dass er mich zu dem Treffen mit den Hühnern begleitet hat.

„Weißt du eigentlich die ganze Wahrheit über Celias Tochter?", fragt mich Maria.

Sandra läuft schweigend neben uns her. Wir haben den Broadway überquert und erreichen die Amsterdam Avenue, links ragt die ewige Ruine Saint John the Divine bis an die Sterne, wir gehen auf dem Cathedral Parkway immer weiter, an Latinos vorbei, Männern, Frauen, Kindern, vielen Jugendlichen, die um diese späte, kalte Stunde immer noch alle in Gruppen vor ihren Häusern stehen und schwatzen. Ich konnte nie verstehen, worüber sich die Menschheit milliardenfach und tagtäglich vierundzwanzig Stunden lang unterhalten kann, es ist ein endloser Redestrom über alle Nichtigkeiten dieser Welt, Tausende Male wiedergekäut, verdreht und verfälscht, mit ein paar wichtigen Phrasen vermischt, die so ebenfalls beliebig werden. Aber Celia erklärte mir immer, dass ich die einzige Ausnahme in Manhattan sei. Der deutsche Schweiger. Sie konnte so zynisch sein.

„Sie hat sich aus dem Fenster geworfen", antworte ich. „Celia dachte das jedenfalls, obwohl die Polizei damals an einen Unfall glaubte. Im offiziellen Bericht hieß es, sie sei beim Klettern am offenen Fenster abgerutscht."

„Hat dir Celia auch den Grund für ihre seltsame Behauptung mitgeteilt?"

Ich fühle mich gequält, aber ich muss da durch.

„Ich konnte nicht mit ihr darüber reden, weil ich sah, wie weh ihr das tat."

„Die Kleine litt an einer besonderen Art von Schizophrenie", erklärte Maria. „Sie hatte eine gespaltene Persönlichkeit, aber nicht so einfach, wie man sich das vielleicht vorstellt, sondern sie lebte beide Seiten voll aus. Vielleicht hatte sie das all ihren Mitmenschen voraus. Manchmal denke ich, sie war wie eine göttliche Mahnung an uns. Wir verstecken unser zweites Ich, spielen unserer Umwelt etwas vor, weil es alle so machen, irgendwann hat jemand damit angefangen, wurde erfolgreich, und heute äffen ihn alle nach."

Links liegt der Morningside Park, kurz darauf überqueren wir die Manhattan Avenue und gehen weiter in Richtung Central Park.

„Aber sie lebte beide Seiten aus. Eine Zeitlang ist sie das brave, überdurchschnittlich begabte Mädchen, das jeden ihrer Altersgenossen intellektuell in den Schatten stellt; sieht, hört, analysiert mit ihrem kleinen, kindlich Hirn in einer unglaublichen Geschwindigkeit, an welche die meisten Erwachsenen nie herankommen, und präsentiert die Ergebnisse einem verblüfften, Beifall klatschenden Publikum, von dem sie getätschelt wird und das ihre Mutter umschmeichelt. Doch hinter ihren beiden Rücken wird getratscht, was das Zeug hält, vom hässlichen, genialen Zwerg, der sich in die Welt geschlichen hat – ja, sie war unbeschreiblich hässlich, die arme Kleine. Verwachsen im Gesicht und auf dem oberen Rücken. Sie hatte schon als Fünfjährige einen deutlich sichtbaren Buckel. Ihre Stirn war sehr hoch, wie die eines Monsters, Nase und Oberlippe waren fast eins."

Maria spricht jetzt ganz leise und mit großen Abständen zwischen den Sätzen. Es fällt ihr schwer, mir das alles zu sagen.

„Zweimal die Woche schlägt sie um sich, nimmt Rache an der Welt, die ihr so übel mitspielt. Wirft alles, was ihr zwischen die Finger kommt, gegen die Wand, beißt ihre Mutter und ihre Freunde, zerkratzt ihr Gesicht, ihre Arme und Beine – es war furchtbar. Ich kann heute noch nicht verstehen, wie Celia das ausgehalten hat. Aber sie hat ihre Tochter geliebt und sie wollte sie heilen. Ich erinnere mich an einen Abend, wenige Wochen vor ihrem Tod. Das Mädchen hatte gerade die ersten Schulwochen hinter sich, mit den zu erwartenden Hänseleien ihrer Mitschüler, aber auch mit den unglaublichen Geistesblitzen, zu denen sie fähig war. Sie gewann einen Wettbewerb nach dem anderen, war in allen Fächern sofort die Beste. An diesem Abend führte Celia sie wieder einmal vor. Sie war ja so stolz auf ihre Tochter und wollte, dass alle es sehen. Die Leute im Zimmer warfen der Kleinen Rechenaufgaben an den Kopf, mit denen manche Drittklässler überfordert gewesen wären, doch sie schoss uns die richtigen Lösungen wie aus einer Pistole entgegen. Dann wurde ihr Gesicht mit einem Mal ernst, ihre Augen verfinsterten sich, sie krümmte sich weit nach vorn, so dass ihr Buckel unter der weiten Bluse deutlich zu sehen war. Schließlich raste sie in einem unglaublichen Tempo geradeaus, an uns vorbei, bis zur Wand, und schlug dort mit ihrem Kopf an, dass ihre kindlichen Schädelknochen nur so krachten und uns allen vor Schreck die Gläser aus den Händen fielen. Nur Celia blieb geistesgegenwärtig. Sie packte ihre Tochter mit einem geübten Griff, drehte ihre Arme auf den Rücken und hielt diese so mit einer Hand fest, mit der anderen umfasste sie ihren Oberkörper und schleppte sie, die sich wand, zappelte und uns wütend anfauchte, in ein Nachbarzimmer. Sie kamen dann nicht wieder heraus, und uns blieb nichts anderes übrig, als die Scherben aufzusammeln, die restlichen Gläser in die Küche zu bringen, sie abzuwaschen, und nach Hause zu gehen. Sechs Wochen später fällt sie aus dem Fenster und ist sofort tot."

Ich sage erst eine Weile gar nichts, dann: „Jetzt sind wir am nördlichen Ende des Central Parks. Hier ist es nachts ausgesprochen gefährlich. Lasst uns zurückgehen."

Sandra muss aus irgendeinem Grund lachen, aber sie tut es ganz leise.

Als die beiden mich verlassen, kann ich mich nicht für das Alleinsein entscheiden. Es ist zwar fast schon Mitternacht, aber ich brauche jetzt noch jemanden, der mir etwas ganz anderes erzählt, der mich ablenkt, mich wieder in die Gegenwart zurückholt, oder besser noch: mich in die Zukunft mitnimmt, zu dem, was vor mir liegt, zu all diesen kleinen, unmenschlichen Herausforderungen.

Bis zu Joeys Haus ist es nicht weit. Ich habe den Schlüssel, für die Haustür und für seine Wohnung. Ich will nicht klingeln, weil es so spät ist. Wenn er schon schläft, werde ich es mir leise auf seinem Sofa im Wohnzimmer gemütlich machen. Es wäre nicht das erste Mal. Er bekommt dann zwar am nächsten Morgen jedes Mal einen Heidenschreck, aber damit kann ich leben. Als ich die Tür aufschließe, dröhnt mir laute Musik entgegen. Puccini, glaube ich. Irgendeine seiner vielen sentimentalen Opern, die man nur ertragen kann, wenn man so richtig verliebt oder verzweifelt ist. Es ist überall dunkel, aber Joey ist noch wach.

Ich will ihn gerade rufen, als ich zwischen den tenorigen Schreien des Sängers andere Laute höre, ein Stöhnen, als ob jemand kurz vor dem Ersticken sei. Erst kriege ich einen Schreck und will loslaufen, um ihn zu retten, dann aber schießt mir ein ganz anderer Gedanke durch den Kopf. Zum Glück stehen wieder einmal alle Türen offen, auch die zum Schlafzimmer, und als ich mich ihr nähere, höre ich es ganz deutlich: Joey ist nicht allein, und nicht nur das, er liegt mit jemandem im Bett, er hat Sex, und – Gott! – dem Gestöhne nach zu urteilen, scheint er kurz vor dem Orgasmus zu stehen. Ich kann ihn jetzt unmöglich stören. Es ist ein Wunder. Dieser lange, undurchsichtige Kerl spielt mir den Enthaltsamen vor, redet nie über seine Frauengeschichten, und da komme ich ahnungslos zu Besuch, und finde ihn über den Wolken. So mir-nichts-dir-nichts, nach unserer zerstörerischen Unterhaltung im Pub.

Jetzt wird es ruhiger, die Musik verstummt, und sie unterhalten sich leise. Nein, nur Joey redet. Sie antwortet nicht. Oder redet Joey mit sich selbst? Er stellt Fragen und gibt sich selbst die Antworten. Oder doch nicht. Die antwortende Stimme klingt etwas anders. Gott, denke ich plötzlich, er liegt mit einem Mann im Bett! Joey!

Mir bricht der Schweiß aus, ich fühle mich schuldig, weil ich ohne zu klopfen oder zu klingeln einfach hier eingedrungen bin, gleichzeitig bin ich total verwirrt. Leise versuche ich zurückzugehen, Schritt für Schritt, rückwärts, weil ich sogar Angst habe, mich umzudrehen. Natürlich berühre ich etwas mit meinem linken Arm, es fällt auf den Boden und zerbricht. Dann läuft mir Wasser in den linken Schuh. Eine Vase. Ich trete auf Blumen.

Im Schlafzimmer ist es mucksmäuschenstill geworden, dann höre ich sie miteinander flüstern – ein heftiger, leiser Wortwechsel – bis Joey ruft: „Dick?"

Ich habe Angst vor seiner Reaktion. Oder vor meiner, wenn ich ihn reagieren sehe, was weiß ich, ich kann jetzt gar nicht denken.

„Bist du das, Dick?"

Ein Licht geht an in seinem Zimmer, ein ganz kleines, vielleicht eine Nachttischlampe, dann schlürft er zu mir heraus in den dunklen Flur und steht mir gegenüber, mit etwas wie einem Kopfkissen vor dem Bauch. Ich sehe nur seine Umrisse, und wir wissen beide nicht, was wir sagen sollen.

„Ich gehe jetzt lieber, Joey", sage ich, „ich wollte nicht allein sein, da dachte ich…"

„Ist ja gut", beruhigt er mich und kommt auf mich zu. Die Stimme ist mir fremd. Das ist nicht Joey.

„Komm rein", sagt er, und ich sehe dank des schwachen Lichtscheins hinter ihm, wie er mir mit einer Hand einladend zuwinkt. Dann dreht er sich um und geht zurück. Er macht sich nicht einmal die Mühe, seinen Hintern zu bedecken. Nein, das ist nicht Joey.

Ich tappe vorsichtig ein paar Schritte auf die offene Tür zu und trete ein. Jetzt sehe ich den Mann deutlicher, der mich hineingebeten hat. Seine dunklen Haare sind zerzaust, das fällt mir zuerst auf. Groß ist er und schlank, sein Gesicht ist rund, und es kommt mir bekannt vor.

„Ist vielleicht sogar besser so, irgendwann musst du es ja…". Er beendet seinen Satz nicht; stattdessen geht er zurück zum Bett, schlägt die Decke auf und setzt sich hinein, das Kissen hält er immer noch vor dem Bauch.

Joey hat sich versteckt. Armer Joey. Ich kann mir vorstellen, wie ihm jetzt zumute ist. Er hat die Bettdecke bis über den Kopf gezogen und denkt nicht daran aufzutauchen.

Ich trete an die Bettkante auf Joeys Seite heran und setze mich neben ihn. Dann fasse ich mit beiden Händen den oberen Rand der Decke und ziehe sie langsam herunter, bis sein Gesicht erscheint.

Er weint lautlos. Eine Träne läuft ihm über die Wange. Joey ist völlig aufgelöst.

„Dachtest du etwa, ich hätte mir nicht so meine Gedanken über dich gemacht?", frage ich ihn, um ihm den ersten Schritt zu erleichtern. Ich sehe ihm an, wie verschnürt sein Hals ist, verstopft von einem zu dicken Kloß, es wird wohl eine Weile dauern, bis er etwas sagen kann.

Jetzt schluchzt er laut auf und will sich wieder verstecken. Ich lasse die Decke aber nicht los.

„Dann kann ich wohl gehen?", fragt der Jüngling, und macht Anstalten, aus dem Bett zu steigen.

Ich will das jetzt aber nicht schon wieder sehen. „Bleib hier, er wird dich brauchen, nachdem ich gegangen bin."

Ich schaue sein Gesicht im Schein der Nachttischlampe genauer an. Es ist nicht schön, aber freundlich, irgendwie aufmunternd, mit schmalen Mandelaugen und dünnen Lippen, runden Wangen und fast schwarzen Locken. Woher kenne ich es bloß?

„Ich bin übrigens Paul", stellt er sich vor, und in diesem Augenblick weiß ich, wer er ist: Paul Greenwood, der Mann mit dem Mondgedicht im Internet, der Geheimnisvolle, um den Joey sich „kümmern" wollte, weil er ihn irgendwoher kannte.

Joey starrt mich an. Ich nehme einen Zipfel der Bettdecke zwischen drei Finger meiner rechten Hand und drücke ihn sachte auf seine beiden Augen, um sie von den Tränen zu trocknen.

„So? Und?", frage ich ihn, in einem zweiten Anlauf, das Gespräch zu beginnen. „Denkst du denn, nach dem Abend mit den Hühnern kann mich heute noch irgend etwas erschüttern?"

Er beginnt wieder zu schluchzen und will seinen Kopf wegdrehen, aber ich ziehe ihn am Kinn zurück. Er hält augenblicklich still.

Ich schaue auf, zu Paul, fragend: Was sollen wir jetzt nur mit ihm tun?

„Du schreibst doch Gedichte, kannst du ihm nicht eins vortragen, vielleicht beruhigt er sich dann. Er ist nämlich ein großer Fan von dir."

Während Paul sich noch bemüht, sein Gesicht zu einem Lächeln zu verzerren, reißt Joey mit einem Mal meine beiden Hände zu seinem Kopf hin und drückt seine tränenfeuchten und vom unterbrochenen Liebesspiel heißen Lippen darauf, immer abwechselnd, auf die linke, die rechte, die linke, die rechte, und er will nicht wieder aufhören. Dann wird er plötzlich toternst, schaut mich mit großen Augen an, sein Blick bekommt sogar etwas Herausforderndes, Provozierendes, dann schießt es aus ihm heraus: „Eigentlich habe ich dich die ganze Zeit geliebt, Dick!"

Er starrt mich weiter an und wartet auf eine Reaktion. Ich bin wie vom Schlag gerührt, meine Hände liegen noch in seinen, links, rechts, links, rechts, dann redet er wieder, diesmal lockerer, als wenn eine Last von ihm abgefallen wäre: „Ich war so in dich verliebt, ich wollte dich, wollte dich ganz für mich allein, ich habe jede Nacht von dir geträumt."

Er lacht. Ich glaube es nicht!

Hat er Paul vergessen? Paul, der hinter seinem Rücken blass geworden ist und seinen Mund offen stehen lässt?

„Vielleicht ist jetzt alles aus!", kommt es weiter aus Joey, „Vielleicht willst du mich nicht mehr sehen, und Paul auch nicht, vielleicht habe ich soeben alles kaputtgemacht. Oh Gott, Dick, wenn ich mir vorstelle, wie oft ich davon geträumt habe, mit dir zu schlafen!"

Er blickt mich an, entsetzt über seine eigenen Worte, und fügt hinzu: „Nicht so, wie du jetzt denkst, sondern mit dir zusammen in einem Bett zu liegen, mich an dich zu drücken, einfach so, ohne etwas zu tun, was dir nicht gefällt."

Ist das mein Joey? Ich kann keinen klaren Gedanken fassen, und im Moment kann ich mich an keine einzige Minute dieses verdammten Tages erinnern, in der ich mich im Griff hatte. Ja, wenn er weiter geheult und die letzten Sätze unter Tränen herausgebracht hätte, damit ich ihn umarmen und trösten könnte, aber so, nein, diese Ernsthaftigkeit erschreckt mich. Immer bin ich Objekt der Ereignisse! Neuigkeiten. Schocks. Wenden. Doppelte Böden. Die dunklen Seiten. Ach, geht mir doch! Lasst mich doch in Ruhe mit eurem Scheiß!

Bis zum Broadway ist es nicht weit. Manhattan ist jetzt nicht blau, sondern schwarz, nächtlich, nicht greifbar, und so wundere ich mich nicht, dass viele Haltlose mit depressiven Gesichtern an mir vorbei torkeln. Der Mond ist natürlich fast nicht mehr zu sehen, nur ein ganz kleiner Rest, wer weiß, vielleicht ist das schon die andere Seite, die ewige Dunkelheit, das Ungewisse, womöglich bleibt das jetzt immer so, weil es das richtige Leben ist, das grausame, nach den Regeln der Wildnis - oder des Alls, in dem alles verbrennt und erlischt, was am Ende ist. Ich werfe mich in die erstbeste U-Bahn, ohne darauf zu achten, wohin sie mich fährt. Jetzt habe ich selbst nur noch mit den Tränen zu kämpfen. Müssen sie mir nun alles kaputt machen? Meine Celia zuerst, und dann auch noch Joey? Reicht es nicht, dass ich keinen Sinn mehr sehe in der alten Welt, müssen sie mir auch in dieser Welt das letzte nehmen? Die U-Bahn rattert, quietscht, draußen auf den Bahnsteigen dampfen die Münder der vielen ungeduldigen Passagiere; an der übernächsten Haltestelle ergattere ich einen Sitzplatz und beschließe, nie wieder aufzustehen.

Irgendwann geht es nicht weiter, der Zug hält. Ich habe keine Ahnung, wieviel Zeit vergangen ist. Ich taumele dem Ausgang zu und schiebe mich durch die Drehtür nach draußen. Vom Bahnhofsgebäude aus führt eine Straße ins Nirgendwo, ins dunkle Unbekannte. Keine Häuser, keine Menschen, nur flache Erde und ein paar Bäume. Ohne nach rechts oder links zu schauen laufe ich vorwärts, atemlos, immer weiter. Es ist finster, kalt und schmutzig. Es schneit ganz sacht auf meinen Mantel, auf meinen bloßen Kopf und meine Schuhe.

Meine Beziehung zu Celia kommt mir wieder in den Sinn, der Frost hat mich abgekühlt, auch meine Wut, ich versuche, alles, was passiert ist, aus der richtigen Distanz zu betrachten. Es ist wohl wahr, dass ich emotional viel stärker in unsere Beziehung verstrickt war als Celia. Ich habe mich oft darüber geärgert, dass sie nie zu mir kommen wollte, wenn sie über etwas frustriert war; selbst wenn sie von jemandem noch so sehr fertiggemacht wurde, oder wenn sie aus einer verfahrenen Situation nicht wieder herausfand – nie heulte sie sich an meiner Schulter aus, sondern rannte immer zu ihren Freundinnen und suchte Trost dort. Ich habe mir das immer wieder mit der Unsicherheit zu erklären versucht, die von Anfang an wie ein Damoklesschwert über unserer Beziehung hing. Ich konnte nicht ohne sie leben, war süchtig nach ihr, doch genau das machte sie kaputt. Sie verstand das nicht, es ging ihr auf den Geist. Oft hat sie mir Aufdringlichkeit vorgeworfen. Ich aber war felsenfest davon überzeugt, dass solche Reaktionen nur der Angst vor einer festen Beziehung, vor dem endgültigen Versprechen, entsprangen, und übte mich in Geduld.

Ich biege von einer Straße, auf der mir hin und wieder ein Auto entgegenkommt, in einen schmalen Weg ein. Hier stehen nur alle hundert Meter kleine Laternen, einige funktionieren nicht mehr. Der Weg ist unbefestigt, holprig, aber hartgefroren. Ich habe keine Ahnung, wohin er mich führt, bin aber wild entschlossen, ihn nicht wieder zurückzugehen. Dann gabelt er sich und ich bleibe für einen Moment stehen. Ein Pfiff ist zu hören, ich glaube zunächst, dass er von einem Tier stammt, von einem Vogel vielleicht. Oder aber vom Wehen des Windes herrührt. Der Weg nach rechts geht ganz leicht bergab, der nach links führt dagegen steil nach oben. Ich entscheide mich für den mühseligeren, als ob ich mir eine Strafe auferlegen will. Jetzt höre ich den Pfiff erneut, von oben, dem Gipfel des Hügels, auf den ich krieche, und dann ertönt eine Antwort. Jemand singt, oder besser: ein langer, von einer männlichen Stimme gesungener Ton erklingt, und es kommt aus dem Tal. Ich versuche, beim Laufen nicht das geringste Geräusch von mir zu geben, verfluche stumm jeden eisüberfrorenen Stein, von dem ich abrutsche.

Celia besuchte mich in der Regel zweimal in der Woche. Am Anfang war mir das zu wenig, ich versuchte, sie davon zu überzeugen, bei mir einzuziehen, aber sie wehrte sich mit Händen und Füßen dagegen. Meine Eifersucht kochte manchmal fast über, aber sie versicherte mir wieder und wieder, dass ich der einzige Mann in ihrem Leben sei. Jetzt klingt das natürlich ganz anders...

Später gewöhnte ich mich an die großen Abstände zwischen unseren Begegnungen. Ich hatte meine Freiräume, konnte mich mehr und mehr von Aufträgen überhäufen lassen; zeitweise hatte ich so gute und intensive Beziehungen zu mehr als einem Dutzend Zeitschriftenredaktionen, dass ich gar nicht alle Forderungen erfüllen konnte. Das waren wie zwei Welten, die ich mir aufbaute: das weite Meer der Arbeit und des Alltags, und die Insel der Liebe – und ich dachte, Celia ginge es genau so; sie war Modezeichnerin und angestellt bei einem Designer, der sein Geld mit Damenunterwäsche machte.

Joey hatte sich übrigens gut auf den Rhythmus in meinem Leben eingestellt: er kannte die Tage, an denen ich mich mit Celia traf, und tauchte dann ab. Jetzt weiß ich, wie er sich beim Abtauchen fühlte, jetzt weiß ich auch, warum er immer wieder aufgetaucht ist, und vor allem: warum er Celia nicht leiden konnte. Joey war eifersüchtig.

Ich muss jetzt aufhören, an die beiden zu denken, und mich darauf konzentrieren, was hier gleich mit mir passieren wird. Mein Weg verliert sich in einem Wald. Am rechten Wegrand steht ein Schild, das ich wegen der Dunkelheit nicht lesen kann. Laternen gibt es hier schon lange nicht mehr. Wenige Meter weiter ist der Weg bereits nicht mehr zu erkennen, er verschmilzt mit den dichten Bäumen zu einem riesigen, schwarzen Fleck, in den ich langsam eintauchen werde. Ganz langsam, weil ich Angst habe. Aber ich muss jetzt da durch.

Es pfeift plötzlich direkt über mir, ich ducke mich, als ob mir jeden Augenblick etwas auf den Kopf fallen könnte.

Wenn es nur nicht so kalt wäre... Ich habe keine Handschuhe. New York City ist selbst im allertiefsten Winter eine Wärmflasche: Du kommst aus dem Haus, läufst hundert Meter durch den Schnee und stehst schon im U-Bahnschacht; oder du flüchtest dich für eine Minute in eine der vielen kleinen Imbissstuben. Hier draußen jedoch bist du schutzlos.

Vorsichtig setze ich Schritt um Schritt auf das Eis unter meinen Füßen, es knirscht viel zu laut. Ich habe den Eindruck beobachtet zu werden. Wie immer, wenn es um mich herum stockdunkel ist, glaube ich, der Einzige zu sein, der nichts sehen kann; das macht mich angreifbar. Ich fühle mich unglaublich wehrlos und verletzbar. Das ist für mich ein unerträglicher Zustand. Ich würde mich jetzt gern ganz klein machen und unter einem der harten, vertrockneten Blätter verstecken.

Ich bleibe stehen. Es ist auf einmal verdächtig ruhig geworden. Das kann nur heißen, sie haben mich entdeckt. Jetzt bloß nicht bewegen. Der Mond ist der Verräter, sie haben mich gesehen, auch wenn er nur der dünne Rest einer bleichen Sichel ist. Verdammt, was suche ich hier! Was in aller Welt tue ich hier bloß? Nur weil Celia...

Celia. Scheiße, ich wollte nicht an sie denken. Und jetzt ist es wieder da. Ich muss aufpassen, dass ich hier heil herauskomme. Das gibt es gar nicht, dass einer sich so lange verstellen kann. Das gibt es doch gar nicht. Oder? Vater hat mir von einem seiner Kollegen erzählt, der in der DDR zwölf Jahre lang verheiratet ist, und erst die Wende abwartet, bevor er den Mut findet, sich zu outen. Zwölf Jahre! Seine Frau muss aus allen Wolken gefallen sein, als sie es mitgekriegt hat. Da gibt es jetzt viele in Ostdeutschland, sagt Vater, das ist wie eine Epidemie; das muss auch etwas mit der neuen Freiheit zu tun haben, die so unerwartet über die Leute gekommen ist. Und warum soll das nicht auch hier passieren? Nur weil man nie davon hört? Es gibt alles auf der Welt, sagt mein Vater zu mir, jedes Mal, wenn wir uns sehen, alles gibt es, was sich die menschliche Fantasie vorstellen kann, und noch viel, viel mehr. Aber Joey! Er lebte doch in New York, und nicht in irgendeiner Provinz, in der er der offiziellen Meinung etwas hätte vorspielen müssen. Und Celia? Wie konnte ich ihren Seelenzustand nicht bemerken! Und wie sie alle dicht gehalten haben auf den Weiberpartys, wahrscheinlich werden sie jetzt sagen, sie hätten mein Taktgefühl nicht verletzen wollen und es Celia überlassen, das Thema zur Sprache zu bringen! Ach, Celia, du laute Schweigsame! Du liebe, tote, scheue, verstörte, kaputte Celia, wie ich dich vermisse!

Irgendwie ist die Stille unheimlich. Wenn sie doch noch einmal pfeifen würden, dann könnte ich die Entfernung einschätzen, oder die Richtung herausfinden, aus der sie kommen werden, und mich verteidigen – ach was, ich könnte mich jetzt sowieso nicht verteidigen, meine Hände sind erfroren, meine Ohren auch, und ich bin total deprimiert.

So leicht ist es also, plötzlich alles wieder zu verlieren, und zu wissen, dass nicht einmal auf Erinnerungen Verlass ist: Das Bild Celias bröckelt, und Joey ist gar nicht der, für den ich ihn gehalten habe – aber es war doch so schön! Damals!

Der erste Schlag trifft meinen Bauch knapp unterhalb der Magengegend. Ich sacke zusammen, nach vorn, und schlage mit der Stirn auf dem eisigen Waldboden auf. Ich habe sie gar nicht kommen hören. Sie sind plötzlich da. Den zweiten Schlag spüre ich noch, jemand rammt mir einen Stiefel in den Oberkörper, ich rolle nach links, eine kleine Böschung hinunter, vielleicht ist es auch nur ein Graben am Wegrand. Dann werden meine Träume und Ängste so schwarz wie der Wald, ich habe nicht einmal einen klitzekleinen Laut von mir gegeben – ich wusste schließlich, dass es passieren würde. Das letzte, was ich sehe, ist der flüchtige Mond: dürr wie das vergessene Laub an den Winterbäumen, scheu vor dem Tageslicht wie ein kleiner Dieb und mit einem riesigen, schwarzen Rucksack behangen, reisebereit und voller Geheimnisse...

KILLER:

Alle da? Auch Chuck?

CHUCK:

Was quatschst du bloß? Ich bin immer da, wenn ich gebraucht werde.

KILLER:

Pilot auch?

PILOT:

Ich bin hier.

KILLER:

Okay, Pilot. Bayou?

BAYOU:

Sag mal, Killer, seit wann spielst du denn unseren Aufseher? Stellst uns einfach an die Wand und willst uns durchzählen! Das ist kein Gefängnis hier, vielleicht ist dir das entgangen. Das ist die Freiheit, die ganz große Freiheit sogar, ohne Wände, ohne Decke, ohne doppelte Böden, ohne Nahrung, ohne Luft, ohne die Probleme dieser Welt – u n d   o h n e   A u f s e h e r !

KILLER:

Was regst du dich auf, Bayou? Nur weil du die Truppe diesmal nicht abzählen darfst, sondern ich mir das herausgenommen habe? Achtung, stillgestanden!

BAYOU:

Hier gibt es keine Truppe, du Idiot, hier gibt es nur fünf Individualisten, die hierher kommen, weil es ihnen Spaß macht, klar? Das wirst du kleines Arschloch ihnen nicht versauern.

KILLER:

Reg dich ab, Bayou, du willst doch bloß wieder selber den Ton angeben.

ROCKY:

Killer, ich denke, du gehst diesmal wirklich zu weit. Wenn wir uns nicht vertragen, dann fällt unsere kleine Gruppe auseinander! Wärst du dann nicht enttäuscht? Ich hatte immer das Gefühl, dass gerade dich viele unserer Aktionen begeistert haben. Denk doch nur mal an die Bank, letzte Woche; du bist zwar wie üblich über das vereinbarte Ziel hinausgeschossen, aber...

KILLER:

Sag mal, Rocky, bei dir tickt's wohl nicht richtig. Wieso bin ich zu weit gegangen, he? Seit wann darfst du hier herumkommandieren und mir sagen, wie weit ich gehen darf? Bin ich es nicht, der seine Grenzen selbst festlegt...

ROCKY:

Killer, hör mal...

KILLER:

Sind wir nicht eigentlich alle hier, um unsere Grenzen überhaupt kennenzulernen, oder um vielleicht festzustellen, dass wir grenzenlos sind? Dass
wir schamlos sind? Herrschsüchtig? Gottesähnlich? Größenwahnsinnig,
und das zu recht?

BAYOU:

Also ich habe das Gefühl, dass es heute ein sehr kurzes Treffen wird. Killer
muss erst wieder zur Besinnung kommen. Und das kann dauern, da haben
wir ja unsere Erfahrung. Vielleicht steige ich auch ganz aus, das Gelaber
von diesem Idioten fällt mir sowieso allmählich auf die Nerven...

CHUCK:

Also hört doch alle mal zu, Leute! Wenn Bayou aussteigt, dann fällt auch
die ganze Gruppe auseinander...

ROCKY:

Stimmt.

CHUCK:

...Bayou erzählt immer die geilsten Geschichten, wisst ihr nicht mehr, in
den ersten beiden Jahren gab es fast nichts anderes als Bayous Geschichten,
Mann, was haben wir uns krumm und schief gelacht, damals. Also ich
denke, wir sollten alle wieder vernünftig werden.

KILLER:

Ist ja gut, ich will mich nicht streiten, das wisst ihr ja. Wir sind Kumpel,
und wir sollten es bleiben.

PILOT:

Mit dir will ich nichts mehr zu tun haben. Du bist und bleibst ein brutales
Schwein, Killer.

KILLER:

Pilot! Was ist das denn?!

PILOT:

Das ist endlich die Erkenntnis, dass du uns immer die gute Atmosphäre
versaust. Immer musst du brutal dazwischenhauen, mit deinem blöden
Gestammel und mit deinen verdammten Pfoten.

KILLER:

Pilot? Bist du jetzt zu einem kleinen Gott degeneriert? Glaubst du auf einmal, über alles und jeden richten zu dürfen? Was bildest du dir eigentlich ein?

ROCKY:

Also jetzt hört doch auf mit dem Scheiß! Wir haben es ja nun verstanden. Reden wir von etwas anderem.

BAYOU:

Recht hast du, Rocky, wie recht du wieder mal hast. Reden wir von etwas anderem: Hast du dich wieder einmal in jemanden verliebt? Ich würde ihn gar zu gerne kennenlernen. Deinen Traumprinzen, meine ich. Was für ein Typ mag er nur sein. Ob er mir ähnlich ist?...

PILOT:

Ich schlag dir den Schädel ein, Killer, ich bin genau in der richtigen Stimmung dafür.

KILLER:

Ach was, du könntest ja nicht mal einer Kröte etwas zu leide tun, du halbwüchsiges Milchgesicht.

PILOT:

Jetzt reicht es aber, Killer, ich nehme die Kröte und stopfe sie dir in dein loses Mundwerk, schiebe sie dir in deinen gottverdammten Hals, dass du daran erstickst...

CHUCK:

Also ich denke, jetzt geht ihr wirklich etwas zu weit, Jungs. Freiheit ist ja gut, aber alles hat seine Grenzen...

ROCKY:

Denke ich auch...

KILLER:

Soso, Rocky denkt, is' ja ganz was neues. Hat er dir also was voraus, Pilot, Ratten wie du können ja nicht denken. Sie können nur darauf warten, dass sie von jemandem zertreten werden.

PILOT:

Ich bring dich um, du Schwein! Ich hab keine Hemmungen...

BAYOU:

Hört jetzt endlich auf!

PILOT:

Ich hab mein Messer in der Tasche, rein zufällig, Killer, und wenn du jetzt nicht deine Schnauze hältst, geht es vielleicht aus Versehen auf...

KILLER:

Lass es nur darauf ankommen, Pilot, ich denke ja gar nicht daran, mir von dir meinen Mund verbieten zu lassen, ich nehme es noch mit jedem auf, der wie du sein Maul nicht weit genug aufreißen kann...

PILOT:

Killer, ich warne dich, du wärst nicht der erste, der seine Worte bereut...

KILLER:

Na sieh mal einer an! Pilot droht mir. MIR! Das muss ich mir nicht gefallen lassen. Weißt du was das ist? Hier, sieh doch mal her!

PILOT:

Was ist das?

KILLER:

Das ist die Knarre vom Banküberfall letzte Woche. Ich hab noch drei Schuss übrig...

CHUCK:

Na, nun wird es wirklich lächerlich, kriegt euch mal wieder ein, ihr Kinder...

KILLER:

Klappe zu da drüben. Oder ich mach euch alle, einen wie den anderen. Nehmt euch in acht, sie ist geladen – und entsichert. Steck das Messer wieder weg, Pilot.

PILOT:

Ich denk nicht dran.

KILLER:

Dann knall ich dich zuerst ab.

PILOT:

Mach doch, wenn du noch lange redest, hast du mein Messer in deinem Bauch.

KILLER:

Warst wohl mal im Zirkus, was, Pilot, dass du hier so aufschneidest mit deinen Messerwerferkünsten... Weg da! Geh wieder zurück, Pilot, komm mir bloß nicht zu nahe, hörst du! ...Du sollst wieder zurückgehen auf deinen Platz!

PILOT:

Ich hab keine Angst vor deiner Scheißpistole, du Saftflasche. Du kannst mich mal...

KILLER:

Zurück, hab ich gesagt! ...Zurück, bleib stehen! Oder es gibt gleich ein Unglück!

PILOT:

Also bist du doch ein Waschlappen, ich wusste es ja... Na, wie fühlt sich die Messerspitze so an? Schon mal 'ne Narbe gehabt auf der Stirn? Vorsicht, nicht bewegen, sonst rutsche ich womöglich in eines deiner vermatschten Augen ab...

KILLER:

Ich drück ab, Pilot, wenn du jetzt nicht auf der Stelle auf deinen Platz verschwindest...

PILOT:

Ich könnte jetzt deinen Skalp abnehmen, vielleicht kriege ich noch was dafür. Na, wie fühlt sich das an...

KILLER:

Au! Pilot, ich drücke ab! Hör auf, verdammt noch mal, das tut weh! Ist das Blut? Sag mal bist du blöd? Ist das Blut?

PILOT:

Nimm die Mündung von meiner Schläfe. Sofort.

KILLER:

Ist das mein Blut, das du hier vergossen hast? Was läuft mir denn hier über die Schläfen und in den Hals, he? Ich frage dich zum letzten Mal: Ist das mein Blut?!

PILOT:

Du sollst die Waffe von meinem Gesicht nehmen, Killer. Nein! Nimm den Finger vom Abzug! ...Tut mir leid, Killer, tut mir echt leid!!

KILLER:

Warum antwortest du mir nicht? Ist das mein Blut, das mir von der Stirn fließt? Oder hat mir da eine Ratte auf den Kopf gepisst?

PILOT:

Beweg jetzt bloß deinen Finger nicht, Killer, du bist ja wahnsinnig! Was ist das bisschen Blut gegen ein Menschenleben! Das kannst du doch nicht machen!!

KILLER:

Und ob ich das nicht machen kann. Und SCHUSS!...

CHUCK:

Bist du übergeschnappt, Killer?

BAYOU:

Pilot! Bist du noch da?

ROCKY:

Pilot! Melde dich doch! Pilot!

KILLER:

Der ist hinübergegangen... ins Reich der Gleichgültigen. Wird uns keine Moralpredigten mehr halten.

CHUCK:

Der Kerl ist wirklich übergeschnappt.

BAYOU:

Pilot! Verdammt nochmal!

ROCKY:

Wir sollten einen Arzt holen.

KILLER:

Keiner rührt sich hier von der Stelle. Zwei Kugeln hab ich noch.

CHUCK:

Ihr seid mir ja alle zu blöd, echt mal.

BAYOU:

Pilot! Sag doch was! Liegt hier einfach so da...

ROCKY:

Steck die Knarre ein, Killer. Das war nicht abgemacht, dass wir uns hier gegenseitig niederknallen.

KILLER:

Ich kann mich an keine Abmachung erinnern, du Grünschnabel.

BAYOU:

Was sollen wir jetzt machen? Ich denke, Rocky hat recht, wir sollten einen Arzt rufen, vielleicht ist er noch nicht tot...

KILLER:

Was bildest du dir ein, Bayou! Wenn ich schieße, treffe ich auch.

BAYOU:

Wenn Kinder schießen, treffen sie nicht immer. Rocky, geh zum Telefon und ruf den Arzt an.

KILLER:

Und ich, wer kümmert sich um meine Wunde? Der Arsch hat mir mit seinem Messer das ganze Gesicht zerkratzt.

BAYOU:

Du wirst dich in Zukunft sowieso nur um dich selbst kümmern können, Killer. Im Knast gibt es keine wirkliche Freundschaft, und die hier draußen hast du ja gerade zerstört.

KILLER:

Eh' ich in den Knast gehe, schieße ich mir selbst eine Kugel in den Kopf.

BAYOU:

Wär wenigstens einmal was drin in der Rübe. Hat einer wie du ja nicht so oft.

ROCKY:

Der Arzt ist in zwei Minuten hier. Die Polizei übrigens auch.

KILLER:

Die Polizei! Dass ich nicht lache! Denkt ihr, ich lass mich lebend von den Bullen einfangen? Lieber jag ich mir wirklich eine Kugel...

BAYOU:

Sagtest du bereits. Tu's doch endlich.

KILLER:

Hier, bitte schön. Der Lauf passt in den Mund, wie dafür gemacht. Ich brauche nur noch abzudrücken.

CHUCK:

Killer, du wirst kindisch.

BAYOU:

Tu's doch endlich, du Idiot, dann können wir uns in Ruhe um Pilot kümmern.

ROCKY:

Also ich habe das Gefühl, er ist mausetot. Kein Puls, kein Herzschlag.

KILLER:

Ganze Arbeit, was?

BAYOU:

Nuschel' nicht so, Killer. Mit einer Pistole im Mund kann man schlecht reden. Keine Kinderstube, der Kerl.

KILLER:

Bei drei drücke ich ab.

BAYOU:

Kenn ich doch irgendwoher...

KILLER:

Eins...

BAYOU:

Du kannst neuerdings bis drei zählen?

KILLER:

...zwei...

ROCKY:

    Da kommt der Arzt. Und zwei Bullen.

KILLER:

    ...drei...

CHUCK:

    Also ich geh nach Hause, Leute, mir reicht's. Tschüss allerseits.

KILLER:

    ...und SCHUSS!

BAYOU:

    Gut gemacht, Killer... Da liegt er nun. Zwei Tote. Irgendwie dumm gelaufen heute, was, Rocky?

ROCKY:

    Ich glaube, die haben das vorher abgesprochen.

BAYOU:

    Na, klar haben die das. Bis nächste Woche, Rocky.

ROCKY:

    Schlaf gut.

Decke, Wände, Fenstervorhänge, alles ist weiß. Direkt über mir hängt eine Lampe aus weißem Glas. Ich weiß nicht, wie lange ich sie schon so anstarre. Es ist nichts dran an ihr, nichts besonderes, aber ich starre sie an, als fände ich durch sie meine Erlösung.

Ich habe Hunger. Irgend etwas stimmt hier nicht. Wo bin ich? Ich liege auf einem Bett, es ist weich unter mir, irgendwo flüstert jemand, nicht weit weg von mir, aber ich kann ihn nicht entdecken.

Jetzt weiß ich, was nicht stimmt: es ist hell im Zimmer, obwohl die Lampe nicht leuchtet. Die Vorhänge sind zugezogen, das kann ich aus den Augenwinkeln sehen, wenn ich mich anstrenge.

„Du hast nochmal Glück gehabt", sagt Joey, und schiebt seinen Kopf in mein Blickfeld. Mir war gar nicht bewusst, dass er so lange Haare hat. Sie fallen ihm von der Stirn herunter und hängen mir fast auf dem Gesicht.

„Du kannst deinen Kopf nicht bewegen." Ich versuche es. Wie ein kleines Kind, dem man sagt, es dürfe einen Kasten nicht aufziehen. Es zieht ihn auf, und ich versuche, meinen Kopf zu drehen.

„Hör auf damit, es tut dir weh. Er steckt in einem Ding, in einem..., wie soll ich sagen, ich weiß nicht, wie das heißt, eine Art Schraubstock aus weicher Plastik. Sie haben Angst, dass du dir deine Wirbelsäule verletzt hast."

Verletzt? Wieso bin ich verletzt?, durchfährt es mich.

„Sie haben gewartet, bis du wieder zu Bewusstsein kommst, damit sie dich untersuchen können. Vor einer halben Stunde haben sie mich angerufen, um mir zu sagen, dass du die Augen geöffnet hast."

Es tut nicht weh, was redet er da. Es tut mir überhaupt nicht weh, wenn ich versuche, meinen Kopf zu drehen. Ich tue es wieder.

„Hast du keine Schmerzen dabei?"

Kann ich reden? Ich habe es noch nicht ausprobiert. Also versuche ich zunächst zu flüstern:

„Mir tut nichts weh, Joey. Sie sollen mir das abnehmen."

Es geht. Ich kann sprechen. Ich probiere es ein wenig lauter:

„Schön, dass du da bist, Joey. Mein Freund."

„Du hast wirklich großes Glück gehabt", wiederholt er. „Die Müllabfuhr hat dich gegen fünf Uhr in einem Straßengraben liegen sehen und aufgeladen."

Toll, denke ich. Die Müllabfuhr also. Was machen die um fünf Uhr morgens im Wald?

„Das war der reine Zufall. Sie hatten einen Auftrag vom Besitzer des Gebietes, die Reste eines verschrotteten Autos abzuholen, die jemand in den Wald transportiert hatte, um sie loszuwerden. Sonst lässt sich in dieser Gegend manchmal jahrelang keiner blicken."

Na, das hört sich ja gut an. Bin ich ein Glückspilz, oder was? Das hätte ich aber auch schon früher merken müssen.

„Wie geht's dir?", frage ich ihn.

„Ach, mir..."

Er zögert mit der Antwort und zieht seinen Kopf zurück. Dann schweigt er für einige Sekunden. Irgendwo tickt eine Uhr.

„Gibt es hier einen Wecker?", frage ich erstaunt.

„Ja, er steht auf deinem Nachttisch. Ich war heute nacht bei dir, ein paar Stunden lang, und da ich wusste, dass ich einschlafen werde, habe ich mir den Wecker gestellt. Schließlich musste ich heute morgen zur Arbeit fahren."

„Oh, Joey...!" Gott, der arme Joey, wie er sich um mich kümmert. „Wenn ich könnte, würde ich dich jetzt umarmen."

Er schiebt sein Gesicht wieder in mein Blickfeld, diesmal ganz nahe, und antwortet: „Das hättest du dir früher überlegen sollen, mein Schatz."

Was soll das denn nun wieder heißen?

„Ich merke, dir geht es gut", schließe ich aus seinem launigen Humor.

„Es geht mir sogar sehr gut."

„Hast du weiter Nachforschungen angestellt?"

„Ja, habe ich, und ich habe dir auch alles aufgeschrieben. Du hattest recht, wir sollten ein Tagebuch schreiben über die Gespräche mit den Leuten, die wir besuchen, dann können wir später eine tolle Story darüber verfassen und sie teuer verkaufen. Vielleicht machen sie auch einen Film daraus. Dann werden wir reich, Dick!"

Ich hole tief Luft. Dann stelle ich ihm die Frage:

„Also, was ist passiert mit mir, gestern Nacht?"

Er antwortet nicht sofort, sondern blickt mich lange und mit unbewegtem, vielleicht verständnislosem Gesicht an. Schließlich entschließt er sich doch zu sprechen:

„Erstens, mein lieber, war es nicht gestern Abend, sondern vor drei Tagen, und zweitens wollte ich das gern von dir wissen."

„Vor drei Tagen?", schießt es ein bisschen zu laut aus mir heraus. „Willst du sagen, ich habe hier drei Tage lang bewusstlos gelegen?"

„Bewusstlos. Und unterkühlt, zumindest am Anfang. Aber das ist ja fast ein normaler Zustand bei dir."

Er spricht heute in Rätseln.

„Du warst halb erfroren, als sie dich gefunden haben, Dick, es waren in dieser Nacht minus zwölf Grad in dieser Gegend."

Ich erzähle ihm, was ich von dem Überfall noch weiß, und er bedauert mich mit ein paar gestotterten Worten. Ich glaube, er will schnell das Thema wechseln.

Jetzt knistert es neben meinem Ohr, dann hält er mir einen Stapel Papier vor die Nase.

„Was ist das?", frage ich ihn, weil er das jetzt hören will.

„Das sind die Aufzeichnungen von meinem Besuch bei Jeff Baker. Du wirst erstaunt sein, alter Junge. Ich habe alles ganz exakt aufgeschrieben. Eine tolle Sache, es hat sich gut entwickelt und wird uns ein ganzes Stück weiter bringen. Ich lege es hier auf den Tisch, du kannst es lesen, wenn... wenn du kannst. Übrigens, morgen wird Kate hier auftauchen. Das heißt, wenn du dann schon wieder vernehmungsfähig bist, also ansprechbar, wenn ich das so sagen kann. Ich soll sie heute Abend informieren. Sie will uns weiterhelfen. Sie scheint sehr nett zu sein."

Kate. Ich weiß nicht, ob ich sie jetzt sehen will. Aber irgendwie muss ich über die ganze Sache schnell hinwegkommen. Ich fange schon wieder an, über Celias Doppelleben nachzudenken. Aber was soll's. Ist es letzten Endes nicht völlig gleichgültig, wie einer strukturiert ist? Das Entscheidende ist doch wohl, was du für ihn fühlst. Wenn du einen liebst, der sich selbst gering schätzt, dann findet sich der Wert in dir, in deinem Gefühl für ihn. Jeder ist sich selbst der Nächste. Nur dein Gefühl zählt, nicht das Objekt deiner Gefühle.

„Nimm doch den verdammten Wecker von meinem Ohr weg, das ist ja nicht zum Aushalten!"

Ich konnte tickende Wecker noch nie leiden. Manchmal kam ich nicht drum herum. Bei einem One-night-stand zum Beispiel. Die erste und einzige Nacht in einem fremden Bett, da kannst du nicht gleich verlangen, dass sie ihr Schlafzimmer für dich umräumt. Ja, ich bin auch fremdgegangen. Zwei-, dreimal. Oder auch öfter. Ich habe mit anderen Frauen geschlafen.

Das Ticken hört auf.

„Also, ich gehe jetzt und komme morgen wieder. Kate gebe ich Bescheid."

„Tut mir leid, Joey, war nicht so gemeint. Ist alles in Ordnung bei dir? Du hast mir nicht geantwortet, wie es dir geht."

„Doch, das habe ich. Es ist alles in Ordnung, mir geht es gut. Mach dir keine Sorgen." Er fasst nach meiner Hand, ich fühle, wie er sie drückt und eine Weile in seiner Hand hält. Vielleicht denkt er, ich merke es nicht.

„Bis morgen, Dick. Ich hoffe, sie haben dich dann von der Halskrause befreit, und von dem Tropf natürlich auch, du kannst ja jetzt wieder selbst essen. Ach, übrigens haben sie dir bei dem Überfall das Geld gestohlen, vielleicht auch die Kreditkarte. Hattest du eine Kreditkarte bei dir?"

„Ja, hatte ich, ich muss da anrufen, um den Verlust zu melden. Mit den paar Kröten, die ich einstecken hatte, werden sie bestimmt nicht glücklich geworden sein. Also, bis morgen, Joey. Danke, dass du hier auf mich aufgepasst hast."

Ich werde etwas rührselig, weil er sich so um mich kümmert. Niemand sonst ist gekommen, wer sollte denn auch, meine Eltern, auf ihrem alten Kontinent, wissen von nichts, und richtige Freunde habe ich hier in der neuen Welt, mit Ausnahme von Joey, keine. Die Beziehung zu ihm sollte ich jetzt nicht auf's Spiel setzen, schon gar nicht wegen dieser albernen, unbedeutenden Entdeckung.

„Du bist wirklich mein bester Freund", sage ich zu ihm, „sowas findet man sehr selten. Kannst du mir eigentlich erklären, warum ich es immer noch nicht zu einer Familie gebracht habe? Mann, Frau, zwei Kinder, ein richtiger Beruf, sicheres Einkommen, ein Häuschen – ich bin eben doch noch kein richtiger Amerikaner, da hast du wohl recht."

Er kommt noch einmal auf mich zu, ist ebenfalls gerührt, nimmt meine Hand noch einmal zwischen seine beiden Hände. Er will etwas tun, traut sich aber nicht. Ich habe den Eindruck, er würde sie jetzt gern an seine Lippen führen und einen Kuss draufsetzen. Aber vielleicht täusche ich mich.

Plötzlich lässt er sie fallen, sagt leise: „Verzeih mir, Dick" (für die unsichere Geste von eben oder für das Geschehen in der Nacht vor ein paar Tagen?), dreht sich um und verlässt den Raum.

Die Tür fällt ins Schloss.

Drei Tage! Himmel, das war knapp. Und ich habe meine Reportage noch nicht abgeschickt. Ist schon der dreiundzwanzigste? Wenn heute der dreiundzwanzigste ist, dann habe ich den Termin verpasst. Na, wenn schon, ist inzwischen auch egal. Obwohl ich das Geld jetzt gut gebrauchen könnte. Ich habe eine so geizige Krankenkasse. Irgendwann wird wohl eine saftige Rechnung ins Haus flattern.

Es knackt wieder an der Tür, jemand tritt ein, mit leisen Schritten, nicht so ein Trampel wie Joey, dann schiebt sich ein Engelsgesicht vor meine Augen.

„Wir sind also ganz wach?"

Sie lächelt. Ihre kräftigen, langen blonden Haare fallen ihr vor die leuchtenden Augen. Eine Erscheinung aus Stroh und Gold lächelt. Wenn das nichts ist.

„Jetzt werde ich gleich wieder in Ohnmacht fallen. Vor Freude."

Sie lacht. Vierhundert Sommersprossen sind mitten im Winter über ihr Gesicht verteilt, jedenfalls nach der ersten Schätzung – vierhundert Sommersprossen, und sie lacht!

„Wie geht es Ihnen?"

„Sie sollten mir das Ding an meinem Kopf abnehmen, dann kann ich genau nachzählen."

Die Erscheinung stutzt, und lächelt vorsichtshalber weiter.

„Was wollen Sie zählen?"

„Ihre Sommersprossen."

Sie richtet sich auf und verschwindet dadurch aus meinem Blickfeld. Ich bin zu weit gegangen.

Dann höre ich noch ihre ebenso blonde Stimme: „In diesem Fall wird *das Ding* wohl noch eine Weile dranbleiben müssen", schließlich fällt die Tür binnen fünf Minuten ein drittes Mal ins Schloss, und ich fühle mich plötzlich sehr einsam.

Ein paar Tage später bilde ich mir ein, verliebt zu sein.

Sie heißt Angélique, ich habe mich also in Bezug auf das Engelsgesicht nicht getäuscht. Ihre Eltern sind vor fünfunddreißig Jahren aus Kanada in die Staaten gekommen, aus Québec, also ist sie schon eine Einwanderin der zweiten Generation. Die halten sich nämlich oft für etwas Besseres, sind selbst schon keine Einwanderer mehr, sondern richtige Amerikaner. Angélique ist nicht viel anders, auch wenn sie ihren Hochmut der zweiten Generation mit sehr viel Charme über mich wirft. Wenn ich ihr zum Beispiel sage, wir als Einwanderer müssten doch wissen, wie schwer es ist, zwischen den Kulturen zu leben, dann bekomme ich lediglich ein mitleidiges Lächeln geschenkt, das aber so hübsch ist, dass ich sie immer und immer wieder gern provoziere.

Angélique kommt oft in mein Zimmer. Sie hat dreißig Patienten zu versorgen, und ich habe mir ausgerechnet, dass sie dreiundfünfzigeinhalb Stunden täglich arbeiten müsste, wollte sie bei jedem so viel Zeit wie bei mir verbringen. Also habe ich begonnen, mir darauf etwas einzubilden.

Sie ist noch jung, vielleicht sieben- oder achtundzwanzig, jedenfalls sieht sie so aus. Französischstämmige Mädchen wirken oft viel jünger als sie sind, das kommt von ihrem Temperament, sagte mir mein Vater jedes Mal, wenn er auf seine Vergangenheit als Liebhaber zu sprechen kam.

„Warum besuchst du mich so oft in meinem Zimmer, Angélique?"

Sie blickt kurz auf, dabei schlägt sie ihre Augen nieder. (Ich will das, nachdem sie das Zimmer wieder verlassen hat, ausprobieren; welche Gefühle bringt das einem, wenn man diese Bewegungen gleichzeitig ausführt? Erstaunen und Scham? Zorn und Gleichgültigkeit?)

„Nicht öfter als zu anderen."

Ich rechne ihr laut vor, was ich herausgefunden habe. Die Zeiten ihrer Anwesenheit in meinem Zimmer habe ich sorgfältig auf einem Zettel notiert, der griffbereit neben meinem Bett auf dem Nachttisch liegt.

„Das liegt nur daran, dass du ein besonders komplizierter Fall bist, da ist es schon besser, wenn ich..."

Sie wird rot und blickt an sich herab.

„Wenn ich was...?", frage ich sie, „weißt du, Angélique, dass du ein sehr hübsches Gesicht hast? Ich weiß, es geziemt sich nicht für einen wie mich, so etwas laut zu sagen..."

„Es ziemt sich wirklich nicht. Du bist Schriftsteller, hat mir dein Freund gesagt."

„Oh, ich bin kein Schriftsteller, nur Journalist. Aber ich werde vielleicht mal einer", füge ich hinzu und merke, wie mein Brustkorb anschwillt, „ich erlebe gerade eine spannende Geschichte, und vielleicht mache ich da irgendwann mal ein Buch draus."

„Morgen wirst du entlassen. Die letzten Tests waren alle in Ordnung. Keine inneren Blutungen, der Kopf ist auch nicht verletzt..., wenigstens nicht durch den Unfall."

Ich strecke mich in meinem Bett, und fühle, dass ich in diesem Augenblick Berge versetzen könnte. Ich muss unbedingt mit ihr in Verbindung bleiben, wenn ich hier raus bin, denke ich.

„Kann ich deine Telefonnummer bekommen?"

Sie lächelt schon wieder so schön, und geht, ohne ein Wort zu sagen, hinaus.

Dann werde ich etwas traurig. Vielleicht sind es auch Gewissensbisse. Ich weiß genau, dass ich zu Hause wieder mit ganz anderen Gefühlen zu kämpfen haben werde. Dort ist Angélique ganz weit, und Celia ganz nah, sie sitzt auf jedem Stuhl, an jedem Tisch, liegt in der Badewanne und in meinem Bett, isst, trinkt, lacht und flucht, schreit herum und läuft dabei aufgeregt von einem Zimmer ins andere, und wenn ich ihr dann sagen werde, dass sie seit einem Monat tot ist, wird sie mich auslachen und mir weismachen wollen, dass das ganz allein ihre Angelegenheit sei.

Vorgestern war die Polizei kurz bei mir. Sie haben mich über die Umstände des Überfalls ausgefragt, aber ich konnte ihnen nicht mehr sagen, als dass es stockdunkel war. Sie gaben an, sich um den Fall kümmern zu wollen. Vielleicht sitzen sie jetzt dort im Wald und warten darauf, dass wieder einmal jemand pfeift oder vor sich hin singt. Aber ich möchte das bezweifeln.

Am selben Tag hat mich auch Kate besucht. Weniger aus Mitleid mit einem Kranken, als mit der rigorosen Forderung, meine Anstrengungen nach der Suche des Mörders von Celia zu verdreifachen.

Am Anfang war es ein komisches Gefühl. Ich war nicht so wütend auf sie, wie ich es mir vorgenommen hatte, vielleicht lag das daran, dass Angélique aller fünf Minuten ihr hübsches Köpfchen zur Tür hereinsteckte und mich fragte, ob ich etwas brauche.

„Ist das hier ein Krankenhaus für die obere Klasse?", fragte Kate mürrisch.

„Nein", antwortete ich wahrheitsgemäß, „nur eine Abteilung mit einer besonders aufmerksamen Schwester. Soll es noch geben, so was."

Kate hat, wenn man sie so von Nahem sieht, keinerlei Ähnlichkeit mehr mit Celia. Sie wirkt deutlich kleiner, älter, faltiger, grauer, noch fanatischer, ihre Augen sind fast schwarz, ihre Haare jetzt auch. Sie spricht schnell und abgehackt, als wolle sie alles auf einmal loswerden, was sie auf dem Herzen hat. Und sie hat viel auf ihrem kleinen, verkrampften und hasserfüllten Herzen.

Sie ging gleich auf die Sache los, ohne lange drum herum zu reden:

„Habt ihr ihn überführt?"

„Wen denn?"

„Na, den Anwalt."

„Kate, sollten wir nicht von vorn…"

„Das Schwein. Er hat Celia auf dem Gewissen…"

„Kate! So kriegen wir kein vernünftiges Gespräch hin!"

Und so ging es weiter. Aller paar Sekunden hatte sie einen Wutanfall. Sie war störrisch wie ein Kind, wie ein betrogener Liebhaber, der sich rächen will. Wenn sie lauter wurde, lehnte sie sich weit über mein Bett und schrie mir direkt ins Gesicht. Dann beruhigte sie sich kurzzeitig wieder und versuchte, mir zuzuhören.

„Kate, warum hast du Versteck mit mir gespielt? Warum musstest du wie die Katze um die Maus um mich herumschleichen, bevor wir uns treffen konnten? Wieso bist du nicht einfach zu mir gekommen!"

Sie lachte kurz und heftig auf, ohne dabei ihre Lippen zu verziehen:

„Was denkst du dir denn! Vier Jahre lang redet sie auf mich ein, erklärt mir, wie wichtig ich für sie bin, wieviel ich ihr bedeute. Vier Jahre lang! Und vier Jahre lang kommt ein Dienstag und ein Samstag, und manchmal kommt auch noch ein kleiner Mittwoch oder ein klitzekleiner Sonntag dazwischen, an denen sie abtaucht, zu einem Mann, von dem sie nicht lassen kann, und den ich spätestens nach einem halben Jahr gehasst habe wie die Pest, ohne ihn jemals zu Gesicht bekommen zu haben. Und da soll ich nach ihrem Tod so einfach zu ihm hingehen und sagen: Hallo, hier bin ich, war verliebt in deine tote Geliebte, wollen wir uns gemeinsam rächen?"

„Ich habe nichts von dir gewusst, Kate", sagte ich ganz leise.

„Das wäre ja auch noch schöner gewesen!", brauste sie auf. „Das war das einzige Versprechen, das ich ihr abringen konnte: dass sie dir nichts von mir erzählt. Niemals hätte ich das verkraftet…"

Sie holte Luft und zog ihre Augenbrauen zusammen, wie vor einem Angriff, dann beugte sie sich tief über mein Gesicht.

„…niemals hätte ich das verkraftet: zu wissen, dass sie sich mit einem Kerl im Bett austobt, mit dem sie sich dann über mich lustig macht. Ich wäre vor Qual gestorben, wenn sie dir auch nur mit einem Wörtchen oder einer Geste etwas von mir verraten hätte. Das hätte alles zwischen uns zertreten!"

Bei dem Wort *gestorben* fing sie an zu weinen. Sie dachte, ich merkte es nicht, und versuchte, ihrer Muskeln im Gesicht Herr zu werden, sie missachtete die zwei Tränen, die ihr aus den Augenwinkeln liefen

(„Gott, ist das hier eine Hitze!") und redete und redete auf mich ein.

„Also", fragte ich sie in einer kurzen Atempause, „also ist sie nicht nur wegen des Kindes bei mir geblieben?"

Sie stockte und blickte mich unverwandt an. Über etwas schien sie nachzudenken.

„Kate?"

Sie schwieg weiter, ich lehnte mich wieder ganz zurück, auf mein Kissen, und tat es ihr nach. Angélique schaute kurz zur Tür herein, wohl um herauszufinden, ob sich mein Besuch noch nicht verabschieden wollte, und ich nickte ihr zu, ohne etwas zu sagen.

„Sie ist nicht wegen des Kindes bei dir geblieben", erzählte Kate. „Oder sie ist wegen beider Kinder bei dir geblieben. Was weiß ich. Immer hatte ich Angst, sie danach zu fragen. Womöglich hätte sie mir ihre Liebe zu dir eingestanden, dann wäre alle aus gewesen. Ich kann das nicht, prinzipienlos leben. Sie wusste das auch, also gab es da ein Stillhalteabkommen zwischen uns."

„Welche beiden Kinder meinst du?", fragte ich sie ungeduldig. „Hatte sie denn zwei Kinder?"

„Nein, ich meine ihre tote Tochter, und die zweite Tochter, nach der sie sich gesehnt hatte."

Ich war in diesem Augenblick nicht in der Lage, *darüber* zu sprechen. Also wechselte ich schnell das Thema. Auch wollte ich sie bald wieder loswerden. Ich ging deshalb auf den Zweck ihres Besuches ein:

„Kate, wir waren bei Marc Wilcox und Jeff Baker, sie haben mit der Sache nichts zu tun. Wir haben mit dem Anwalt gesprochen, und er scheint auch uns irgendwie verdächtig. Aber wie sollen wir ihm etwas nachweisen? Er ist ein cleverer Bursche, mit allen Wassern gewaschen. Du würdest es nicht glauben: Er hat uns einen ganzen Nachmittag lang eine Komödie vorgespielt, die Komödie von einer beleidigten Leberwurst, die zu Unrecht mit Celia in Verbindung gebracht wird. Und am nächsten Tag schreibt er einen Brief, in dem er das Gegenteil zugibt und seine Mitarbeit anbietet, so einer ist das."

„Was hat er zugegeben?"

„Na, dass er Celia kannte, und mit Patricia, ihrer Mutter, ein Verhältnis hat."

„Dick, er kannte sie nicht nur, er hat sie umgebracht, und irgendwie hängen seine Kumpane da mit drin!"

Sie wurde schon wieder lauter und kam mir auf meinem weißen Kissen bedrohlich näher:

„Sie stecken alle unter einer Decke! Das sieht doch ein Blinder! Und ich habe die Beweise!"

„Warum gehst du nicht zur Polizei, wenn du Beweise hast?"

Sie stöhnte, ihre Augen verengten sich. Sie schaute mich an, als hätte ich versucht, sie zu erwürgen.

„Zur Polizei? Bist du von allen guten Geistern verlassen? Was soll ich da? Die glauben mir kein Wort. Und wenn ich ihnen meine Beweise zeige, dann knasten die mich ein!"

Ich zog mir meine Bettdecke instinktiv bis an den Hals. Die Frau wurde mir immer unheimlicher.

„Warum sollten sie denn das tun, Kate?", fragte ich kleinlaut, „du stehst doch auf der guten Seite."

Sie lachte über meinen Scherz. Dabei lehnte sie sich, Gott sei Dank, wieder zurück.

„Ich bin nie auf der guten Seite gewesen. Aber was deine Frage betrifft: Ich kann ihnen diese Beweise nicht in die Hand geben, weil ich sie nicht auf legalem Weg erhalten habe. So einfach ist das."

Kate klatschte sich mit beiden Händen kräftig auf die Schenkel, die in engen Jeans steckten, und wiederholte:

„So einfach, Dick."

Dann stand sie auf, um sich zu verabschieden.

„Ich lasse dir aber diese Beweise hier. Einiges jedenfalls, das wichtigste. Du wirst etwas Zeit brauchen, um alles zu lesen. Ruf mich an, wenn du soweit bist. Sie kennen sich, die fünf Mitglieder dieser Bande, verlass dich drauf."

Sie hob ihre Hand zum Abschiedsgruß und verließ den Raum.

Im selben Augenblick ertönte Musik durch mein geöffnetes Fenster. Irgendwo da draußen muss einer am Verzweifeln sein, dachte ich. Wenn mich mein Gefühl nicht täuschte, hörte ich schon wieder eine Puccini-Arie, der emotionsgeladenen Sopranstimme nach zu urteilen. Gott, war das schön. Ich gehe ja selten in die Oper. Ich war wie vom Donner gerührt. Sie weinte, die Stimme, laut und herzzerreißend, und wollte die ganze Welt in ihren Kummer hinabziehen. Ich konnte nicht weghören, war fasziniert wie noch nie, und wenn ich plötzlich in eine Kirche gebeamt worden wäre, würde ich dort ohne zu zögern und mit dieser sündigen Stimme im Kopf vor dem Altar auf die Knie fallen und jemanden um Vergebung für meine Fehler bitten, an den ich nie wirklich geglaubt habe. Oh, Celia, wo soll das alles noch enden?

Als sich die Stimme wieder beruhigt hatte und die Musik verklungen war, steckte Angélique ihr Köpfchen zur Tür herein und fragte:

„Du magst doch Puccini, oder? Hat's dir gefallen? Hat mir dein Freund verraten, dass du das magst. Ich wollte damit aber warten, bis diese seltsame Frau verschwunden ist; das habe ich doch gleich gesehen, dass du unter ihrer Anwesenheit gelitten hast."

Zu Hause will ich mir die beiden Texte vornehmen, den Bericht Joeys über seinen Besuch bei Jeff Baker, und die angeblichen Beweise Kates über ein Komplott der Fünferbande gegen Celia. Ich glaube immer noch nicht richtig daran.

Ich bin Joey sehr dankbar, dass er mir meine Flucht aus seinem Schlafzimmer nicht übel genommen hat. Er hat mich viermal im Krankenhaus besucht, hat sich dort und auch nach meiner Entlassung rührend um mich gekümmert. Jetzt steckt er seinen Kopf jeden Tag zumindest für ein paar Minuten zur Tür herein. Er ist wohl froh, dass ich endlich alles weiß, aber er schämt sich auch ein bisschen für seine Liebe. Wir reden nicht davon und versuchen, wie immer zu wirken und die alten Scherze zu machen. Er hat jetzt Paul, ist sich aber wohl nicht sicher ist, was für eine Beziehung aus ihrer Begegnung werden kann. Er lebt schon so lange allein.

Angélique hat sich auch gemeldet, zuerst telefonisch, und einige Tage später war sie hier. Wir haben eine Stunde lang geplaudert, dann sind wir essen gegangen. Es war alles in allem ein netter Abend in einem chinesischen Restaurant in Midtown, und ich habe den Eindruck, dass sie mich mag. Das gab es zwar schon lange nicht mehr, dass mir eine gesagt hat, dass sie mich sehr nett findet (Celia waren solche Worte fremd, sie war einfach immer da, wenn sie mich wollte), aber es ist und bleibt ein schönes Gefühl. Vor allem dann, wenn einem das Mädchen auch nicht gleichgültig ist. Ihrem letzten Freund hat sie vor einigen Wochen den Laufpass gegeben, weil sie ihn in den Armen ihrer besten Freundin erwischt hat („vielleicht war sie auch nur meine zweitbeste, ach was, eigentlich ist sie ein richtiges Arschloch").

Wir haben beschlossen, uns alle vier zu treffen, um uns besser kennenzulernen. Manchmal fangen so die tollsten Freundschaften an. („Paul ist unschuldig", redet Joey uns ein, „also ich meine jetzt, was unsere Geschichte betrifft. Er kennt den Anwalt nicht, und auch keinen von den anderen. Seine Leidenschaft gilt ausschließlich der Musik, der Lyrik, und dem Internet – er nimmt an einer fast geheimen Chatgruppe im Netz teil, seit vier Jahren, Dick, stell dir das mal vor, seit vier Jahren treffen sich die selben Leute im Internet, um miteinander zu quatschen, sie kennen einer den anderen inzwischen so gut, wie sie ihre eigenen Eltern kennen, und sie haben sich noch nie gesehen! Ist das nicht aufregend? Vielleicht nimmt er mich ja mal mit, obwohl es ihre Vereinbarung untersagt.")

Kate ruft auch jeden Tag an, und sie geht mir gehörig auf die Nerven. Wenn es nach ihr ginge, dann würde ich noch heute zu Wilson, dem Anwalt, gehen und ihn erschießen müssen. Er habe Celia gehasst, er habe sie zu Alkohol und Drogen verleitet, er habe sie bei der Polizei angeschwärzt, und als die nichts ausgerichtet hätte, habe er beschlossen, sie selbst zu beseitigen. Ich habe Kate mehrmals nach den möglichen Motiven des Anwalts gefragt. Ihre Antwort ist immer die gleiche: Sie hätte zwischen ihm und Patricia gestanden, hätte ihre Mutter immer wieder zu überzeugen versucht, dass sie die Finger von ihm lassen solle, da er nur hinter ihrem Geld her sei.

Ich habe daraufhin noch einmal mit Maria telefoniert und sie gefragt, was sie von dieser Theorie hält.

„Sie erscheint mir nicht abwegig", meinte sie, „nicht unbedingt. Ich hatte dir schon gesagt, dass Celia ein dichtes Netz von Beziehungen um sich herum aufgebaut hat, und bei jeder noch so kleinen Veränderung schien sie in einen Abgrund zu fallen. Sie wollte nicht eine Minute allein sein, und eine neue Beziehung ihrer Mutter hätte ihr etwas weggenommen, was sie dringend zum Leben gebraucht hat."

„Bloß warum hat sie mich dann verlassen, Maria? Das war ihr eigener Entschluss! Und es *hat* ihr etwas weggenommen!"

„Das wird auch für mich ein kleines Rätsel bleiben, Dick. Die Trennung von dir hat sie in den Alkohol getrieben, vielleicht zu den Drogen, wer weiß. Verzweifelte sind nicht immer geradlinig, sie handeln oft sehr spontan, manchmal ohne zu überlegen, aus einem Impuls heraus. Vergiss nicht, dass eure Beziehung belastet war – durch deine Vergangenheit, deine für Celia fremden Gewohnheiten, eure unterschiedlichen kulturellen Traditionen, und auch durch ihre Unausgeglichenheit; eure Beziehung war nicht gerade sehr harmonisch, das musst du zugeben. Celia war manchmal sehr unglücklich mit dir.

Hast du dir einmal überlegt, warum ihr nach sechs Jahren immer noch nicht zusammen gewohnt habt?"

Na toll, denke ich. Was ich seit sechs Jahren als insgeheimen Vorwurf gegenüber Celia benutze und ihrer Gleichgültigkeit mir gegenüber zurechne, benutzt Maria so mir-nichts-dir-nichts als Bekräftigung für ihre Behauptung, dass Celia unglücklich mit mir war. Da kann ich mich ja auch gleich darauf einstellen, dass sich meine Bräute in Zukunft reihenweise aus dem Fenster werfen werden, nachdem sie mich so richtig kennengelernt haben.

Dann denke ich plötzlich, dass Maria recht hat; wenigstens mit der Vermutung, dass die Schwierigkeiten meiner Beziehung mit Celia sehr vielschichtig waren und nicht nur auf ihre Unsicherheiten zurückzuführen waren. Vielleicht hat dann ja auch Kate recht; wenigstens damit, dass Celia Stabilität suchte, in der Beziehung zu mir und, nachdem ich sie enttäuscht hatte, bei ihren Freunden und Verwandten, und dass sie wirklich das Gefühl hatte, dass ihr schon wieder etwas weggenommen wurde, als der Anwalt eine Beziehung zu ihrer Mutter, zu der sie sich geflüchtet hatte, aufbauen wollte. Und dann hat womöglich auch Joey recht; zumindest damit, dass wir den Anwalt im Auge behalten sollten, weil er womöglich ein Motiv hatte. Alle haben recht, und ich renne ihnen wieder einmal hinterher. Wie ich das immer getan habe. Ist das mein fehlender Intellekt, kann ich keine Zusammenhänge erfassen? Oder fehlt mir einfach ein Instinkt, den die Amerikaner gewissermaßen mit der Muttermilch eingesogen haben?

Der Besuch bei Jeff Baker muss für Joey eine gute Erfahrung gewesen sein. Er hat es nämlich fertiggebracht, alles aufzuschreiben, was er erlebt hat. Der Versuch, es mir nachzutun. Er hat einen amüsanten Stil: ein Gemisch aus den Überlegungen eines reifen Mannes und den aufgeregten Beobachtungen eines Schuljungen, dazu ein wenig Columbo und viel Donald Duck. Natürlich hat er wieder sein Tonbandgerät mitlaufen lassen, obwohl ich ihn davor gewarnt habe. Es wird noch einmal ein schlimmes Ende mit uns nehmen.

Es ist nicht leicht, Joeys Ergüsse zusammenzufassen, weil er Wesentliches und Unwesentliches nicht getrennt hat, weil er endlose Passagen über die Einrichtung der Wohnung der Bakers verfasst und dazwischen, neben zwanzig belanglosen Sätzen, ein paar wichtige aufgeschrieben hat. Sie wohnen im sechsten Stockwerk eines Uptown-Hauses in einer der reichsten Straßen Manhattans: in der Park Avenue. („Sie verfault, am oberen Ende. Du musst mal von der hundertfünfundzwanzigsten in die Park Avenue einbiegen, in Harlem, da wirst du deinen Augen nicht trauen, wie klein und hässlich sie ist.") Als Joey ankam, mit CD und Buch unter dem Arm, wurde er von einer freundlichen Dame begrüßt, die, wie sich während des kurzen Gesprächs herausstellte, eine Art Haushälterin war. Da Joey darauf bestand, die Geschenke dem Gewinner selbst zu überreichen, wurde er von Ms. und Mr. Baker in einem Salon empfangen, in dem er über die Geschäfte seiner Firma ausgefragt wurde. Nach etwa zehn Minuten erschien Jeff. Er ist ein etwa vierzehnjähriger, artiger Junge, groß für sein Alter, kräftig, blond, mit Brille, wohlerzogen, höflich; er war verpackt in einem dunkelblauen Anzug und mit einer rot und gelb gestreifte Krawatte verschnürt. („Wissen Sie, er kommt soeben von einem Empfang zu Ehren eines Klassenkameraden zurück, der den ersten Preis in einem literarischen Schulwettbewerb gewonnen hat", erzählt die Mutter, „und jetzt erhält er also selbst einen Preis. Ach, Jeff, hattest du die Fragen der Computerfirma beantwortet? Ohne Fleiß kein Preis, das weißt du doch.") Er hatte auf Joeys Fragen nicht reagiert, versprach aber, es sofort nachzuholen. Als er die CD-ROM in der Hand hielt und das Etikett gelesen hatte, verzog er seinen Mund, ganz leicht und ohne etwas zu sagen. Joey verstand trotzdem, dass er dem Jungen nichts Neues geschenkt hatte.

Es gab jedoch einen entscheidenden Glücksumstand, der es Joey erlaubte, mit Jeff unbeobachtet ein paar Worte zu wechseln: Der Junge hatte ein Computerproblem, und noch nicht die Zeit gefunden, den Fehler zu eliminieren. („Es muss sich um ein Kompatibilitätsproblem handeln, weil ich mir vor einer Woche einen neuen Scanner zugelegt habe und seitdem meine Faxsoftware nicht mehr funktioniert.")

Jeffs Eltern waren einverstanden, dass er sich mit Joey in sein Zimmer zurückzog, um den Fehler zu finden.

„Sind das alles deine?", fragte Joey erstaunt, als er drei Computer im Raum verteilt sah, alles recht neue Modelle, teuer, gut und schnell.

„Na klar, Mann." Jeff wurde ohne die Anwesenheit seiner Eltern lockerer – und er war stolz auf seine Rechner: „Der ist nur fürs Internet, und für Spiele. Auf den dort will ich mir keine Viren holen, der ist für die wichtigen Sachen, Hausaufgaben und so. Und das ist nur ein Laptop. Er ist schon über ein Jahr alt. Jetzt gibt es welche mit Festplatten, die Hunderte von Gigabyte haben, mit fünfhundertsechzehner Arbeitsspeicher und so, stimmt's? Das wär' was!"

Während sich Joey den Rechner anschaute, um die Ursache für Jeffs Problem zu finden, sprach er mit ihm über die Möglichkeit, eines Tages die Firma zu besuchen und an einem der superschnellen Großrechner zu arbeiten.

„Ich kann mir das gar nicht vorstellen", sagte Jeff, „so riesige Speicher, auf denen Zehntausende von Leuten ihre Websites abladen. Die müssen wahnsinnig teuer sein."

„Und wahnsinnig schnell", ergänzte Dick, „mit fünfhundertsechzehner RAM kommst du da nicht sehr weit. Wenn du willst, kannst du sie dir ansehen. Schon bald. Du musst mir nur vorher einen Gefallen tun."

Jeff war begeistert und in diesem Augenblick zu fast jeder Schandtat bereit.

„Weißt du, Jeff, wir wollen diesen Besuch bei uns in der Firma mit einer kleinen Werbekampagne verbinden. Der Konkurrenzdruck ist heutzutage ziemlich hoch, da muss man jede sich bietende Gelegenheit beim Schopf packen."

„Kein Problem", entgegnete Jeff, „ich wollte schon immer mal in die Zeitung."

„Es gibt doch ein kleines Problem. Wir müssten natürlich beide Gewinner aus unserer Umfrage einladen. Leider ist es bei dem anderen nicht ganz so einfach wie bei dir. Er lässt sehr schwer mit sich reden. Ich dachte, du könntest ihn vielleicht überzeugen mitzukommen."

Jeff zögerte. „Und wie soll ich das anstellen?"

„Ganz einfach. Ich gebe dir seine E-Mail-Adresse, du nimmst Kontakt mit ihm auf und versuchst, dich an ihn und seine Interessen heranzutasten. Finde heraus, was er gerne besitzen würde, womit er sich beschäftigt und so weiter. Dann können wir ihn ködern. Wir haben eine Menge interessanter Software in der Firma, so ziemlich alles, was zur Zeit auf dem Markt ist. Wenn du weißt, was er will, ruf mich an."

Ich erspare mir das fünfminütige Hin-und-Her, das Joey noch brauchte, um Jeff zu überreden. Das Versprechen, ihm eine nagelneue, mit dem Scanner kompatible Faxsoftware zu schicken, gehörte zu seinen Überredungskünsten. Jeff willigte schließlich ein, mit der Aussicht auf den Besuch in Joeys Büro. („Vielleicht gründe ich ja schon bald meine eigene Computerfirma." – „Da musst du aber noch sehr viel lernen, zum Beispiel die Kompatibilitätsprobleme in deinen Rechnern selbst zu finden." – „Ich weiß. Aber man muss schließlich nicht alles allein machen, man kann die Leute dafür einstellen. Du musst nur das nötige Kleingeld haben. Und Durchsetzungsfähigkeit auf dem Markt, also wieder Geld. Qualität, Werbung und eine geschickte Personalpolitik sind alles, was zählt. Das muss einer fest in der Hand haben, sagt mein Vater.")

Ich wähle sofort Joeys Nummer, als ich das zu Ende gelesen und das Manuskript wütend auf den Tisch geworfen habe. Paul geht ans Telefon. Soweit sind sie also schon, nach den paar Wochen.

„Er ist auf dem Sofa eingeschlafen."

„Dann wecke ihn bitte, Paul, ich muss mit ihm reden. Mach dir keine Sorgen, ich nehme das auf mich."

Joey kommt angelatscht, langsam und missmutig, das kann ich aus seinen schweren Schritten herauslesen.

„Sag mal, Dick, bist du von allen guten..."

Ich unterbreche ihn: „Das wollte ich dich gerade fragen. Welcher Teufel hat dich denn geritten, diesem neunmalklugen Knaben Wilcox' E-Mail-Adresse zu geben?"

Jetzt wird er wach, mein Joey. Ich sehe ihn vor mir, wie er schluckt, hin und her überlegt, dann stottert er los:

„Ich dachte, es wäre gut, Wilcox zu zeigen, dass er noch beobachtet wird. Vielleicht macht er einen Fehler."

„Du machst einen Fehler, Joey. Wenn das rauskommt! Das ist illegal! Außerdem hast du gesagt, Wilcox sei völlig ahnungslos."

Jetzt wird er lauter: „Also mal schön der Reihe nach, ja? Erstens ist es nicht illegal. E-Mail-Adressen sind keine Geheimnisse. Du kannst sie ohne Schwierigkeiten finden, wenn du danach suchst, auch die von Mr. Marc Wilcox. Ich habe das überprüft, mit Hilfe von speziellen Suchmaschinen im Internet oder über die Webseiten von Telefonfirmen: Sie spucken dir alle bekannten Adressen, Telefonnummern und oft auch die E-Mail-Adressen aus. Übrigens auch deine! Zweitens: Ich habe noch einmal über seine Reaktion nachgedacht. Er hat sich zu sehr in seinem Rollstuhl und dem finsteren Zimmer versteckt, und viel zu schnell jede meiner Fragen nach den anderen vier Männern und die Einladung ins Büro abgeblockt. Da ist etwas faul, Dick."

„Und was ist mit Paul, und mit Jeff? Die sind doch wohl raus aus dem Spiel!"

„Sie müssen sich nicht alle kennen, Kate kann sich doch auch irren. Vielleicht waren sie nur zu dritt: der Anwalt, Wilcox, und dieser

Michael Dawson, den du noch besuchen musst. Ach ja, Dick, vergiss das nicht. Um alle anderen habe schließlich ich mich schon gekümmert."

Gekümmert! „Ich bekomme kalte Füße, Joey. Wir gehen zu weit, viel zu weit."

„Hör auf mit dem Quatsch, Dick. Weißt du, wie oft wir unsere Kundschaft in die Werbekampagnen einbeziehen? Bei Umfragen, Analysen und all dem Zeug? Jede Firma macht das! Solange die Leute freiwillig mitmachen und nicht erpresst werden, ist das okay. Vertrau mir. Dieses eine Mal."

„Was soll denn dabei herauskommen?"

Er seufzt über meine Hartnäckigkeit. Ich muss wohl bald aufhören mit meiner Nörgelei. Unser Grundfehler war, dass wir an die Nachforschungen ohne exakte Planung herangegangen sind. Wir haben eine kleine, vermeintliche Spur gefunden und uns darauf gestürzt wie Kinder.

„Was herauskommen soll? Hör mal, ich habe mit Kate gesprochen. Sie wird den E-Mail-Kontakt zwischen den beiden überwachen."

Jetzt verliere ich doch die Fassung, und schreie los: „Kate?! Was kann denn Kate dabei tun! Die ist viel zu fanatisch in der Angelegenheit, Joey, die rasselt uns rein, verlass dich drauf! Mach das wieder rückgängig, oder ich steige auf der Stelle aus!"

„Was Kate für uns tun kann, will ich dir nicht am Telefon sagen. Ich komme zu dir, warte auf mich."

Schon hat er aufgelegt. Ich stehe eine Weile verdutzt neben dem Telefonapparat und begreife die Welt nicht mehr. Was machen wir bloß! Die Ereignisse werden in eine Richtung getrieben, die mir ganz und gar nicht gefällt. Ich muss Joey stoppen.

Ich schrecke aus meinen Gedanken auf, als das Telefon so dicht neben mir klingelt. Ich hebe ab. Es ist Angélique.

„Gut, einverstanden, ich komme. Bin gleich da."

Wir haben uns für den Nachmittag verabredet. Angélique hat frei, die Sonne scheint an diesem späten Wintertag, es ist bald März, und als ich aus dem Haus trete, verstehe ich, wie sehr und bald sich alles verändern will: Die wartenden Menschengesichter unter ihren tiefen Mützen; die tropfenden Zweige an den kahlen Bäumen; die schmutzigen Autos; der frostige Wind, der die geradlinigen Straßen der Insel durchjagt; die vielen Obdachlosen, die schon am Nachmittag ihre Reviere voneinander abgrenzen, um nachts gründlich in der Stadt verteilt an den Eingängen von Banken und Bürohäusern unter riesigen Bergen erstarrter Decken zu liegen und zu sterben; bald kommen die Tauben zurück zum Washington Square und die Eichhörnchen zum Riverside Park; die Musiker in den U-Bahnschächten wechseln Tag für Tag nicht nur ihre Instrumente und ihre Lieder, sondern vor allem ihre Gesichter – und so bin auch ich, und Joey, und all die anderen, die wie wir ihren kleinen Zielen hinterher stiefeln, immer hinterher, voller Illusionen von einem neuen Frühling.

Soll sich Joey an meiner Tür wund klopfen. Soll er merken, dass er nicht tun kann, was er will. Soll er verstehen, dass ich sauer auf ihn bin. Ich werde nicht zu Hause sein, wenn er erscheint.

Angélique hat mich im rechten Augenblick herausgeklingelt. Wie ein wahrer Engel. Sie lebt so leicht vor sich hin, sorglos und freundlich zu allen. So was ist angeboren. Dabei hatte sie es wahrhaft nicht leicht in ihrem Leben. Ihre Eltern sind bei einem Unfall ums Leben gekommen, auf der Rückreise von einem Besuch in Kanada; Angélique war damals dreizehn. Sie lebte dann bei ihrer Großmutter in Brooklyn, bis sie den Job in Manhattan gefunden hat. Drei Beziehungen, darunter eine viermonatige Ehe, sind ihr kaputtgegangen. Was würde wohl Celia zu ihr sagen? Oder dazu, dass ich mit ihr hier in diesem Café sitze, sie nach meinen Händen fasst und mich anhimmelt, dass mir vor Glückseligkeit Hören und Sehen vergehen.

„Was hast du gesagt?"

„Du bist nicht bei der Sache, Dick."

Sie rückt ihren Stuhl näher an meinen. Auf unserem Tisch stehen zwei Tassen Kaffee, ein Glas Cognac, eines mit Whiskey, ein Teller, auf dem zwei Brownies liegen, und eine hässliche Vase mit falschen Rosen.

„Ich habe gerade gefragt, ob du am Samstag mit mir in die Oper gehst. Du weißt schon: Puccini."

„Wo denn?"

„In der Metropolitan."

„Toll. War ich schon lange nicht mehr. Tosca?"

„La Bohème."

Ich lächle sie an, sie nimmt meinen Arm, zieht ihn an sich, so dass auch mein Körper nachgeben muss, und mit ihm mein Kopf, der ihrem näher kommt. Ich weiß nicht, ob sie das mit Absicht macht. Sie ist plötzlich so groß, ihre Augen haben auf einmal wieder eine Farbe, ihr Gesicht wird rosarot, eine Strähne ihrer blonden Mähne fällt zwischen uns, die Nase ist zum Abbeißen süß, ihre Lippen sind voller Sinnlichkeit und gefärbt und schmecken nach irgendwas. Küsse ich sie? Sie mich? „Ich liebe dich, Dick." – „Ich mag dich sehr, mein Engel."

Sie zieht den Kopf zurück und mustert mich. „Wirklich? Du sagst das nicht einfach so, weil ich es gesagt habe? Oder weil wir uns geküsst haben?"

Eine ihrer Hände halte ich noch fest. Ich führe sie an meine Lippen und genieße den süßen Geruch, den sie verströmt, wenn man ihr so nahe ist. „Ich mag dich wirklich, Angélique."

(„Ich wusste gar nicht, dass Lippenstifte auch einen Geschmack haben", sagt Joey ein paar Stunden später, nachdem er sich wieder beruhigt hat und ich ihn wegen meiner Abwesenheit um Verzeihung gebeten habe, „ich dachte, das gibt es nur bei Kondomen.")

Wir verabreden uns für den nächsten Abend. Bei mir zu Hause. Sie will kochen. Ich soll Wein besorgen.

Ach ja, Marius. Der fällt mir jetzt wieder ein. Alle wollen ihn kennenlernen, glaube ich. Zum Kotzen, das.

Marius ist etwa so alt wie ich. Er ist etwas klüger als ich, besonnener, aber auch cleverer. Deshalb ist er natürlich erfolgreicher als ich, aber das ist keine große Kunst.

Er ist Schriftsteller. Er kann sich schon so nennen, während ich es eigentlich sein will, aber nichts zu Ende bringe. Für Zeitungen zu schreiben ist unter seiner Würde. Er hat Stolz, den siehst du ihm an, den liest du dir aus jeder seiner Zeilen heraus und denkst, er bleibt dann eine Weile bei dir. Aber das ist nur Illusion.

Wenn er mit mir spricht, fühle ich mich immer unterlegen. Jedes einzelne Wort, das er uns sagt, ist wie geboren für seinen Platz in Ort und Zeit, liegt genau richtig zwischen all den anderen Wörtern, schwer von Bedeutung, mit aufregenden Konturen, wie ein Goldstück auf der glatten Handfläche eines alten Millionärs.

Marius schreibt viel. Er ist diszipliniert. Er steht morgens zeitig auf, joggt eine halbe Stunde auf der Uferpromenade am Hudson River, geht irgendwohin frühstücken, wo man ihn schon erwartet, ihn begrüßt, ihn nach seinem neuen Buch befragt und alle neuen Gäste hinter seinem Rücken auf ihn aufmerksam macht, damit sie wiederkommen.

Von zehn Uhr an bis zum Mittag schreibt er. Jeden Tag, ohne Ausnahme, ganz gleich, ob es Dienstag oder Sonntag ist. Für Marius ist jeder Tag ein Arbeitstag. Am Nachmittag schreibt er wieder, drei Stunden lang, bis siebzehn Uhr. Am Abend lässt er sich von einem der vielen Verehrer seiner Schreibkunst einladen, gibt selbst Partys, besucht ein Konzert oder ein Theaterstück.

Viermal im Jahr geht er auf weite Reisen, in der Regel für zwei Wochen: im Januar, wenn es in New York zu kalt ist, im Mai, weil die Frühlingssonne lockt, im August, wenn die große Hitze das Denken und Schreiben erschwert, und im Oktober, wenn an den langschattigen Nachmittagen das dunkle Gold des Himmels in die träumenden Blätter des Central Parks, auf jedes Staubkorn in den offenen Mündern der Bettler und in den Ritzen dunkelhäutiger Häuser fällt und Marius Lust auf Märchen bekommt.

Er sieht alles, in New York und in der Welt, mit seinen weit geöffneten Augen, nimmt Minute für Minute Tausende aufregender neuer Bilder von den Menschen, ihren Städten und den Landschaften, in denen diese liegen, in sich auf, und dreht, wendet, verzerrt und stülpt sie alle zu literarischen Bildern um. Das gefällt den Leuten, so was kaufen sie.

Manchmal habe ich das Gefühl, so oft und so intensiv über Marius nachzudenken, dass mir keine Zeit und keine Kraft mehr bleibt, selbst etwas Anständiges fertig zu bringen.

Wenn ich mich mit ihm unterhalte, fühle ich die Peitsche, die er über mir schwingt. Jedes seiner Worte ist wie eine Strafe.

„Dick, hast du literarische Pläne?"

„Ja, das weißt du doch besser als ich."

„Manchmal glaube ich, mich in dir zu täuschen. Ich denke, du hast deinen Ehrgeiz aufgegeben."

„Das stimmt nicht. Ich schreibe an einem Buch."

„Worüber denn?"

„Über New York, Marius, worüber soll man hier denn sonst schreiben. Die Leute in dieser Stadt kennen nichts anderes. Wenn ich ein Buch über Sri Lanka schreibe, kauft es niemand."

„Warum bist du so zynisch geworden?"

„Ich weiß nicht. Vielleicht der Misserfolg. Vielleicht aber auch der Normalzustand der New Yorker. Nach so vielen Jahren bin ich ein New Yorker, meinst du nicht?"

„Ist dir das wichtig?"

„Nein... ja, schon... ich meine, Deutschland ist weit weg, und hier musst du mit beiden Beinen auf der Erde stehen, um zu überleben."

„Du hast keine Distanz, Dick. Distanz zu den Dingen zu haben ist das wichtigste Werkzeug eines Schriftstellers. Ich habe dich übrigens seit langem nicht schreiben sehen."

„Ich hatte wenig Zeit."

„Zeit nimmt man sich oder man verschenkt sie. Da gibt es nichts dazwischen."

„Entschuldige, wenn ich lache, Marius. Das ist das Albernste, was ich seit langem von dir gehört habe. Hier ist man eingebunden in tausend Beziehungen, ohne die man nicht weiterexistieren würde."

„Verschwendung von Zeit hat nichts mit Existenzsicherung zu tun."

„Warum sagst du so etwas? Ich verschwende meine Zeit nicht."

„Das tust du doch. Gestern zum Beispiel bist du fast zwei Stunden lang einem Rock hinterher getanzt."

„Marius, ich habe mich mit einem jungen Mädchen angenehm unterhalten. Das ist ein großer Unterschied."

„Belüg dich doch nicht selbst, du hast in einer Bar unentwegt auf sie eingeredet, in der Hoffnung, sie ins Bett zu kriegen. Das wissen wir beide ganz genau."

„Na und? Es ist ja nicht geschehen. Außerdem wäre auch nichts dabei gewesen, wenn sie ja gesagt hätte."

„Was ist mit Angélique? Sie ist in dich verliebt."

„Das ist noch nicht sicher. Wir flirten erst, es ist noch nicht klar, was daraus wird. – Ach, was soll denn das, dieses Verhör?!"

„Vorgestern Abend warst du vier Stunden lang allein in einer Kneipe. Ohne mit jemandem zu reden, ohne zu denken, nur um die Zeit totzuschlagen und dein Gehirn mit Bier und Whiskey zu ersäufen. Konzentrier dich auf das Wesentliche. Mehr will ich nicht sagen."

„Das ist nicht einfach. Manchmal bin ich deprimiert. Dann kann ich nicht schreiben. Ich bin wie gelähmt. Und dann bin ich wieder so glücklich, wegen irgendwas, und ich muss raus, kann nicht zu Hause hocken bleiben, sondern muss unter die Leute, mein Glück genießen. Verstehst du das nicht? Ich bin ein Mensch, Marius!"

„Du willst vielleicht mal einer werden, Dick."

„Ich meine, ich bin nur ein Mensch, mit allen Schwächen, die ich nicht leugne."

„Und ich meine, du bist noch kein vollwertiger Mensch, solange du dich nicht jede Minute deines Lebens in der Gewalt hast. Du musst dir die richtigen Vorbilder wählen und dich in ihrem Licht analysieren. Thomas Mann hat jeden Tag zwei Stunden Literaturgeschichte geschrieben, ohne sich zu schonen."

An solch einem Punkt werfe ich mich dann meist wütend auf das Sofa und vergrabe mein Gesicht in ein Kissen, weigere mich, weiter an die Existenz dieses Marius zu glauben. Ein Phantom, und will mich erziehen! Thomas Mann, dass ich nicht lache! Der konnte sich das erlauben. Ich aber könnte mir nicht einmal mehr etwas zu essen kaufen, wenn ich auch nur einen Monat lang keinen Artikel bei irgendeiner dieser schmierigen Zeitungen unterbrächte. Thomas Mann konnte dagegen in aller Ruhe nach Venedig fahren, sich alle Paläste anschauen, und dann sorglos einen Roman darüber schreiben, seine Figuren in die Stadt und auf deren Kähne setzen, hatte Zeit, darüber nachzudenken, wie er seine eigene Geschichte in die erdachte einflechten konnte, so ein bisschen, damit man es erst ein paar Jahre später merkt, dann klappte er seine alte Phantasie und sein neues Buch zu und übergab sich einer neuen Landschaft und einem neuen menschlichen Abenteuer. Hier aber, hier musst du in den U-Bahnen mit ansehen, wie alte, schwarze Frauen mit wehenden weißen Haaren irre werden, wie sie halleluja schreien, halleluja, halleluja, und dabei jedem kurz und starr in die Augen blicken, und wehe dir, du verziehst deine Lippen auch nur ansatzweise zu einem spöttischen Lächeln, dann rennen sie auf dich zu, durch die erstarrte Menge, kampfbereit, und pflanzen sich zehn Zentimeter vor deinem Gesicht auf, schreien dich in Grund und Boden mit ihren Heilungswünschen für die ganze Welt, die nur du, du allein, behinderst mit deiner sündigen Seele – nein, Marius, nein Thomas, hier bist du mittendrin, hier kannst du dich nicht distanzieren, nicht von den Dingen und nicht von den Menschen – sie kriegen dich immer wieder ein, immer, und wenn du das eine überstanden hast, dann kommt dir das andere auch schon über deinen schönen Körper, zum Beispiel die ewigen Diskussionen über Aids hier in der Stadt, in der jedem schon mehrere Freunde weggestorben sind, diese verdammten Diskussionen, die zu jeder Party hier gehören wie ein Geschwür zu einem kranken Magen. Das Dumme ist, du gewöhnst dich an all das, du denkst es jedenfalls. Und machst das Spiel mit, solange du kannst.

Joey hat mir eröffnet, dass Kate eine Hackerin ist. Das heißt, sie bricht in fremde Computer ein und verändert die gespeicherten Informationen. Oder hört Leute ab, wenn sie miteinander kommunizieren. Ich hätte ihn auf der Stelle meiner Wohnung verweisen sollen, hätte den Kontakt mit ihm abbrechen und jede weitere Aktion in diesem dummen Spiel unterbinden sollen. Wer weiß, was uns alles erspart bliebe.

Aber ich habe es nicht getan. Dagegen habe ich mich zum Mitwisser gemacht. Habe mich da reinziehen lassen. Habe wissentlich Kontakt zu einer Kriminellen, und nutze sogar ihre Informationen. Als ich ihre haarsträubenden Texte lese, die sie selbst als „illegal gesammelte Beweise für die Schuld des Anwalts und seiner Kumpane" bezeichnet, wird mir übel.

Es handelt sich um die Mitschriften aus einer Chatrunde, einer Diskussionsrunde im Internet. Sie haben sich Pseudonyme gegeben, wie das üblich ist, haben sich mit Hilfe einer speziellen Software einen eigenen Chatkanal geschaffen, in dem sie, unbemerkt von der weiten Welt der Internetnutzer, miteinander kommunizieren können.

Kate hat sie bei der Schnüffelei auf den Spuren des Anwalts, den sie von Anfang an als Schuldigen im Todesfall ihrer geliebten Celia im Visier hatte, entdeckt, innerhalb weniger Stunden alle Pseudonyme geknackt und die Wohnadressen herausgefunden. Dann spielte sie mir die Diskette zu, auf diese alberne Weise.

Ungläubig, kopfschüttelnd, sitze ich vor dem Berg Papier, blättere die Seiten durch, vor allem die Ausschnitte aus den Konversationen in der Chatrunde, und lese mich hier und dort fest. Wie kann man solch einen Mist zusammenschreiben. Was sind das für verkorkste Seelen, die sich ein Spiel daraus machen, ihre Geisteskrankheit mit Hilfe von erdachten Geschichten zu pflegen, Geschichten, die sie mit einem unverantwortlichen Drang nach Realität durchspielen, brutal, offen, verletzend, ja mordend. Ein Spieltrieb, könnte man sich beruhigend sagen, aber beim Lesen habe ich immer den Eindruck, sie würden vieles dafür geben, wenn das alles echt wäre.

Wie soll ich es Joey beibringen, dass sein Paul da mit drinsteckt? Er nennt sich Rocky. Lächerlich.

ROCKY:

Was war das denn für ein Mist, letzten Mittwoch, Pilot? Wir haben es zehn Meilen gegen den Wind gerochen, dass ihr das vorher abgesprochen habt, Killer.

KILLER:

Aber wir haben euch doch mit reingezogen, gegen euren Willen. Ihr habt's nicht mal gemerkt, wie ihr da reingeschlittert seid. Geil! Wie im richtigen Leben.

PILOT:

Wir wollten doch immer mal ein richtiges Ding drehen, wo jeder mitmachen muss. Muss! Versteht ihr? Bis auf Chuck hat es euch alle fasziniert.

KILLER:

Chuck ist sowieso ein Arschloch. Den kannst du vergessen.

CHUCK:

Sag das nochmal, Killer, und ich breche dir jeden Knochen einzeln.

KILLER:

Das könntest du doch gar nicht, du weißt ja nicht mal, wie man einem Frosch die Beine ausreißt. Dir wird ja schon schlecht, wenn du aus Versehen auf eine Fliege trittst.

CHUCK:

Vielleicht, Killer, aber ich weiß genau, wie ich dich zerlegen werde: Erst die Finger mit dem Messer, einzeln, langsam, dann die Augen. Dann deine Eier, du Sackgesicht, damit du auf deine letzten Minuten noch zum Eunuchen wirst. Zum Schluss setze ich mein Messer ganz unten zwischen den Schritt, und ziehe es langsam, ganz langsam nach oben, bis zum Hals. Und wenn dann alles auseinander klafft, und das Blut rechts und links über den Rand läuft, pisse ich dir noch in deine Eingeweiden, bis du verreckst.

KILLER:

Toll, Chuck, du denkst, du bist pervers. Bist du aber nicht. Du bist nur blöd. So bringt man keinen um, weil das nicht funktioniert.

CHUCK:

Und ob das funktioniert! Vielleicht steht es bald auf der Titelseite der New York Times, dass es funktioniert hat. Die Zeitung lege ich dir dann mit ins Grab. Zur Erinnerung.

ROCKY:

Hört jetzt auf mit diesen Albernheiten.

BAYOU:

Lass sie doch, Rockymäuschen, wir sind hier unter uns, da kann jeder sagen, was er will.

ROCKY:

Aber das geht doch zu weit, Bayou. Außerdem sollst du mich nicht immer Rockymäuschen nennen.

KILLER:

Das werden wir noch sehen, wer dann in dem Grab liegt, und wessen Name in einer Todesanzeige zu finden sein wird, Chuck. Meiner ganz bestimmt nicht.

CHUCK:

Das kommt auf einen Versuch an, du Versager.

KILLER:

Toll, spielen wir also ein Spiel auf der nächsten Ebene.

CHUCK:

Wie bitte?

BAYOU:

Was für eine nächste Ebene? Ich habe so ein Gefühl, dass bald wieder etwas Leben in diese Greise kommt.

KILLER:

Die nächste Ebene ist die wirkliche Welt. Hier hört und sieht uns keiner, wir kennen uns gegenseitig nicht, seit Jahren sprechen wir miteinander wie mit Phantomen. Aber damit ist jetzt Schluss! Das Spiel des Lebens beginnt.

PILOT:

Werd doch mal bisschen deutlicher, Killer. Klingt jedenfalls erst mal spannend. Vielleicht spiel ich sogar mit.

KILLER:

Also ganz einfach: Wir treffen uns nach wie vor einmal in der Woche in der virtuellen Welt und quatschen miteinander. Aber in der Zwischenzeit suchen wir uns gegenseitig. Und wer einen von uns ausfindig gemacht hat, bringt ihn um. Sieger ist, wer zuletzt übrigbleibt. Klar?

ROCKY:

Bringt ihn um? Spinnst du? Also ich mach da nicht mit.

BAYOU:

Killer, wir sind alle hier, weil wir unter uns kein Blatt vor den Mund nehmen müssen und sonst was mit uns anstellen können. Wir können uns öffnen und unser ganzes perverses Innenleben, das wir draußen wegen der Konventionen verstecken müssen, herauslassen und uns gegenseitig um die Ohren schmeißen, und keiner in der realen Welt wird davon berührt. Es ist unser Geheimnis. Es ist wahr, dass wir so sind – aber niemand weiß es. Und das ist gut so. Wo kämen wir hin, wenn alle draußen in der Stadt das tun könnten, was sie wollten? Wo kämen wir denn dann hin? Das wäre vielleicht eine verkehrte Welt: Der Angestellte tötet seinen fiesen Chef, weil er sowieso schon lange Zeit Lust auf dessen Posten und dessen Gehalt hat; die vergewaltigte Ehefrau erschlägt ihren brutalen Mann; frustrierte Kinder, die noch nichts von der Wirklichkeit wissen, leben von Diebstahl und schikanieren sich gegenseitig bis über die Grenzen des Erträglichen; die Politiker gehen für ihre Karrieren über Leichen; jeder denkt nur noch ans Geld und hat keine Moral mehr; und selbst die Polizisten nehmen sich, was sie wollen, anstatt auf die Einhaltung der Regeln zu achten, sie sind Teil der allgegenwärtigen Gewalt, sie rauben, vergewaltigen, ja töten! Nein, Killer, wir gehen nicht raus, wir bleiben hier – hier sind wir sicher. Sonst kommt alles durcheinander und wir verlieren die Kontrolle.

PILOT:

Aber Bayou, was regst du dich auf? Das passiert doch sowieso alles, was du uns hier als Schreckensvision verkaufst! Ich sehe keinen so großen Unterschied zwischen uns und der Welt draußen. Nur geschieht es dort versteckt, und erst wenn es rauskommt, gelten die Regeln.

KILLER:

Also hört bloß auf mit dem Gequatsche. Das ist mir viel zu theoretisch. Ich bringe euch um. Alle. Jeden einzelnen. Wenn ihr mir nicht zuvorkommt. Also nehmt euch in acht!

CHUCK:

Ich steige aus.

BAYOU:

Chuck, tu das nicht, wir kriegen Killer schon wieder hin. Sollen all die Jahre Spaß umsonst gewesen sein?

CHUCK:

Ich steige aus dieser Scheißrunde aus.

KILLER:

Und ich find dich trotzdem, verlass dich drauf, du Feigling. Wer kneift ist als erster dran.

PILOT:

Ich mach euch einen Vorschlag. Wir gehen auf Killers Spiel ein, aber wenn einer einen anderen gefunden hat, dann bringt er ihn nicht richtig um, sondern schreibt sein Pseudonym, das er hier in unserem Kreis hat, auf einen großen Zettel, mit dickem, rotem Stift, und klebt ihn heimlich an dessen Wohnungstür. Wer einen solchen Zettel an seiner Tür findet, ist tot, und darf selber nicht mehr weitersuchen. Gewonnen hat, wer zuletzt übrigbleibt, also noch lebt.

KILLER:

Klingt gut, der Vorschlag könnte direkt von mir sein. Na, was denkt ihr?

CHUCK:

Okay, okay, ihr werdet mich sowieso nicht finden.

BAYOU:

Nein, Leute, wirklich, wir dürfen die Realität und die kleine Ersatzwelt, in der wir hier sind, nicht miteinander vermengen. Das ist, als ob ihr zwei unverträgliche Chemikalien zusammenschüttet und euch dann über die Explosion wundert.

KILLER:

Was ist mit dir, Rocky? Drei sind dafür, Bayou ist dagegen. Wenn du mitmachst, dann haben wir eine Chance, dass auch Bayou mitspielt.

BAYOU:

Ich spiel nicht mit!

KILLER:

Ich stifte zwanzigtausend Dollar für den, der zum Schluss übrig bleibt. Na, spielst du jetzt mit, Bayou?

PILOT:

Was, zwanzigtausend? Hast du plötzlich die Geldscheiße, Killer? Ist das dein Ernst?

BAYOU:

Ich spiele trotzdem nicht mit. Ich lass mich von dir nicht kaufen.

CHUCK:

Und du machst dich nicht lustig über uns? Echt zwanzigtausend?

KILLER:

Rocky? Was ist mit dir?

ROCKY:

Also ich..., ich... weiß nicht,... ich glaube, ich will euch gar nicht kennen, draußen... Es würde mir große Angst machen, euch zu treffen, glaube ich.

KILLER:

Chuck, Pilot: *Wir spielen! Man kann auch passive Spielfiguren eliminieren. Wir treffen uns nächste Woche hier wieder und berichten uns gegenseitig von unseren Erfolgen. Bayou, Rocky: Alles was ihr dabei zu tun habt, ist es, ehrlich zuzugeben, wenn an eurer Tür so ein Zettel mit eurem Pseudonym klebt. Klar? Vielleicht gewinnt ja auch einer von euch, wenn wir anderen uns vorher gegenseitig umbringen!*

CHUCK:

Und bei dem Siegerpreis bleibt es?

KILLER:

Ihr habt mein Wort als euer Killer darauf.

Teil 2

Joey

Ich erinnere mich nicht mehr sofort an alles. Die Ereignisse jener Zeit liegen weit hinter mir, schwer wie eine unerträgliche Last, die mir jemand auf meine Schultern gepackt hat. Einige wesentliche Szenen und Gespräche hatte ich bald aus meinem Gedächtnis verdrängt; ich ahnte jedoch, dass sie nicht verloren sind, sondern irgendwo schlummern und auf einen bitteren Kuss warten, der sie aufwecken könnte. Inzwischen hat sich die Silhouette Manhattans gründlich verändert. Die Insel überlebte einen terroristischen Angriff. Die beiden Türme des Word Trade Center – die Wahrzeichen der modernen Geschäftswelt in dieser Stadt – brachen zusammen und begruben fast dreitausend Menschen unter sich. Ich habe die Löcher in den Hochhäusern gesehen, da ich an jenem Morgen in dieser Gegend im Süden zu tun hatte, musste zuschauen, wie die Hochhäuser eines nach dem anderen einfielen, und ich konnte es mir einfach nicht vorstellen, wie es den Leuten erging, die da drin wie in einer Falle gefangen saßen. Später träumte ich dann ein paar Mal von ihnen, vor allem, nachdem die Medien die Fotos von den aus den Fenstern der brennenden Häuser springenden Verzweifelten veröffentlicht hatten. Ich rannte mit den Menschen den Broadway nach oben, weg von der Unglücksstelle, weil niemand wusste, was das alles bedeutete und ob nicht gerade ein neuer Krieg ausgebrochen war. In Midtown hatte jemand ein Radio auf den Bürgersteig gestellt, und da erst hörte ich die aufgeregten Reporter von den Attacken berichten.

Jetzt ist tatsächlich Krieg, wenn auch ziemlich weit weg von hier. Die Leute in der Stadt sind nicht wirklich anders geworden, wie manche vorausgesagt hatten, nur etwas ängstlicher, vorübergehend. Vielleicht auch etwas amerikanischer.

Es war am Ende dieses unglückseligen Septembers, als ich mich endlich entschloss, den Faden meiner eigenen Tragödie wieder aufzunehmen, ihn mit meinen zitternden Händen noch einmal zu berühren und ein Stück zurückzulaufen. Ich sah mich zuerst mit Nebensächlichkeiten konfrontiert: mit dem Wetter jenes unheilvollen Tages, an dem Joey starb, mit Angéliques Kleid, aus dem sie mich zum allerersten Mal enttäuscht anlächelte, und mit viel Musik. Ich war mir damals gar nicht bewusst gewesen, wieviel Musik ich immer um mich haben musste, um den Abstand von den Realitäten halten und ein paar Träume in den Alltag herabziehen zu können.

Zum Beispiel dieser Abend, als sich der Anwalt wütend umdrehte und Joey und mich nach unserem kurzen gemeinsamen Spaziergang und einer heftigen Diskussion stehen ließ. Wir warteten in einer verschneiten Nebenstraße – irgendwo um die dreißigste Straße herum und zwischen sechster und siebenter Avenue – noch einige Augenblicke lang verdattert darauf, dass er vielleicht zurückkäme, blickten uns unsicher an, bevor wir uns wilden Spekulationen über das offensichtliche Schuldeingeständnis Wilsons hingaben. In diesem Augenblick öffnete sich plötzlich ein Fenster über uns. Gelbes Licht strömte aus einem kleinen Zimmer in unsere zeitige Nacht heraus und zog eine Tenorstimme mit sich, die ein Weihnachtslied sang. Da wollte wohl jemand mit einer kleinen Stereoanlage die ganze Welt glücklich machen.

„Pavarotti", sagte Joey.

Ich staunte nicht schlecht und bestätigte es ihm:

„Ja, Pavarotti. Als er noch singen konnte."

Es war ein wunderschönes, trauriges Lied, kein amerikanisches, ich glaubte, einige deutsche Worte herauszuhören, aber eigentlich konnte ich doch nichts verstehen – das war mir in dem Augenblick auch egal. Er sang über die Straße hinweg und bestimmt über die nächsten beiden, im Norden und im Süden, gleich mit, und keiner regte sich auf. Es war sternengleich, so hoffnungslos, grandios, majestätisch, so lichtvoll, wie vor einer großen Dunkelheit, dass mir Tränen in die Augen traten. Wir waren auf einmal sehr ruhig.

Dann sah ich Joey, der irgendwohin blickte, in die Ferne, durch die braunen Häusermauern hindurch in seine Vergangenheit; und plötzlich stand meine Großmutter vor mir, hielt mich bei der Hand und lief mit mir die dunkle Dorfstraße hinunter, ohne ein Wort zu sagen. Wir stapften durch tiefen Schnee, weil die Männer in der warmen Kneipe saßen und keine Lust gehabt hatten, die Straße freizuschaufeln. Auf dem kleinen Anger drehte sich eine riesige Pyramide, langsam, als ob jede Umdrehung ein abgeschlossenes Lebensjahr für sie bedeutete. Eine Krippe, die heiligen drei Könige, Maria und Joseph hielten sich irgendwie auf ihr fest und fuhren mit. Hinter jeder Fensterscheibe am Straßenrand blinkten zwanzig kleine Kerzenlichter, lebendig, und doch bewegungslos, und zwischen ihnen stand jeweils ein kleiner Bruder der Riesenpyramide. Damals wurde mir bewusst, dass diese Kombination aus wenigen Lichtflecken und einer gleichmäßigen, sehr langsamen Bewegung die Ruhe an sich darstellte. Die Leute lebten mit dieser friedfertigen Ruhe, ja sie stellten sie her, sie bereiteten sich ein Jahr lang auf sie vor.

Später kam auch dort das Fernsehen, die unruhig flackernde Straßenreklame, der Lärm der Motorräder und Autos selbst am Heiligen Abend, wenn in der Familie meiner Großmutter nur geflüstert werden durfte.

Und heute muss man wohl der Tontechnik und Disney dankbar sein, dass sie durch ein paar verkaufte Lieder und den jährlichen kitschigen Weihnachtsfilm wenigstens noch die Erinnerung an die Ruhe der Vergangenheit wach halten. Es gibt sie nicht mehr.

Zwei Jahre lang war ich nicht in der Lage, weiter zu erzählen. Ich musste das, was nach den Entdeckungen jener Tage noch alles kommen sollte, erst verdauen. Wir hatten damals eine Lawine ausgelöst, Joey und ich, über die wir mehr und mehr die Kontrolle verloren. So dachten wir jedenfalls.

Da sich New York inzwischen äußerlich so verändert hat, ist auch mein Verhältnis zu ihm anders. Die Stadt ist mir vertrauter geworden, in einer unbeschreiblichen Art aber auch fremder. Aber das hat wohl eher mit mir zu tun als mit der Stadt. Wenn du eine so lange Zeit hier wohnst, dann bist du über das erste Staunen hinaus, welches die Touristen ergreift, die auf das Empire State Building steigen und sich an der nächtlichen Silhouette im Süden der Insel – und an dem Loch, das die Attacke gerissen hat – nicht satt sehen können. Und du bist auch über das zweite Staunen hinaus, jenes über den Alltag, der, solange du genügend Geld hast, immer noch so abwechslungsreich ist und dich überschwemmt, mit seinen überfüllten Lebensmittelmärkten und Kaufhäusern, der internationalen Küche, mit all den käuflichen Menschen und ihren bunten Häuten, und mit der großartigen Kunst und der kleinen Überlebenskunst, die beide hier in allen Schatten wachsen und, wie die Ratten in den U-Bahn-Schächten, einfach nicht totzukriegen sind.

Nein, über dieses Staunen bist du hinaus. Du lebst jetzt hier, mit all diesen Selbstverständlichkeiten, und musst sie dir doch jeden Tag neu erkämpfen. Die ersten Jahre siehst du diesen Kampf als Herausforderung an, aber dann wirst du irgendwann plötzlich müde. Du legst dich hin, und träumst. Und wenn du wieder aufstehst und durch die Straßen der Stadt läufst, als wäre es das allererste Mal, dann verstehst du nicht mehr, was du hier suchst, wozu du hierher gekommen bist, ja was diese Stadt mit dir zu tun hat.

Irgendwann willst du wieder weg.

Jetzt sind also zwei Jahre vergangen. Joey ist tot, und ich bin nicht ganz unschuldig daran. Diesen Gedanken werde ich wohl immer mit mir herumschleppen müssen. Ich hätte ihn beizeiten stoppen sollen. Mehr als einmal hatten mich bereits in der Anfangsphase, noch während der ersten naiven Verdächtigungen, Skrupel gepackt, aber ich war zu feige und zu besessen, wirklich auszusteigen. Zumal Joey nur um meinetwillen mitgemacht hatte; ich konnte ihn nicht einfach so allein lassen. Bis ich ihn schließlich nicht mehr bremsen konnte.

Von dem, was passierte, musste ich mir vieles zusammenreimen. Die Polizei machte während ihrer Ermittlungen später einige Andeutungen, anderes erfuhr ich bruchstückweise von der unglückseligen Kate, von Wilson, dem idiotischen Anwalt, und von Joey, solange er noch am Leben war.

Einige Monate lang hatte ich wirklich das Gefühl, nicht mehr in dieses Land zu gehören. Ich war gepackt von dem Wunsch, zurückzufahren, nach Europa zurück, nach Deutschland, nach Berlin, und wenn es ginge, zurück in die Vergangenheit, in der alles noch wohl geordnet schien, in der ich dachte, keine Fehler machen zu können, weil ich mir einbildete, keine wirklichen Entscheidungsmöglichkeiten zu haben. Hier verlor ich allmählich den Überblick.

So wird es wohl niemanden wundern, dass ich nach den manchmal komischen, letztendlich tragischen Ereignissen lange Zeit nicht mehr von ihnen sprechen oder schreiben wollte. Ich hatte mich schuldig gemacht. Die Klärung schob ich vor mir her. Bis heute. Bis jetzt. Ich schreibe alles auf, um diesen ungeheuren Druck loszuwerden, der immer noch jeden anderen echten Gedanken, jede Kreativität und jede gutwillige Beziehung zu den Menschen und ihren immer nebulöseren Taten verhindert.

Ich habe nichts schreiben können in den vergangenen beiden Jahren, nichts Gutes, nichts Großes, nicht einmal einen längeren Brief nach Hause. Das soll sich jetzt ändern.

Fangen wir mit Kate an. Sie hatte sich mit Joey getroffen, weil sie mich für „zu lahm in dieser ernsten Angelegenheit" hielt. Joey besuchte sie, ohne mich vorher zu informieren. Das nahm ich ihm sehr übel, weil ich dachte, wir seien echte Freunde.

„Das hat doch damit nichts zu tun, Dick", rechtfertigte er sich später, als ich ihn zur Rede stellte, „natürlich sind wir die besten Freunde von der Welt. Aber merkst du nicht, dass wir einem riesigen Verbrechen auf der Spur sind? Wir sind fast am Ziel, wir können sie beinahe schon überführen. Noch ein paar Stunden, und wir kennen ihre Pläne ebenso wie ihre vergangenen Taten. Vielleicht war Celia nicht die einzige, die sie umgelegt haben?"

„Unsinn", erwiderte ich trocken, während ich innerlich kochte. Denn erstens war Joey, der Computerfreak, nur von Kate und ihren Hackerkünsten fasziniert, und ich glaube sogar, er ließ sich von ihr darin unterrichten. Und zweitens handelte es sich immer noch um Celia, meine Celia, die ging sie alle gar nichts mehr an, weder Joey, der sie nie leiden konnte, noch Kate. Kate erst recht nicht.

Ich hatte viel über den plötzlichen Abgang Celias aus New York nachgedacht. Dabei war ich zu der Überzeugung gelangt, dass sie zwischen mir und Kate auf die Dauer kaputt gegangen wäre, und dass sie das ahnte. Auf der einen Seite lebte sie in einer mehr schlecht als recht funktionierenden Beziehung mit mir; ihre Sehnsucht nach einem Geliebten wechselte sich darin mit der Angst vor der Öffnung gegenüber einem fremden Menschen wie mir und vor einer neuen Enttäuschung ab. Und andererseits war der Druck der Gefühle, welche Kate für sie hatte, nicht mehr zu ertragen. Ich hatte keine andere Erklärung für ihr Verhalten.

Kate jedenfalls – diese fanatische, kranke Frau, die sich in eine Sackgasse verrannt hatte, aus der sie nie wieder herausfinden sollte, diese hagere, schnell alternde, faltige Frau, die noch vor wenigen Monaten ausgesehen hatte wie Celia, also wie die Versuchung selbst – Kate rief eines Tages, hinter meinem Rücken, Joey zu Hause an. Sie habe ihm etwas Wichtiges mitzuteilen, das nicht „für alle die Arschlöcher gedacht ist, die jetzt unserem Gespräch heimlich lauschen". Sie verabredeten sich für den kommenden Abend.

Als Joey vor ihrer Haustür stand, musste er lange warten, bevor er eingelassen wurde. Nach dem vierten Klingeln wollte er wieder gehen, als es in dem Lautsprecher neben der Tür plötzlich knirschte und Kates durch die billige Elektronik verzerrte Stimme zu hören war:

„Wer ist denn da?"

Joey, verdutzt über ihre Vergesslichkeit, antwortete in beleidigtem Tonfall. Das machte Kate bestürzt:

„Gott, ja, Joey, dich hab ich doch fast nicht mehr erwartet. Wann wollten wir uns treffen?"

„Vielleicht lässt du mich jetzt erst einmal ins Haus!"

Er wurde immer ungehaltener.

Es summte, er drückte die beiden Türen auf, die äußere und dann die innere, und stieg die drei Treppen bis zu Kates Wohnung nach oben.

Dort musste er sich wieder bemerkbar machen. Er klopfte ungeduldig, vielleicht ein bisschen zu laut.

Kate stürzte heraus, nur mit einem schwarzen T-Shirt und Shorts bekleidet, und entschuldigte sich mit hektischer, schneidender Stimme bei Joey für ihr Verhalten.

„Ich glaub, ich hab die Zeit vergessen. Ich bin vor dem Computer eingeschlafen. Im Sessel. Komm rein. Na, komm schon, ich beiß nicht."

In ihrer Wohnung roch es nach Speiseresten. Sie zog Joey an der geschlossenen Küchentür vorbei in ihr Zimmer. Dort standen, neben einem Tisch, zwei Stühlen und einem unordentlichen Bett, zwei große Computeranlagen, auf die sie sofort, mit weiter Geste und sichtlichem Stolz, hinwies.

„Das sind sie."

„Das sind – was?", fragte Joey scheinheilig, obwohl er die Maschinen bereits aus den Augenwinkeln abgecheckt hatte, blitzschnell, wie es seine Art war.

Kate rannte auf den einen Rechner zu.

„Das sind meine beiden Computer, Joey, mit denen ich die Welt in der Tasche habe."

„Du bist der einzige Hacker, der sich outet, Kate."

„Du bist der einzige, der davon weiß, Joey."

„Und Dick. Ich hab's ihm gesagt, aber er war nicht sehr begeistert davon."

Kate blickte Joey einen Augenblick fest in die Augen, bevor sie wieder nervös wurde. „Dann sorg gefälligst dafür, dass er seinen Mund hält, Joey. Ich hatte ihm eigentlich nur angedeutet, dass meine Informationen nicht ganz legal zu mir gelangt sind. Dabei sollte es bleiben."

Sie setzten sich beide vor den ersten, größeren Bildschirm, Kate in ihren Drehsessel, Joey auf einen Holzstuhl, den er neben dem Tisch gefunden und herangezogen hatte.

„17 Zoll", sagte Kate.

Joey hatte schon bemerkt, dass Kate fast so gut wie Jeff Baker, der minderjährige, künftige Unternehmer mit den drei Computern zu Hause, ausgestattet war. Manche besitzen zwei Autos, und andere haben eben mehrere Rechner in ihrem Zimmer stehen. Könnte ich mir nicht leisten, dachte Joey, weder das eine noch das andere; irgend etwas muss ich falsch machen.

Kate hatte im Handumdrehen einige Seiten ausgedruckt, die sie Joey mit der Miene einer Verschwörerin überreichte.

„Lies das. Ich habe es heute Nachmittag aufgefangen."

Joey zählte drei dicht bedruckte Blätter. Er bemerkte auf den ersten Blick, dass es sich dabei um Aufzeichnungen aus der von Kate überwachten Chatrunde handelte, zu der auch Paul gehörte. Ich hatte Joey von meinem Gespräch mit Kate im Krankenhaus erzählt und ihm später auch einige der Auszüge, die ich von Kate erhalten hatte, zum Lesen gegeben. Dabei hatte ich ihm eröffnet, dass sein Paul das Pseudonym Rocky trägt. („Rocky? Bist du sicher, dass das Paul ist?" – „Wenn Kate sich nicht irrt, oder wenn sie uns nicht ganz gehörig an der Nase herumführt, dann hat sich dein Paul den Namen Rocky gegeben." – „Rocky... also ich weiß nicht. Das passt ja nun wirklich nicht zu ihm..." – „Vielleicht will er in der virtuellen Welt jemand anderes sein? Einer, von dem er träumt? Jemand, dessen Eigenschaften er gern selbst hätte? Soll es ja geben, so was." – „Ach, Paul ist so selbstsicher. Der braucht sich doch nicht mehr zu verstecken, weder vor anderen, noch vor sich selbst...")

„Was ist das denn?", fragte Joey trotzdem, auf die Aufzeichnungen blickend. Dabei suchten seine Augen schon nach Rockys Äußerungen.

„Das sind sie. Alle fünf. Diese Schweine." Kate fauchte ihren Hass auf die bedruckten Seiten, ihre glühenden Augen durchbohrten das Papier, während Joey ängstlich seine langen, weißen Hände schützend davor hielt, als könnte Paul durch diesen Hass verletzt werden.

Aber er fragte weiter, um ganz sicher zu gehen; vielleicht war er auch einfach schon neugierig darauf, auf welche Art und Weise Kate an diese Daten herangekommen war: „Was meinst du mit *auffangen*?"

Sie lachte nur, ein schmutziges und hämisches Lachen, wobei sie ihren Kopf nach hinten warf und ihren Mund weit öffnete. Dann schaute sie Joey wieder fest in die Augen, wie sie es vor ein paar Minuten erst getan hatte, als wollte sie ihn hypnotisieren (vielleicht tat sie es sogar irgendwie), und sagte in feierlichem Ton:

„Ich habe sie abgehört."

Sie hielt ihren Kopf weiter unbeweglich, die Augen auf Joey gerichtet, und wartete auf ein Signal des Verstehens.

„Belauscht, klar?"

Joey wusste nicht, wie er jetzt reagieren sollte. Sein Herz klopfte laut. Natürlich hatte Kate ihm schon vor ein paar Tagen angeboten, den E-Mail-Verkehr zwischen Jeff Baker, dem Jungen, und Marc Wilcox, dem Rollstuhlfahrer, zu belauschen. Aber sie war wohl nicht zu bremsen, ging aufs Ganze, wollte sozusagen professionelle Arbeit leisten.

„Jeden Pieps krieg ich mit, verstehst du? Jeden Furz, den sie lassen, kann ich auf meiner Festplatte speichern. Sie haben keine Chance."

Joey begann zu lesen. Das heißt, er war eigentlich so aufgeregt, dass seine Hände zitterten und seine Augen die flimmernden Zeilen übersprangen, und nur dort eine Weile hängen blieben, wo Rocky ins Gespräch kam. („Hört jetzt auf mit diesen Albernheiten. – Lass sie doch, Rockymäuschen, wir sind hier unter uns, da kann jeder sagen, was er will. – Aber das geht doch zu weit, Bayou. Außerdem sollst du mich nicht immer Rockymäuschen nennen. – ... – Also ganz einfach: Wir treffen uns nach wie vor einmal in der Woche in der virtuellen Welt und quatschen miteinander. Aber in der Zwischenzeit suchen wir uns gegenseitig. Und wer einen von uns ausfindig gemacht hat, bringt ihn um. Sieger ist, wer zuletzt übrigbleibt. Klar? – Bringt ihn um? Spinnst du? Also ich mach da nicht mit. – ... – Und du machst dich nicht lustig über uns? Echt zwanzigtausend? – Rocky? Was ist mit dir? – Also ich..., ich... weiß nicht,... ich glaube, ich will euch gar nicht kennen, draußen... Es würde mir große Angst machen, euch zu treffen, glaube ich. – Chuck, Pilot: Wir spielen! Man kann auch passive Spielfiguren eliminieren. Wir treffen uns nächste Woche hier wieder und berichten uns gegenseitig von unseren Erfolgen. Bayou, Rocky: Alles was ihr dabei zu tun habt, ist es, ehrlich zuzugeben, wenn an eurer Tür so ein Zettel mit eurem Pseudonym klebt. Klar? Vielleicht gewinnt ja auch einer von euch, wenn wir anderen uns vorher gegenseitig umbringen! – Und bei dem Siegerpreis bleibt es? – Darauf habt ihr mein Wort als euer Killer.")

„Hat es dir die Sprache verschlagen, Joey? Du bist ja ganz blass geworden!" Kate lachte schon wieder, schob sich dabei näher an Joey heran und umfasste seine Schultern mit beiden Händen. „Keine Angst, wir heben das Nest aus."

Das sollte wohl als Ermutigung gelten.

„Die sind ja verrückt geworden, Kate. Spielen die ein Spiel, oder wollen die sich wirklich gegenseitig umbringen?"

Joey sprach ganz leise und schaute sie dabei wie flehend an, als könnte sie mit ihrer Macht, die er ihr nun mal zugestand, den Gang der Dinge noch aufhalten.

„Du musst genau lesen, Joey, sie wollen sich nicht umbringen, jedenfalls *noch* nicht. Es genügt ihnen zur Zeit, sich gegenseitig zu jagen und einen Zettel an die Tür zu kleben. Es geht aber schon um viel Geld."

„Aber dann kennen sie sich doch nicht, oder?" Joey überschaute die Situation plötzlich, und ließ sich mit einem Ruck an die Lehne seines Holzstuhles fallen, wie in einer ungeheuren Erleichterung von etwas.

Kate kniff die Augen zusammen und überlegte.

Joey erklärte weiter: „Wenn sie sich gegenseitig jagen, wenn sie ihre Adressen herausfinden wollen – ach, Kate, wie sollen sie sich dann vorher gekannt haben? Deine Konstruktion von einem gemeinschaftlichen Mord bricht ja jetzt zusammen wie ein Kartenhaus! Die kannten sich nicht! Also ist Paul unschuldig!"

Kate wachte auf.

„Paul? Welcher Paul?"

Joey reagierte darauf nicht sofort, aber Kate ließ nicht locker, da sie ahnte, wer gemeint war:

„Meinst du etwa Paul Greenwood? Kennst du ihn denn? Sag mal, hast du mit dem über die Chatrunde gesprochen, ohne mir etwas zu sagen? Ja seid ihr denn alle noch bei Sinnen? Wollt ihr mich in den Knast bringen?"

Sie war wirklich sehr erregt, krallte ihre Hände wieder in Joeys Schultern und schüttelte ihn heftig hin und her.

„Joey!"

Er befreite sich aus ihrer Umklammerung.

„Reg dich ab, Kate. Paul ist mein Freund, und er hat mir, unabhängig von deiner Entdeckung, schon längst von dieser Chatgruppe erzählt. Nur wusste ich anfangs nicht, dass es dieselbe ist, hinter der du her warst."

Dann durchfuhr ihn plötzlich ein Gedanke, er las wieder und wieder einige Passagen aus den Aufzeichnungen, die er in den Händen hielt, und sprang schließlich von seinem unbequemen Stuhl auf. Er wollte erst etwas sagen, beherrschte sich aber noch einen Augenblick lang und druckste nur.

Kate wurde neugierig, schaute ihn fragend an, bis er deutlicher wurde:

„Ich glaube, Kate, ich weiß jetzt, wie wir dank deiner Adressenliste zwanzigtausend Dollar gewinnen können."

„Was meinst du? Welche Adressenliste?"

„Die Liste mit den fünf Adressen auf der Diskette, die alles ins Rollen gebracht hat. Bist du wirklich so schwer von Begriff, Kate? Sie suchen sich gegenseitig, während wir bereits alle genauen Namen und Adressen besitzen und morgen früh, wenn die Stadt noch schläft, von Haus zu Haus fahren und die Schilder an die Türen kleben können."

Kates Augen begannen wieder zu glänzen.

„Eigentlich sind es meine zwanzigtausend Dollar, meinst du nicht?"

Joey lachte jetzt, ungehemmter, als er sich das je vorstellen konnte.

„Bist du denn einer der Mitspieler? Ohne Paul läuft das nicht. Wir müssen ihn überzeugen, sich doch an der Jagd zu beteiligen."

Er hatte es plötzlich sehr eilig, warf seine Jacke über die Schultern, rannte in den Flur, ohne sich zu verabschieden, kam aber noch einmal zurück. Kate stand immer noch bewegungslos mitten in ihrem Zimmer.

„Sag mal, kannst du auch in Dicks Computer spionieren?"

Sie antwortete nicht.

„Natürlich kannst du das. Es gibt nämlich etwas, das mich brennend interessiert. Kannst du nun oder nicht?"

„Krieg ich was ab oder nicht?"

Joey verzog den Mund über soviel Habgier.

„Wenn Paul mitspielt, kriegst du ein Drittel, wie es sich gehört. Hast du etwas anderes gedacht?"

Diese Aussicht ließ Kate wieder gesprächig werden.

„Klar, ich kann auch in seinem Computer lesen, wenn er am Netz angeschlossen und online ist."

„Gut", sagte Joey nur, „ich werde darauf zurückkommen."

Und er verschwand.

Seit der Vereinbarung der Mitglieder dieser seltsamen Chatgruppe, sich gegenseitig aufzuspüren, befiel Paul eine zunehmende Unruhe. Zwar hatte er darauf bestanden, nicht aktiv mitspielen zu müssen, aber das Gefühl, von fremden Menschen, die er nie kennenlernen wollte, gesucht zu werden, quälte ihn.

Seit dem vergangenen Mittwochgespräch waren erst zwei Tage vergangen. Niemand hatte sich bei ihm gemeldet, keiner hatte ein Papierschild an seine Türe geklebt mit dem Hinweis, dass er jetzt eigentlich tot sei.

Dennoch hörte er seit diesen zwei Tagen immer wieder Geräusche, die es vorher in seiner kleinen Downtown-Wohnung nicht gegeben hatte. Vor allem nachts knarrten plötzlich Dielen, als lief jemand auf weichen Sohlen darüber; manchmal schlug etwas gegen das Fenster, ein herabfallender Ast oder ein Stein, den jemand nach ihm geworfen hatte; es passierte auch, dass er ein Klopfen hörte, als ob jemand Einlass begehrte, aber wenn er dann durch den Türspion schaute, konnte er niemanden sehen.

Allmählich machte ihm dieser Zustand Angst, und er war heilfroh, dass er Joey überreden konnte, diese Nacht bei ihm zu schlafen.

Als er ihm die Tür öffnete, am späten Abend, stürzte Joey aufgeregt an Paul vorbei, rannte ins Wohnzimmer und warf sich in einen Sessel neben dem Fenster. Er schaute hinaus, durch das Gitter der Feuerleiter hindurch, auf die graue Fassade des Nachbargebäudes. Die Feuerleitern an allen älteren Häusern gehören zum Bild Manhattans wie die Wolkenkratzer oder der Central Park. Seit sie als externer Notausgang für Katastrophenfälle eingeführt wurden, brauchen europäische Augen einige Zeit, um sie in das bekannte Bild der Stadt ästhetisch einzuordnen. Wenn Freunde aus Berlin oder London zum ersten Mal hier auftauchen und die Feuerleitern sehen, erinnern sie sich zunächst immer an die amerikanischen Actionfilme, in denen Gauner und deren Verfolger mit Pistolen in den Händen sich gegenseitig die Leitern hinauf und hinunter jagen.

„Kein Kuss?", fragte Paul, als er das Zimmer betrat.

Joey erhob sich wieder, trat auf ihn zu und drückte ihm einen flüchtigen Kuss auf die Lippen.

„Was ist los? Hab ich dir etwas getan?", fragte Paul.

Joey setzte sich wieder, schwieg eine Weile, da er nicht wusste, wie er es Paul beibringen sollte, dass Kate ihm und seiner Gruppe nachspioniert hatte.

„Wir müssen miteinander reden", begann Joey.

„Worüber?"

„Setz dich erst einmal... Nein, hierher, zu mir."

Als sie beide nebeneinander saßen, Joey im Sessel, Paul zu seinen Füßen auf dem Teppich, klingelte das Telefon. Sie warteten, ohne ein Wort zu sagen, bis der Anrufbeantworter ansprang. Nachdem die Ansage beendet war, ertönte das Besetztzeichen – der Anrufer hatte aufgelegt. Dann kehrte wieder Ruhe ein.

„Ich muss dir ein Geständnis machen", begann Joey, und legte seine rechte Hand auf Pauls schwarze Locken.

„Ich dir auch", bekam er zur Antwort, und er staunte nicht einmal darüber.

„Ich weiß. Deshalb bin ich hier. Und ich will zuerst reden."

Dann erzählte er Paul die ganze Geschichte. Es fiel ihm leichter, als er erwartet hatte. Er berichtete von Kates Diskette und Celias Tod, den Verdächtigungen gegenüber der Chatrunde, von dem Gespräch mit dem Anwalt, den Besuchen bei Jeff Baker und Marc Wilcox, und schließlich von Kates heimlichem Lauschen an der elektronischen „Tür" der fünf Gesprächsteilnehmer.

Paul war nicht einmal sauer. Er schien sogar sichtlich erleichtert darüber, jemanden gefunden zu haben, mit dem er die Situation beraten konnte.

„Wir haben nie über eine Celia gesprochen, wirklich nicht, Joey. Wir kennen sie gar nicht, also jedenfalls *ich* kenne sie nicht."

„Warum hast du dich Rocky genannt, Paul?"

„Warum denn nicht? Ich kann dir jetzt nicht die ganze Philosophie und den Reiz solch einer Chatgruppe erklären. Das ist fast wie eine Droge. Wir sind andere Menschen dort, es ist eine andere Welt. Eine zweite Existenz."

„Nicht ganz. Erstens weißt du das nicht mit Sicherheit von den vier anderen, da du sie nicht kennst – vielleicht sind sie ja in der Wirklichkeit so brutal wie in eurer Runde, und du bist die Ausnahme – und zweitens hast du selbst ja eine Reihe von Eigenschaften mit in diese Welt hinüber genommen."

Paul blickte ihn mit seinen Mandelaugen erstaunt an: „Welche denn?"

„Na, dass du schwul bist, zum Beispiel, das haben sie doch vor kurzem herausgefunden. Guck mich nicht so an."

Er beugte sich über Paul und drückte seine Lippen auf die runden Wangen, erst auf die linke, dann die rechte.

Paul lächelte schräg nach oben.

„Was ist denn?", fragte Joey unruhig.

Paul lächelte weiter, und ließ seinen Mund dabei ein wenig offen stehen. Joey schluckte.

Dann stand Paul auf, hob den wehrlosen Joey aus seinem Sessel heraus, trug ihn zum Sofa und zog ihn dort aus.

„Als Rocky wirkst du viel schüchterner", sagte Joey. Sie lagen jetzt nackt unter einer Decke, eng aneinandergeschmiegt.

„Siehst du. Das ist der Beweis", erklärte Paul. „Du baust dir eine Figur auf, ein zweites Ich, und überlässt sie ihrer Entwicklung in der virtuellen Welt. Rocky ist schüchtern, hatte ein sehr spätes Coming out, und auch nur, weil Bayou ihn vor den anderen bloßgestellt hatte. Das hat nichts mit mir zu tun. Wir spielen das. So wie den Banküberfall oder die gegenseitigen Hinrichtungen."

„Und das macht Spaß?"

Joeys Stimme klang ungläubig.

„Spaß? Ich weiß nicht", erwiderte Paul. „Auf jeden Fall war es nach einer Weile nicht mehr möglich, die Figuren wieder sterben zu lassen. Sie haben dich bedrängt, sie wollten leben. Und wahrscheinlich hatten sie inzwischen sogar ein Recht darauf."

Sie schwiegen wieder. Joey strich mit einer Hand über Pauls Schulter, seinen Rücken und seine Hüfte. Dort ließ er sie liegen.

Wie glatt er ist, dachte er.

„Paul?"

Der drehte sein Gesicht aus einem Kissen heraus, das unter ihren Köpfen zerdrückt wurde.

„Ja, Joey?"

„Wollen wir uns die zwanzigtausend Dollar holen?"

Jetzt drehte sich Paul ganz herum, und Joey zog seine Hand zurück.

„Das geht doch nicht. Ich spiele offiziell nicht mit."

Und nach einer kleiner Pause:

„Hast du wirklich alle fünf Adressen?"

Joey strahlte ihn an. Paul wurde nachdenklich. Es käme auf einen Versuch an, überlegte er. Wenn er einfach jedem so einen Zettel an die Tür klebte, würde er schon sehen, was passierte. Er hätte natürlich keinen direkten Anspruch auf das Geld, aber vielleicht...

„Ist das nicht etwas gefährlich? Ich meine, ich habe ihnen dann ganz offiziell meine Teilnahme an dem Spiel signalisiert und bin einer von ihnen."

Joey versenkte sich in Pauls Augen, bewegte seinen Kopf ganz langsam auf sie zu, bis er ihre Pupillen wie zwei große, dunkle und durchsichtige Teller vor sich sah. Er versuchte, Paul zu beruhigen: „Na und, du hast sie gleich mit einem einzigen Handstreich erledigt. Sie können dir nichts mehr tun, Paul."

Dann lachte er, drückte seine Stirn an die Stirn vor ihm, küsste den Mund unter seinen Augen, und sagte, noch lächelnd:

„Gib dir einen Ruck, ...Rocky!"

Sie standen auf, zogen sich wieder an und beschlossen, essen zu gehen.

„Morgen früh um vier Uhr klingelt der Wecker", sagte Joey, schlug seinen Mantelkragen nach oben, kniff seine Augen halb zu und schaute Paul beim Verlassen der Wohnung über die Schulter an: „Und um sechs Uhr sind sie alle tot."

„Sag nicht so was", antwortete Paul erschrocken, „vergiss nicht, es ist bloß ein Spiel."

Der Anwalt hielt sich nicht in New York auf. Er war für einige Tage in seiner Kanzlei in Philadelphia beschäftigt. Eine junge, schwarzhäutige Haushaltshilfe mit langen, glatten Haaren und einer großen, dünngerahmten Brille, die den Schlüssel zu seiner Zweitwohnung in der achten Avenue hatte, fand den weißen, aus einem Notizheft gerissenen Zettel an seiner Eingangstür, als sie gegen acht Uhr eintraf, um, entsprechend den Anweisungen Wilsons, nach dem Rechten zu sehen und ihn telefonisch über seine Post zu informieren.

Sie starrte das Papier einige Sekunden lang verständnislos an, weil es mit der beschrifteten Seite nach unten festgeklebt war, aber nachdem sie es vom schweren Holz der Tür abgelöst und die Wohnung betreten hatte, kam sie auf die Idee, es umzudrehen.

Laurence Wilson, Bayou, du bist tot.

Der Satz stand da, ganz unspektakulär, mit einem dünnen, roten Stift geschrieben, nicht sehr groß, und in ungelenken Druckbuchstaben.

Noch bevor sie Wilson in Philadelphia anrief, drehte sie die drei Briefe, die sie aus dem Kasten im Hausflur geholt hatte, ein paar Mal hin und her, als suchte sie eine geheime Öffnung. Schließlich setzte sie sich leise seufzend auf Wilsons Schreibtischstuhl und wählte seine Nummer.

Als der Anwalt den Satz gehört hatte, schwieg er für einige Sekunden. Auf diesen Anruf war er offensichtlich nicht vorbereitet. „Sind Sie sicher?", fragte er das Mädchen durchs Telefon und wusste, wie sinnlos seine Frage war.

Natürlich kam ihre Bestätigung. Dabei hatte sie den Eindruck, dass er weniger erschrocken als enttäuscht war. Aber was ging sie das an.

Sie las ihm die Absender der drei Briefe vor und bat dann, auflegen zu dürfen.

„Steht denn sonst kein Name auf dem Zettel?", fragte Wilson noch.

„Nein", erhielt er zur Antwort. Sie hatte so viel Anstand, drei Sekunden zu warten, bevor sie hinzufügte:

„Mr. Wilson, ich hab nicht viel Zeit, ich muss heute Vormittag noch zu zwei anderen, ich hoffe, es wird keine Komplikationen geben..."

„Ist ja gut. Sie brauchen sich weiter keine Sorgen zu machen", erwiderte der Anwalt. „Vergessen Sie den Zettel. Legen Sie ihn einfach auf meinen Schreibtisch und vergessen Sie ihn."

Wilson hatte guten Grund, enttäuscht zu sein. Er hatte sich allen anderen Beteiligten an dem kleinen Jagdspiel überlegen gefühlt, denn seine Nachforschungen nach den Namen auf der Liste, die ich ihm im Dezember auf der Straße vor seine Nase gehalten und die sein Anwaltshirn selbstverständlich sofort gespeichert hatte, waren durchaus erfolgreich gewesen. Joey war damals mit dabei, die Gefahr hätte ihm eigentlich bewusst sein müssen, als er Paul vorschlug, das Preisgeld zu ergaunern. Ja, Joey hätte wissen müssen, dass der Anwalt, Wilson, alias Bayou, auf die Idee kommen musste, dass Joey und ich in irgendeiner Weise weiterhin mit im Spiel waren.

Niemand sonst konnte so schnell, innerhalb von zwei Tagen, die Adressen der Chatteilnehmer in Erfahrung bringen.

„Es sei denn, der Teufel", knurrte Wilson.

Dann zog er seine Lippen breit zu einem Lächeln:

„Oder ich."

Keiner von uns ahnte, dass er noch einen Trumpf in der Tasche hatte. Nicht einmal Kate wusste davon.

Nachdem die schwatzende Alte den Zettel von der Tür gerissen hatte, lief sie in die Küche und legte ihn dort auf einen Stuhl. Sie wollte ihn gleich in eine Abfalltüte werfen, beschloss jedoch, vorher ihre Schürze umzubinden, die an der Küchentür hing. Dann musste sie noch einen Topf Wasser auf den Gasherd stellen, das Radio einschalten, tief seufzen und einen Himbeerjoghurt essen.

„Es musste ja eines Tages so kommen", sagte sie laut vor sich hin.

Während sie einen Löffel voller rosa Joghurt in den Mund schob, langte sie mit ihrer linken Hand zu dem Stuhl und drehte den Zettel um: *Marc Wilcox, Pilot, du bist tot.*

„Natürlich musste das so kommen. Bei solchen Leuten kommt es zum Schluss immer so."

Sie stand auf, schaute sich in der Küche um, ohne nach etwas Bestimmtem zu suchen, und setzte sich wieder.

„So einer!"

Dann blieb sie einige Minuten regungslos, und wäre wohl für immer erstarrt, wenn nicht das Wasser zu kochen begonnen hätte.

Sie stand auf, drehte den Gashahn ab und fiel zurück auf ihren Platz neben dem Tisch.

Erhob sich wieder, schaltete das Radio auf dem Kühlschrank aus, und blieb dort so stehen. Den Joghurtlöffel hielt sie noch in der Hand, als sie plötzlich rechts neben sich das ihr nur allzu bekannte Quietschen und ungeduldige Zerren hörte, und als sie ihren Kopf wandte, sah sie Marc, faltig, unrasiert und mürrisch wie immer, vor der Tür der Küche im Rollstuhl sitzen.

Wortlos legte sie ihren Löffel auf den Tisch, hob den seltsamen Zettel vom Stuhl auf und überreichte ihn dem Mann.

„Scheiße", sagte Marc, „ich dachte, die finden mich nie. Würde mich interessieren, wer es war, und wie sie mich aufgespürt haben."

„Halt die Schnauze, Alte!", fauchte er die Frau an, obwohl die noch gar nicht die Zeit hatte, ein Wort zu sagen. Dann drehte er sich um und verschwand in seinem dunklen Zimmer.

Erst eine halbe Stunde später wagte die Frau, sich neben den Türrahmen zu stellen und in das Dunkel hinein die Frage zu stellen, die sie quälte:

„Marc, werden sie dich holen? Wird jemand kommen und dich umbringen? Was soll ich allein auf der Welt? Wie soll ich zurecht kommen, kannst du mir das verraten? Ich meine, wir gehören doch zusammen, sie können dich doch nicht einfach..."

Ein kurzer, ohrenbetäubender Wutschrei aus dem Zimmer brachte sie zum Schweigen.

Bei Jeff war alles leider ein wenig komplizierter verlaufen, und er tat uns echt leid.

Paul und Joey wandten hier denselben Trick an wie schon zuvor bei Marc Wilcox und Laurence Wilson: Der Portier wurde von Joey, der sich als Akquisiteur eines Bauunternehmens ausgab, vor die Haustür gelockt und dort auf einige reparaturbedürftige Stellen an der Fassade aufmerksam gemacht. Obwohl der Mann, ein uniformierter, streng, aber lustlos in die Welt blickender Alter, auch hier beteuerte, dass er „mit dieser Angelegenheit nichts zu tun" habe und „man sich bitte an den Eigentümer wenden" solle, gelang es Joey doch, ihn fünf Schritte vom Eingang wegzulocken und seine Aufmerksamkeit so sehr in Anspruch zu nehmen, dass Paul unbemerkt durch die offene Tür schlüpfen konnte. Der rannte die Treppen nach oben, damit der Fahrstuhl zu so früher Stunde niemanden weckte, und klebte seinen Zettel auch hier mit der beschrifteten Seite nach unten an das Holz der Wohnungstür. Dann stieg er seelenruhig die Stufen wieder nach unten, ging lächelnd, höflich grüßend und augenzwinkernd an dem Portier vorbei, als hätte er gerade eine heimliche Nacht in einer Wohnung dieses Hauses verbracht und den alten Mann als Mitwisser auf seine Seite ziehen wollen.

Einige Stunden später hielt ein junger, nicht uniformierter Mann dem griesgrämigen Portier eine Dienstmarke unter die Nase, gab an, Polizist zu sein und zu den Bakers zu wollen. Oben erwartete ihn schon die Haushälterin, die am Morgen, wie es ihre Gewohnheit war, die Wohnung der Familie Baker aufgesucht hatte, um das Frühstück für Jeff, der zur Schule musste, vorzubereiten. Dabei fand sie den Zettel an der Tür, riss ihn ab, las ihn – und stieß einen gellenden Schrei aus. Dann rannte sie in die Wohnung, um Ms. Baker zu wecken. Gemeinsam stürzten sie in Jeffs Zimmer, und fanden ihn dort friedlich schlafend, den Kopf zwischen einem Berg Illustrierter versteckt.

„Ein dummer Streich", sagte Ms. Baker, und wollte gerade zurück ins Schlafzimmer gehen, aber Mr. Baker, der in diesem Augenblick im Pyjama dazukam und die beiden Frauen als erstes angähnte, bevor er ihnen einen guten Morgen wünschte, nahm der Haushälterin den Zettel aus der Hand und forderte sie auf, die Polizei anzurufen.

Jeff war die Sache sehr unangenehm. Er wusste ja, worum es sich bei dem Satz (*Jeff Baker, Chuck, du bist tot.*) handelte, aber er hatte nicht die Absicht, irgend jemandem davon zu erzählen. Er gab an, weder zu wissen, wer Chuck war oder warum ihm jemand diesen Namen gab, noch wer der Verfasser dieses Schreibens sein konnte. Er hatte natürlich ein schlechtes Gewissen. Nicht nur, weil er sich auf dieses blöde Suchspiel letztendlich doch eingelassen hatte, und das auch noch freiwillig, obwohl er von Anfang an dagegen war – nein, er hatte zudem große Angst, dass sein Deal mit der Computerfirma auffliegen konnte: Schließlich war er seit einigen Tagen dabei, jemanden per E-Mail zur Teilnahme an einer Werbekampagne der Firma zu überreden, die elektronische Kommunikation zu speichern und ihren Wortlaut der Firma zu übermitteln – und das alles nur, um einmal an einem Supercomputer herumspielen zu können.

Also wusste er von nichts. Auch der Portier konnte der Polizei nicht weiterhelfen, weil ihn sein Gang vor die Tür vielleicht den Job kosten könnte, und der morgendliche Casanova sich auf seine Diskretion verlassen musste. Was in aller Welt hatte er sonst für Aufgaben, wenn nicht für den Lebensunterhalt seiner Familie zu sorgen und bei den Eskapaden der Hausbewohner die Augen zuzudrücken.

Nur Jeff hatte ab sofort den Argwohn seiner Eltern am Hals, und am Abend, als er aus der Schule nach Hause kam, wurde er das Gefühl nicht los, dass jemand in seinen Computern herumgeschnüffelt hatte.

Aber noch eine ganz andere Sache machte uns sehr unruhig – und Joey gestand sie mir mit blassem Gesicht und bittenden Augen: Nachdem diese beiden Idioten also die Wohnungen des Anwalt, Jeffs und des Rollstuhlfahrers aufgesucht und ihnen die Zettel an die Türen geklebt hatten, mussten sie feststellen, dass die Adresse des vierten Gegners, des gefährlichsten, des Anstifters der Jagd, falsch war. Es war sogar sehr unwahrscheinlich, dass sie irgendwann gestimmt hatte, dass er also in letzter Zeit umgezogen wäre: Die Hausnummer existierte gar nicht, Kate hatte eine falsche Information geliefert.

Joey und Paul konnten einen Mitspieler also doch nicht „eliminieren": den *Killer* selbst. Kate war wie vor den Kopf geschlagen, als wir ihr von der Panne erzählten. Schließlich beichtete sie uns, dass es ihr nicht gelungen war, in Killers Computer zu gelangen, ja dass sie ihn nicht einmal orten konnte, um über die Telefonnummer seine Wohnadresse ausfindig zu machen. Sie hatte ihn jedoch während der Chats überwacht, war ihm nach den Treffen gefolgt, wenn er nicht sofort abschaltete, und fand auf diese Weise zu seiner Homepage, auf der er seinen Namen und die Adresse preisgab, die sie dann natürlich mit auf die Liste setzte, die sie mir später zuspielte. Eine Falle also? Wollte er uns mit Absicht in die falsche Richtung locken?

Paul hatte nach dieser Entdeckung tagelang das Haus nicht verlassen, er zitterte vor Angst. Er rief Joey zu sich, beschwor ihn, Tag und Nacht bei ihm zu bleiben, und wollte ihn wie eine Wache bei sich behalten.

„Ich dachte, das ganze ist nur ein Spiel?", neckte Joey ihn.

„Du kennst Killer nicht, er ist immer so unberechenbar!"

Paul rutschte nervös auf seinem Stuhl hin und her.

„Kennst *du* ihn denn? Seid ihr nicht ganz andere Menschen in der Realität? Da gibt es keinen Killer, sonder nur einen Mr. Michael Dawson, und der ist vielleicht scheu wie ein Reh und niedlich wie ein Lämmchen."

Paul sprang auf.

„Mach dich nicht lustig über mich, Joey! Ich dachte, du bist mein Freund!"

„Ist ja nicht so gemeint... Komm her... Komm schon, lass dich umarmen, das wird dich beruhigen... Ja, so..."

Joey zog den verstörten Paul zu sich heran und legte seine Arme um ihn.

„Was soll denn weiter passieren, mein Rockymäuschen? Im schlimmsten Fall hängt morgen früh ein Zettel an deiner Tür: Rocky alias Paul Greenwood – du bist tot."

Bei dem Wort *tot* zuckte Paul heftig zusammen, und Joey klammerte seine Arme etwas fester um ihn.

„Du bist ein Kindskopf", sagte er.

„Du kennst Killer nicht", stammelte Paul wieder. „Er macht keinen Spaß, und halbe Sachen schon gar nicht... Durch ihn sind unsere Spiele immer gefährlicher geworden, manchmal so sehr, dass ich mich geweigert habe mitzuspielen."

„Er wird dir nichts tun, verlass dich drauf. Ich bleibe *natürlich* bei dir."

Mit einer Hand strich Joey ihm jetzt über das Gesicht, seine langen Finger legten sich auf Pauls Augen, damit sie durch nichts Wirkliches mehr erschreckt werden konnten.

Draußen, weiter südlich, in Midtown, standen zu dem Zeitpunkt einige Dutzend Menschen am Straßenrand und beobachteten, wie ein Mann eine junge Frau erstach. Die Blicke waren nach oben gerichtet, weil der Mord über dem Dach eines Hauses am Times Square stattfand, hemmungslos und sichtbar für alle, und von Sekunde zu Sekunde wurden es mehr, die ihre Münder offen stehen ließen und sich gierig an den Qualen der Frau satt sahen. Keiner protestierte. Die gelben Taxis fuhren vorüber, und selbst deren Kunden drückten ihre Nasen an den Fahrzeugscheiben platt, um dem Schauspiel beizuwohnen. Kaum ein Gesicht war dabei, das erschrocken war. Jeder achtete auf die Technik: wie der Mann ausholte, wie er die Frau mit Blicken und Worten ablenkte, wie er sie mit seinem ersten Stich überraschte und sie zur Seite fiel, wie er sich dann auf sie warf und sie mit seinen bösen Augen zudeckte, anspie und schließlich ein zweites Mal zustieß, dieses Mal mit dem Wissen, dass er ein Leben auslöschte. Sie sank jetzt ganz hinüber, erst mit ihrem Kopf, dann mit ihren Augen, die den gaffenden Passanten vorwurfsvoll entgegenstarrten.

Bis sich beifälliges Gemurmel auf dem Platz erhob, die Leute sich lächelnd zunickten und auseinander gingen, ohne miteinander zu sprechen. Oben, auf dem riesigen Bildschirm, der die Größe eines zweistöckigen Hauses hatte, endete der kurze Ausschnitt aus einem Filmklassiker mit einem lustigen Werbekommentar, der den Zusammenhang zwischen dem schwarz-weißen, stummen Mord und einem Erfrischungsgetränk herstellen sollte. Aber das interessierte schon niemanden mehr.

Ich selbst war in diesen Tagen mehr mit Angélique beschäftigt, so dass ich an dem Spiel, welches uns von der Jagd nach einem vermeintlichen Mörder in ein unüberschaubares Netz von Ereignissen gesteuert hatte, für kurze Zeit weniger beteiligt war.

Angélique hatte sich in mich verliebt, das war mir während unseres Gesprächs in dem Café klar geworden, auch wenn sie es nicht so deutlich ausgesprochen hätte. Ich mochte sie sehr gut leiden, sie war hübsch, ja geradezu verführerisch, nett, anhänglich. Ich fühlte mich ihr schnell sehr nahe. Wir verbrachten die Tage nach ihrem

Liebesgeständnis in meinem Bett. Joey, der früher, während Celias Abwesenheit, immer unangemeldet bei mir auftauchte, war nicht mehr zu fürchten, da er selber frisch verliebt war und außerdem mit seinen vielen Gangstergeschichten, die ursprünglich meine gewesen waren, zu sehr beschäftigt schien.

Ich aber hatte schon ein klein bisschen ein schlechtes Gewissen. Ich dachte nach wie vor an Celia, auf Schritt und Tritt. Wenn ich beim Essen eine Gabel in die Hand nahm, spürte ich ihre weißen, kräftigen Finger, die mir mit ihren langen Nägeln beim Sex die Kopfhaut zerkratzten und blutige Spuren hinterließen. Wenn ich ein Glas fallen ließ und es auf dem Boden zerschellte, sah ich sie toben, mit von der Wut verzerrtem Gesicht nach dem nächstbesten Gegenstand greifen und ihn an die Wand werfen. Sie konnte so boshaft sein, dass sich mir der Magen umdrehte, doch wenn sie sich dann zwei Tage lang nicht bei mir gemeldet hatte, begann ich nervös zu werden, ich verlor den Appetit, war unfähig zu arbeiten und quälte sie mit meinen Anrufen und Abbitten.

Richtig lieben kann man wohl nur einmal. Wenn ich das hier aufschreibe, klingt es selbst mir banal. Ich weiß, es ist unverständlich für jeden, der gerade nicht verliebt ist.

Arme Angélique. Ich merkte, wie schnell ihre Gefühle zu mir wuchsen, und ich spürte gleichzeitig ein ebenso schnell anwachsendes Verantwortungsgefühl ihr gegenüber. Das konnte es aber noch nicht sein, dachte ich manchmal, das war doch nicht alles, irgend etwas musste da noch kommen. Und dann durchfuhr mich die Erkenntnis – oder war es eher eine Art Resignation? – von der einzigen Alternative, die ich gegenüber meiner neuen Einsamkeit hatte: mich genügsam in eine komplikationslose, schöne Beziehung zu flüchten. Endlich ja zu sagen und sich bedingungslos ergeben, das war's.

Schön würde sie werden, diese Beziehung, daran hatte ich keinerlei Zweifel. Angélique war alles andere als langweilig, manchmal recht drollig, hatte Ideen über Ideen, vor allem, was die Gestaltung unserer gemeinsamen freien Zeit betraf. Anmutig war sie, wenn sie sich in meinem Schlafzimmer aus ihrer Wäsche schälte, wie eine rote, reife, morgendliche Rosenknospe, die ihren betörenden Duft verströmt und dann ihre Blütenblätter streckt und auseinander biegt, damit ihre dunklen Tiefen den Verführten nicht mehr loslassen.

„Ein richtiger Schriftsteller!", rief sie manchmal aus, sogar mitten im Liebesspiel. Ich musste sie jedes Mal verbessern.

Sie wollte mich nach den ersten drei Wochen unserer Bekanntschaft schon heiraten. Ich war geschockt über soviel Zutrauen zu mir. Manchmal erschien sie mir wie eine junge Katze, die sich wohl bei mir fühlte, weil ich ihr Wärme bot, ein Kätzchen, das mir mit ihrem weichen Fell um die Haut strich und Zärtlichkeiten erbettelte. Ich bat sie um mehr Zeit und erinnerte sie daran, dass Celia erst vor einigen Wochen beerdigt worden war. Sechs Jahre mit einer Frau wie Celia sind eine Ewigkeit, fügte ich leise hinzu und schaute sie ängstlich, mit gesenktem Kopf und nach oben verdrehten Augen, an.

Sie verstehe das, erklärte sie mir, sagte dann nur, zum Abschluss unserer kleinen Diskussion, leise:

„Dick!"

Und blickte jetzt mir in die Augen, frontal, wie es ihre Art war.

Einfach so meinen Namen zu nennen... In ihrer Stimme, in diesem einen Wort, schwangen Enttäuschung und Sehnsucht wie zwei nebeneinander liegende und mit einem einzigen heftigen Fingergriff gezupfte Saiten eines Instruments.

Sie hatte mich wohl in diesem Augenblick erkannt.

Solche Mischungen hatte sie später immer öfter drauf, diese Lebensfreude, verwachsen mit einem Tropfen Bitterkeit, der mich an mein Gewissen erinnern sollte. Nach solch einer Szene brachte ich ihr dann regelmäßig einen Strauß Blumen nach Hause, als Zeichen meiner Dankbarkeit für ihre Geduld.

Dagegen begann Joey mir mehr und mehr zu fehlen. War das nicht seltsam? Unfair? Ja grotesk? Ich hatte ihn seit sieben Jahren an meiner Seite, ich konnte seine Entwicklung beobachten, von einem scheuen, streng auf Ruhe und Konfliktvermeidung bedachten Menschen, zu einem verliebten, fordernden, unachtsamen Fanatiker, und plötzlich ging er mir verloren, war oft einfach nicht da, wenn ich ihn brauchte. Lag entweder in Pauls Armen, um ihn zu beruhigen, oder hing an Kates Lippen, wenn sie ihn in die Hackerkünste einweihte. Viel später sollte ich herausfinden, dass er sich ein zweites Mal heimlich mit Kate verabredet hatte, weil ihm seine neue Hemmungslosigkeit mir gegenüber und seine Neugierde auf Marius keine Ruhe ließen. Ohne

Kate den Grund zu verraten, stöberte er mit ihrer Hilfe in meinem Computer, während ich zu Hause saß und einige E-Mails beantwortete. Ich habe keine Ahnung, was ihn dazu trieb. Er wollte unbedingt Marius' Tagebuch finden, als ob er dort das letzte Geheimnis über mich herauslesen könnte. Als ich das Netz verließ und wieder offline ging, seufzte er enttäuscht und erzählte Kate von dem Manuskript, welches er fast schon in seinen Händen gehalten hatte, damals, als wir uns in meinem Zimmer über den Mond unterhielten. Da eröffnete ihm Kate, dass sie dieses Manuskript kannte, sich aber an nichts Bemerkenswertes in ihm erinnern konnte. Auch davon verriet mir Joey nicht ein Wort.

Wir hatten dann eines dieser ernsthaften Gespräche in seiner Wohnung, ich war nach einer Woche bei ihm aufgetaucht, ohne mich vorher anzumelden, an einem regnerischen Nachmittag, weil er mir fehlte, und nachdem mir wieder einmal zu Bewusstsein gekommen war, dass wir den Überblick über die Ereignisse völlig verloren hatten und jetzt auf ganz neue, unvorhergesehene Weise mit in sie verstrickt wurden.

„Aber wir waren von Anfang an in sie verstrickt!", schrie Joey mich an. Die Diskussion lief schon seit einer Viertelstunde, ohne dass wir uns in unseren gegensätzlichen Einschätzungen der Situation auch nur um einen Deut bewegt hätten. Er verlor neuerdings immer öfter die Beherrschung.

„Pass mal auf", sagte ich zu ihm und zog ihn neben mich auf die Lehne des Sessels, in dem ich saß, „ich werde das jetzt mal für dich zusammenfassen, wenigstens versuchen werde ich das, damit du merkst, in was für eine Scheiße wir da geschlittert sind. Danach suchen wir gemeinsam nach einem Weg, um da wieder rauszukommen."

Ich starrte ihn mit der wütendsten Miene an, zu der ich fähig war. „Klar?!"

Er starrte zurück, fünf Sekunden, zehn Sekunden, zwanzig, dann brachen wir beide in Lachen aus. Es war doch alles so kindisch, was wir da getrieben haben, nicht wahr, Joey?

Aber das dachte ich nur, während ich mir die Tränen aus den Augenwinkeln wischte; ich bekam neuerdings immer feuchte Augen vom Lachen, vielleicht lag das am Alter, man soll ja mit den Jahren nicht mehr ganz dichthalten - ich glaube, das war auch mal so eine Weisheit von Joey.

„Jetzt mal im Ernst", begann ich, weil ich ihn nicht ohne Ermahnung aus dem Gespräch entlassen wollte.

„Sieh es doch mal von der anderen Seite, Joey, nur mal angenommen, okay? Also, Celia stirbt tatsächlich auf Grund eines tragischen Unfalls. Wilson in seinem Auto ist wirklich geschockt. Kate ist fanatisch und verdächtigt sofort die ganze Welt. Sie hört unerlaubt die privaten Gespräche fremder Leute im Internet ab, an die sie nur gekommen ist, weil sie die Kommunikation des Anwalts überwacht, den sie für den Hauptschuldigen hält. Zugegeben, es ist ein großer Zufall, dass ausgerechnet der neue Geliebte von Celias Mutter deren Tochter überfährt, aber es ist vielleicht wirklich ein Zufall, oder Celia war wirklich lebensmüde und hat sich – wie Wilson vermutet und Patricia bezweifelt – mit Absicht vor des Anwalts Auto geworfen, weil sie ihn hasste, aus den uns bekannten Gründen..."

Joey wollte mich unterbrechen und protestieren, aber ich ließ es jetzt nicht zu, weil ich gerade in Fahrt war und das Gefühl hatte, die Welt um mich herum bald wieder deutlicher zu sehen.

„...die Chatrunde ist eine abenteuerliche Sache, die viel mehr über die Charaktere ihrer Mitspieler und ihre schmutzigen Phantasien aussagt als über die Wirklichkeit. Es gibt nicht den geringsten Indiz für eine Beteiligung der Gruppe an einem Mord, und es gibt auch kein Motiv, weder für Jeff oder Wilcox, noch für Paul oder den mysteriösen Michael Dawson. Nein, Joey, es gibt keinen Zusammenhang der Gruppe mit Celia, außer den durch Kates Hass konstruierten! Und wir fallen darauf herein! Warum? Weil wir das Gefasel in der Chatrunde für wahrhaftig halten – wir leben genauso hinter dem Mond, wie sie, Joey! Dabei hattest du selbst Jeff und Paul freigesprochen. Und auch bei Wilcox warst du von Anfang an unsicher, ob er mit der Geschichte etwas zu tun haben könnte. Und was tun wir?"

Ich musste Luft holen, weil ich selten so lange redete, außerdem wurde mir der Mund trocken. Ich stand auf, um mir Mineralwasser aus der Küche zu holen.

„Es ist auch Weißwein da", sagte Joey.

Ich reagierte nicht darauf, weil ich das erlösende Wasser, das meinen Gaumen wieder weich werden ließ, schon in mich hineinschüttete. Gleich aus der Flasche.

„Und was tun wir?", redete ich weiter auf Joey ein, nachdem ich die Flasche abgesetzt hatte. „Wir jagen ihnen einen Schreck nach dem andern ein, indem wir ihnen mysteriöse Besuche abstatten, sie sich gegenseitig per E-Mail ausfragen lassen und – Joey! – wir setzen Kate auf sie an, die sie ausspioniert. Was heißt *wir*! *Du* hast Kate auf sie angesetzt, auf Jeff zum Beispiel, der jetzt in eine blöde Situation geraten ist, weil ihn seine Eltern sicher fragen, was der komische Zettel an der Wohnungstür zu bedeuten hat, auf dem mitgeteilt wird, dass er eigentlich tot sei. Joey!"

Er senkte seinen Kopf nicht mehr, wenn er von mir angegriffen wurde, er war nicht mehr so wie früher. Ohne zu überlegen legte er jetzt angriffslustig los:

„Das ist nur die eine Möglichkeit, Dick, das hast du selbst gesagt."

„Ja, das ist nur die eine Möglichkeit. Aber da sie nicht sehr unwahrscheinlich ist, sollten wir sofort die Finger von der Sache lassen. Und vor allem Kate stoppen! Bevor die Polizei uns auf die Schliche kommt. Ich würde mich nicht wundern, wenn Jeffs Eltern die Polizei schon eingeschaltet hätten!"

Ich saß wieder in meinem Sessel, mit der leeren Wasserflasche in der Hand. Joey drehte erst eine Runde um den Tisch, dann nahm er mir die Flasche ab, ging in die Küche und brachte mir eine volle zurück.

Als er sie mir in den Arm drückte, kam er mir mit seinem langen Gesicht und der großen, als Mund getarnten Schüssel unter seiner Nase bedrohlich nahe.

„Jetzt pass du mal auf, Dick. Ja, Jeff ist von der Polizei befragt worden, das hat er mir mitgeteilt. Aber er hat nichts verraten. Überleg doch mal: Wenn es nicht so ist, wie du sagst, wenn Kate recht hat, und sei es nur in einem Detail, wenn wir einem oder mehreren Verbrechern das Handwerk legen und sie eines Mordes überführen können, dann müssen wir es tun. Das sind wir Celia schuldig, und das sind wir dieser Stadt schuldig."

Ich wartete nur darauf, dass er mir weismachte, wir seien es auch Amerika schuldig.

Er war aber schon weiter mit seinen Gedanken:

„Hast du jemals schon so perverse Gespräche gehört, wie die in der Chatrunde? Wir haben mit Verbrechern noch nicht viel zu tun gehabt in unserem Leben, aber das hier riecht man doch zehn Meilen gegen den Wind! Und sie scheuen sich nicht, unschuldige Kinder da mit hineinzuziehen!"

Er meinte Paul, und wahrscheinlich auch Jeff. Armer Joey. Ich wusste weder ein noch aus. Einen Moment lang dachte ich daran, zur Polizei zu gehen, um fünf durchgedrehte Amerikaner vor einem noch durchgedrehteren Verbrecherjäger und seiner verrückten Kumpanin zu schützen.

„Sie kannten sich nicht", fügte Joey hinzu, „nicht in der wirklichen Welt; aber in ihrer Runde haben sie jeden Mord genau besprochen, und der Anwalt hat ihn ausgeführt..."

Woher will er das wissen? Ich schaute auf und sagte: „Und was ist nun mit Paul?"

In dem Augenblick klingelte das Telefon.

Es war Kate.

Joey sprach hastig einige Sätze zu ihr, aus denen ich nicht sofort schlau wurde:

„Jetzt?... Aber ich kann doch nicht... Ich weiß doch nicht, wie... Hat es denn schon angefangen?... Alle? Sind sie alle...? Auch Rocky...? Wie komme ich denn da rein? Was...? Nicht so schnell... ich muss erst meinen Computer anschalten... warte... also gut, sag noch mal..."

Joeys Hände flogen über die Computertastatur. Er war sehr aufgeregt, seine Augen blickten starr auf den Bildschirm, aber ich sah die Ungeduld; sie saß in den leise zuckenden Mundwinkeln, in seinem Hals, wo sich der Adamsapfel unruhig auf und ab bewegte, und in der zunehmenden Röte seiner Ohren.

Ich lächelte, als ich das bemerkte, und Joey warf mir einen kurzen, verständnislosen Blick zu. Ich war also noch existent.

„Dick, das ist jetzt ganz wichtig", begann er, „sie sind wieder da."

Obwohl er nicht sofort deutlicher sagte, wen er meinte, ahnte ich, dass die wöchentliche Chatrunde begonnen hatte, und dass Joey drauf und dran war, sich entsprechend den Anweisungen Kates einzuschleichen. Ich war mir jetzt ganz sicher, dass er Unterricht bei Kate genommen hatte, dass er von der Idee begeistert war, wie ein richtiger Hacker anderen Leuten nachzuschnüffeln und in ihre Privatsphäre einzudringen. Wahrscheinlich beruhigte er sich mit dem Gedanken, dass es „für eine gute Sache geschieht", wie er mir immer einzureden versuchte.

„Paul ist auch dabei", fuhr er fort, schaute mich wieder kurz an und fügte hinzu: „Warum hat er mir nichts gesagt?"

„Warum sollte er?" Manchmal tat mir Joeys Kurzsichtigkeit richtig weh. „Sie treffen sich doch in jeder Woche zur selben Zeit. Ich denke, Paul weiß diesmal, dass sie beobachtet werden. Ich bin gespannt, wie er sich verhalten wird."

Joey war inzwischen im Internet, raste von einer Seite zur anderen, stutzte plötzlich und riss dann den Hörer vom Telefon, das er vorsorglich neben dem Computer aufgestellt hatte. Er tippte – nein, er hackte – Kates Nummer ein und trommelte dann, wie es seine Art war, mit den langen Fingern seiner rechten Hand auf der Computertastatur herum, bis sich Kate meldete.

„Den ersten Code, bitte", sagte Joey.

Er gab ihn ein.

„Okay. Jetzt den zweiten."

Kate gab ihm auch die zweite Codenummer, die ihn bis vor die Tür der Chatrunde brachte. Schließlich diktierte sie ihm eine E-Mail-Adresse, einen Nutzernamen und ein Passwort, die er für die anonyme Anmeldung verwenden sollte, und erklärte ihm, auf welchem Weg er sich in die Runde einklicken konnte, ohne dass die fünf Teilnehmer einen Gast auch nur erahnen würden.

Da waren sie. Wir blickten beide fasziniert auf den Bildschirm, der nur noch eine große, weiße Fläche war, auf der die Bemerkungen der einzelnen Gesprächsteilnehmer – für alle lesbar – untereinandergereiht erschienen, sobald sie eingetippt worden waren. Man könnte meinen, ein lebendiges Konferenzprotokoll vor sich entstehen zu sehen: Eine Gruppe sich wichtig nehmender Politiker oder Wissenschaftler sitzt um einen runden Tisch und sondert schicksalsträchtige Phrasen ab, und hinter ihnen, auf einem kleinen, unbequemen Holzstuhl, hockt eine Protokollantin, die jedes Wort simultan in den Computer tippt. Der Unterschied zu unserem Protokoll bestand nur darin, dass die Teilnehmer dieser Konferenz sich nicht sahen, an ihren häuslichen Rechnern saßen und dort ihren Textpart gleich selbst eintippten und ihn sofort für alle anderen lesbar machten. Es war schon wie ein Zauber, wie sich die Zeilen ruckartig nach oben drückten und irgendwann am oberen Bildschirmrand verschwanden, wenn unten ein neuer schwachsinniger Satz erschien.

Joey rollte den Text von oben herunter, um den ganzen Blödsinn lesen zu können. Wir mussten uns beeilen, weil von unten immer neuer nachgeschoben wurde. Sie waren schließlich zu fünft, und damit beim Schreiben schneller als wir beim Lesen.

Die ersten Minuten des Gesprächs waren uns verloren gegangen, weil wir nicht von Beginn an online waren. Es war uns bereits nach den ersten Zeilen klar, dass Bayou (Wilson), Chuck (Jeff) und Pilot (Wilcox) den anderen schon mitgeteilt hatten, dass sie entdeckt worden waren.

BAYOU:

Und du, Rocky, hat dich jemand gefunden?

ROCKY:

Nein, bisher nicht.

BAYOU:

Killer?

KILLER:

Mich auch nicht. Einen Killer kriegt man nicht so leicht. Da könnte man schon draufgehen dabei.

BAYOU:

Und jetzt raus mit der Sprache. Wer war's?

...

BAYOU:

Was ist los? Einer muss es doch gewesen sein! Killer oder Rocky, denke ich. Oder die anderen haben sich gegenseitig gefunden. Was denn nun!

KILLER:

Ich wäre es ja gern gewesen, aber ich muss ehrlich zugeben, dass ich nicht so schnell war. Das konnte nur dem Teufel gelingen.

„Pass auf, was du sagst, Paul." Ich blickte auf die Schweißtropfen an Joeys Schläfe. „Pass auf, wie du es sagst, bitte."

Wenn Paul jetzt zugab, dass er sich an der Jagd beteiligt hatte, dann würden sie alle sauer auf ihn sein, weil er ja eigentlich nicht die Absicht hatte mitzuspielen. Andererseits musste er es sagen, weil er sonst nicht an die zwanzigtausend Dollar herankam, die Killer für den Sieger spendieren wollte.

CHUCK:

Ich denke, wir sollten jetzt alle mit offenen Karten spielen. Ich jedenfalls hatte eine Menge Ärger wegen diesem Scheißspiel, und ich will schon erfahren, wem ich das zu verdanken habe. Außerdem ist es ein saublödes Gefühl, zu wissen, dass die eigene Identität aufgedeckt worden ist, aber man selber immer noch nichts von den anderen weiß.

BAYOU:

Chuck hat recht. Wir sollten das jetzt aufrecht bis zum Ende gehen.

ROCKY:

Was soll das denn heißen, Bayou?

BAYOU:

Das soll heißen, mein Rockymäuschen, dass sich der Hundefänger jetzt melden soll, damit wir ihn schon mal ein bisschen aufs Siegertreppchen schieben können, und das soll auch heißen, dass wir drei, die entdeckt worden sind, hier unsere Identität preisgeben, weil das die einzige Chance für unsere Runde ist. Wenn nur einer alle Namen und Adressen kennt, und der Rest weiter im Nebel chattet, dann wächst doch Misstrauen, oder, Rocky? Siehst du das nicht auch so?

PILOT:

Also ich war's nicht. Ich wusste gar nicht, wie ich das anfangen sollte.

KILLER:

Weil du schon immer ein bisschen blöd warst.

PILOT:

Du Ratte hast es nötig. Hast ja selber niemanden gefunden!

CHUCK:

Ich war es auch nicht. Ich hatte noch nicht einmal Zeit, darüber nachzudenken, wie ich an euch herankommen könnte, weil ich gerade ziemlich im Stress bin. Irgendwie ging das alles zu schnell. Ich dachte, es würde Monate dauern, bis wir uns gefunden haben.

BAYOU:

Und weil ich nicht mitgespielt habe, bleibt nur Killer. Und der behauptet...

KILLER:

Ich hab doch schon gesagt, dass ich es nicht war.

BAYOU:

Rocky?

ROCKY:

Ja, Bayou?

BAYOU:

Du hast noch nichts gesagt.

184

ROCKY:

Ich denke, wir sollten uns erst am Ende des Spiels outen, ich meine, wenn alle bis auf den Sieger gefunden worden sind. Außer mir bleibt noch Killer übrig.

BAYOU:

Hast du mitgespielt, Rocky? Bleib sauber, Junge, Lügen hilft nichts, wir kriegen es sowieso irgendwann mit. Außerdem – wenn du die Kröten haben willst, musst du schließlich die Wahrheit sagen, sonst weiß Killer gar nicht, für wen er den Scheck ausschreiben soll.

Mir war gar nicht bewusst gewesen, wie sehr der Anwalt die Gruppe stets manipulierte. Irgendwie hatte er den Gesprächsfaden immer in der Hand, selbst wenn einmal die Initiative von einem anderen ausging, wie der Banküberfall oder die Idee mit dem Spiel. Kaum hatte der Spaß begonnen, war er auch schon wieder der Anführer. Wilson war und blieb gerissen, da halfen alle Theorien Pauls über das zweite Ich der Teilnehmer in der Chatrunde nichts. Bayou war zwar ein wenig freundlicher als Wilson, aber das Ergebnis war das gleiche, und nur das zählte für ihn.

Wie zu erwarten war, gab Paul schließlich das Versteckspiel auf und versuchte gleichzeitig, in die Offensive zu gehen.

ROCKY:

Okay, ich gebe ja es zu, ich habe euch drei aufgestöbert. Ich hatte plötzlich einfach Gefallen an der Idee des Spiels gefunden. Das ist wenige Stunden nach unserem Treffen letzte Woche eben so über mich gekommen. Ich hatte jedenfalls keine Zeit mehr, euch von meiner Teilnahme zu unterrichten.

BAYOU:

Warum redest du so gestelzt? Ist es dir peinlich, dass du uns hinters Licht geführt hast? Sollte es auch!

CHUCK:

Aber Rocky, das war unfair!

ROCKY:

Wieso unfair? Hättest du dich denn anders gegen den möglichen Entdecker geschützt, wenn du gewusst hättest, dass ich mitspiele?

CHUCK:

Warum hast du so einen Mist auf den Zettel geschrieben! Musstest du unbedingt draufschreiben: Du bist tot? Hätte mein Pseudonym nicht gereicht?

KILLER:

Das war goldrichtig, Chuck, du Angsthase. Du BIST tot. Und wenn ich es richtig sehe, dann wird Rocky bald MAUSETOT sein, da ich der einzige bin, der noch Jagd auf ihn machen kann.

ROCKY:

Was meinst du mit mausetot?

PILOT:

Du willst ihm also das Geld geben, Killer? Aber er hat uns doch ausgetrickst! Beschissen hat er uns!

KILLER:

Nicht so viele Fragen auf einmal, stellt euch ordentlich in einer Reihe an und wartet, bis ihr vom Killer empfangen werdet. Also: Von mir aus kann Rocky mitspielen, wir haben schließlich alle gemeinsam versucht, ihn vorher dazu zu überreden, da können wir jetzt nicht so tun, als hätten wir seine Teilnahme nicht gewollt. Das heißt ja nicht, dass ich ihm das Geld geben will, Pilot. Wollen? Mann, bist du blöd. Ich WÜRDE es ihm geben, wenn er gewinnen würde und auch mich noch finden würde. Wird er aber nicht. Weil Leichen niemanden mehr finden können. Zweitens, Rocky: Mausetot heißt mausetot heißt mausetot. Klar? Nein? Dann wirst du es verstehen, wenn ich dich entdeckt habe und du in mein Messer läufst.

BAYOU:

Mir ist es ein Rätsel, wie Rocky unsere Adressen so schnell herausfinden konnte. Hattest du vielleicht Helfer, Rocky? Mir scheint, da ist eine ganze Armee von Spionen unterwegs gewesen...

Joey sackte zusammen. Er kannte Paul wohl ganz gut und wusste, dass ihm nie schnell genug eine Lüge einfallen würde, die alle anderen restlos überzeugen könnte. Paul schien auf diese Frage überhaupt nicht vorbereitet zu sein, denn es blieb eine ganze Weile ruhig auf dem Bildschirm.

Ich muss zugeben, dass mir nun ebenfalls mulmig im Bauch wurde. Wenn Paul durch eine Unachtsamkeit unsere Identität preisgab oder auch nur andeutete, mit wem er zusammengearbeitet hatte, dann würde Wilson unsere Strategie entdecken, über die Chatgruppe an Celias Mörder - falls es einen gab - heranzukommen. Schließlich kann er zwei und zwei zusammenzählen.

Es blieb ruhig auf dem Bildschirm, nur Bayou wiederholte zweimal seine Frage. Ich nutzte die Pause, um Angélique anzurufen. Sie war nicht zu Hause. Ich sprach auf ihren Anrufbeantworter und bat sie, mich so schnell wie möglich hier in Joeys Wohnung abzuholen. Ich wollte das nicht mehr, ich wollte raus, weil ich Angst vor den sich anbahnenden Schwierigkeiten hatte, Angst um Paul, Angst um Joey gleich mit. Dieser Killer war ein Psychopath.

BAYOU:

> *Hattest du Helfer, Rocky? Wir alle hier wissen schließlich, dass du nicht gerade der Hellste bist.*

ROCKY:

> *Ich hatte keine Helfer.*

BAYOU:

> *Das glaube ich dir nicht. Wir werden dich am Ende zwingen, uns zu sagen, wie du an uns herangekommen bist. Ich denke, dass du Helfer hattest, zum Beispiel einen Computerfachmann...*

ROCKY:

> *Wieso einen Computerfachmann? Bayou, was redest du denn da für einen Mist zusammen?*

BAYOU:

> *Weil der sich auskennt mit den Dingern, von denen du ja keine blasse Ahnung hast. Außerdem sind diese Leute an knifflige Situationen gewöhnt.*

ROCKY:

> *Es gibt keinen Computerfachmann, der mir geholfen hat...*

BAYOU:

> *Doch, Rocky, ich denke schon, dass dir einer gesagt hat, was du tun musst. Und wahrscheinlich auch ein Journalist. Zeitungsmenschen sind die geborenen Schnüffler. Sie legen sich im Laufe ihres Lebens riesige Datenbänke an, wissen, wo welche Archive und Faktensammlungen stehen und wie sie an sie herankommen können...*

CHUCK:

> *Was redest du da, Bayou?*

ROCKY:

> *Er redet Müll, Chuck.*

KILLER:

> *Das kann ich nur hoffen, Rocky, mein Mäuschen. Sonst...*

ROCKY:

> *Sonst? Was sonst? Drohst du mir?*

BAYOU:

Ich rede keinen Müll, Rocky, das weißt du genau...

„Worauf will dieser Idiot hinaus!", schrie Joey mich an, als ob ich Schuld an der Situation hätte.

„Das siehst du doch", entgegnete ich ruhig, „er will Paul zu dem Geständnis zwingen, dass wir ihm geholfen haben. Dann kann er ihn in der Runde bloßstellen als jemanden, der die eingeschworene Gemeinschaft verraten hat."

Wir ahnten nicht, wie weit Wilson gehen würde, deshalb stießen wir beide einen entsetzten Schrei aus, als wir den nächsten Satz auf dem Bildschirm lasen:

BAYOU:

...war da nicht jemand von einer Providerfirma, der Joey heißt und der einen Freund namens Richard hat?

Wir waren enttarnt! Es war ganz gleich, was der arme Paul darauf antworten würde. Bayou alias Wilson versuchte, auf's Ganze zu gehen und Joey in seine Falle zu locken. Die Reaktionen der anderen ließen nicht lange auf sich warten:

CHUCK:

Joey? Von einem Provider? Du kennst Joey, Rocky?

PILOT:

Ich wusste von Anfang an, dass das ein Arschloch ist. Die ganze Masche mit der Umfrage war absolut bescheuert. Und dann der Privatbesuch. Dass ich nicht lache! Aber dass du da mit drinsteckst, Rocky...

CHUCK:

Pilot, wie ist dein richtiger Name?

BAYOU:

Also mal langsam...

CHUCK:

Pilot!

BAYOU:

Schnauze, Chuck, ich will jetzt wissen, was hier vorgeht, ich verstehe kein Wort, woher kennt ihr beide denn diesen Joey?

CHUCK:

Wie heißt du, Pilot, sag schon. Ist jetzt doch egal, wir wollten es uns heute ja sowieso sagen. Es ist irre wichtig!

PILOT:

Marc Wilcox.

CHUCK:

Mein Gott, dieses Schwein!

BAYOU:

Chuck! Pilot! Vielleicht redet mal einer von euch in Zusammenhängen, he? Wie wär' es denn damit?

PILOT:

Also das war so...

CHUCK:

Lass mich mal, Pilot, erstens hat Bayou gerade was von Im-Zusammenhang-Reden gesagt, und zweitens weißt du nicht alles. Also: Pilot und ich haben bei einer Umfrage unseres Internet-Providers einen Preis gewonnen. Dieser Preis wurde uns von einem Angestellten der Firma persönlich vorbeige-bracht. Das war Joey. Der teilte mir mit, dass seine Firma mit Hilfe der Umfrageergebnisse eine große Werbekampagne starten will, und uns zur Belohnung ihre großen Computer zeigt. Aber Pilot wollte nicht, also gab Joey mir seine E-Mail-Adresse und bat mich, ihn zu überreden. Die Briefe zwischen Pilot und mir habe ich dann an Joey weitergeleitet. Er sagte, er wollte im richtigen Augenblick dazwischengehen, sozusagen wenn ich Pilot weichgeklopft hätte.

PILOT:

Du bist also Jeff Baker? Ich fass' es nicht...

CHUCK:

Ja, genau. Und es tut mir leid, Pilot, was ich getan habe. Ich hatte ja keine Ahnung, dass du das bist, echt nicht.

PILOT:

Wenn ich das Schwein nochmal in die Finger kriege...!

BAYOU:

Das ist ja kaum zu glauben. Fassen wir also zusammen: Dieser Joey setzt Chuck auf Pilot an, um ihn zur Teilnahme an einer Werbekampagne zu überreden. Das stinkt mir. Da fehlt was. Rocky?

ROCKY:

Okay, ich kenne Joey, und auch Dick, es sind meine Freunde, aber sie würden nie jemandem etwas Böses antun, sie sind nett. Und Joey hat Pilot *wirklich nur zur Teilnahme an der Kampagne überreden wollen, da ist doch nichts Anrüchiges dabei.*

BAYOU:

Glaub ich nicht, dass sich das so einfach auflöst, Rocky, das sind mir zu viele Zufälle auf einmal: Du kennst Joey; der wiederum hängt sich an Chuck und Pilot, die du auch kennst; und ihr habt über Nacht drei von vier unserer Adressen, übrigens auch meine, herausgefunden. Da steckt mehr dahinter.

ROCKY:

Spiel doch nicht Katze und Maus, Bayou, du weißt genau, was dahinter steckt. Schließlich bist du Anwalt und kennst Dick und Joey auch schon lange, du bist inzwischen sogar fast verwandt mit Dick – willst du nicht bald die Mutter seiner Ex-Freundin heiraten?

Jetzt herrschte Schweigen im Kanal. Keiner wollte sich ausklinken, weil er Angst davor hatte, was die anderen ohne ihn verabreden könnten, aber alle fürchteten sich auch vor dem nächsten Schritt.

Nur Killer wagte einen Sprung ins Abseits:

KILLER:

Du willst heiraten, Bayou? Warum hast du uns nichts gesagt, Mann?

BAYOU:

Ich will nicht heiraten, Killer. Es ist Laurence Wilson, der heiraten will. Mit dem habe ich hier nichts zu tun. Bis jetzt jedenfalls nicht. Mir scheint, ich war der einzige, der die beiden Welten noch auseinanderhalten konnte.

CHUCK:

Dein Name ist also Laurence Wilson?

BAYOU:

Es ist der Name meines Körpers in der ersten Welt, draußen, wo ihr offensichtlich alle versagt habt. Merkt ihr nicht, dass unsere Runde jetzt am Ende ist? Es ist aus, Leute! ...Aus, versteht ihr!

KILLER:

Erst muss die Jagd entschieden werden, Bayou. Rocky lebt noch. Das kotzt mich an. Jetzt erst recht.

BAYOU:

Du hast recht, Killer, das Spiel ist nicht zu Ende. Gilt der Einsatz noch?

KILLER:

Ich bin ein Killer, aber kein Lügner, Bayou.

CHUCK:

Halt mal, ich versteh das ganze noch nicht richtig. Du kanntest diesen Joey also auch, Bayou? Ich kapier das nicht.

BAYOU:

Ich habe ihn mal getroffen, einmal, ihn und seinen Freund. Sie wollten mir einen Mord anhängen.

ROCKY:

Du hast Dicks Freundin überfahren, und vielleicht nicht ganz ohne Absicht. Jetzt denken sie, wir hängen da alle mit drin.

PILOT:

Warum sollten wir? Wir kennen die Frau doch nicht einmal.

ROCKY:

Sie haben sich in eine Idee verrannt. Weil sie herausgefunden haben, dass wir hier regelmäßig zusammenkommen und uns den größten Mist erzählen. Dabei haben sie nicht bedacht, dass wir uns nie gesehen haben. Niemand von uns weiß, was der andere in seinem richtigen Leben tut – da kann er Anwalt sein, oder aber auch ein Mörder.

CHUCK:

Oder beides, so was gibt es ja auch...

BAYOU:

Schnauze, Chuck, und du, Rocky, hältst auch dein Maul, verstanden. Ich habe niemanden umgebracht. Das Mädchen ist damals stockbesoffen vor mein Auto gerannt. Dass das ein für allemal klar ist...

ROCKY:

Was regst du dich so auf, wenn du unschuldig bist?

BAYOU:

Ich hau ab, das ist mir zu blöd. Adieu.

KILLER:

Weg war er. Wurde aber auch Zeit. Das ganze Durcheinander ging mir gehörig auf die Nerven. Also, Rocky: Entweder du mich oder ich dich, klar? Entweder zwanzigtausend Flöhe oder ein Haufen Asche. Nimm dich in acht. Wir beide stehen als einzige noch im Kampf, Auge um Auge, Zahn um Zahn.

ROCKY:

Wollen wir nicht aufhören, Killer? Das hat doch jetzt alles keinen Sinn mehr.

KILLER:

Wieso denn? Hat sich denn irgend etwas verändert? Nichts hat sich verändert, gar nichts! *Was gehen uns die Machenschaften unserer Hirne in der erste Welt an? Wir sind hier, in unserem eigenen Reich, und wir haben hier unser eigenes Leben und unsere eigenen Gesetze. Was sind schon die paar Verräter und die paar Opfer da draußen? Das bringt mich bloß zum Lachen...*

ROCKY:

Killer...

KILLER:

Und jetzt ziehe auch ich mich zurück. Bis bald, Rocky.

ROCKY:

Killer!

...

Das war das Ende. Sie schalteten sich aus dem Gespräch aus, einer nach dem anderen, es war lustig zuzusehen, wie der Computer kurz hintereinander die Meldungen lieferte: Bayou hat sich abgemeldet. Killer hat sich abgemeldet. Chuck hat sich abgemeldet. Pilot hat sich abgemeldet. Nur Rocky konnte sich nicht sofort dazu entschließen, wartete noch ein paar Minuten (vielleicht hoffte er, jemand würde zurückkommen und ihm sagen, dass das alles nur ein Alptraum oder ein Scherz war), bis auch er verschwand.

Eine Sache machte mich stutzig. Warum hat Bayou nicht die wahren Namen Rockys und des Killers bekannt gegeben? Er wusste sie ja. Schließlich haben wir dem Anwalt die Liste mit allen Chatteilnehmer unter die Nase gehalten, damals auf der Straße. Und da die anderen sich alle schon geoutet hatten, blieben nur noch die Namen Paul Greenwood und Michael Dawson übrig. Was hatte Wilson vor?

Joey war außer sich. Wilson hatte alles breitgetreten, und Rocky war dabei sein unfreiwilliger Helfer. Jetzt könnte die Gefahr zu jeder Zeit und an jedem Ort lauern, und zwar nicht mehr nur auf Paul, sondern auch auf Joey und mich.

Es klopfte an der Tür. Erleichtert ließ ich Angélique ein. Ich wollte nur noch weg von diesem Verwirrspiel. Sie trug enge Jeans und ein knallrotes T-Shirt, ihre Jacke hatte sie schon auf der Treppe ausgezogen. Ich deutete ihr an, dass sie sie eigentlich gleich wieder anziehen könnte, als das Telefon klingelte. Kate, natürlich. Wer sonst.

Joey sprach wieder mit ihr. Auch diesmal hörte ich nur Joeys Satzfetzen, las daraus aber Kates Neugierde und Triumph.

„Bist du blöd, Kate, was soll denn jetzt glasklar sein, bitteschön?...
Nein, Kate... Überhaupt nicht. Rocky sollte sich da jetzt raushalten...
Ja, vielleicht... wir müssen jetzt alle gemeinsam diesen Killer suchen,
diesen Michael Dawson, damit er uns nicht zuvor kommt... Nein,
Kate... nein, such du lieber das Internet weiter nach ihm ab, den Rest
besorgen wir schon allein... nein... nein habe ich gesagt, vor allem keine
Waffen... wir fangen damit gar nicht erst an... Du hast versagt, Kate, weil
du eine falsche Information geliefert hast, bring uns erst die richtige..."
Dann knallte er den Hörer wütend auf die Gabel.

„Wir schauen uns jetzt Dawsons Homepage noch einmal an. Wir
müssen etwas übersehen haben."

Joey ließ keinen Widerspruch zu, zog mich zum Bildschirm und
schaltete sich wieder ins Internet.

„Kann mir vielleicht mal jemand erklären, was hier los ist?", fragte
Angélique und verzog ihre schönen Lippen zu einem Schmollmünd-
chen.

„Später", antwortete Joey trocken und ließ seine Hände wieder
über die Tastatur fliegen.

Da war sie. Michael Dawson. Die falsche Adresse. Eine kurze Biografie, ohne Angaben zum Beruf. Alter: 34 Jahre. Geboren: in Kalifornien.
Geschwister: sieben. Ein Foto von Manhattan.

Joey fuhr mit der Maus langsam über die Fotografie, über jedes
einzelne Auto, jedes Fenster, jedes Dach. Er wurde ungeduldig.

„Geh auf den Mond, Joey", sagte ich.

Er schaute mir ganz kurz in die Augen, dann schob er den Mauszei-
ger auf die kleine, blasse Mondscheibe in der rechten oberen Ecke des
Bildes. Der Zeiger veränderte sich, wie ich erwartet hatte, von einem
Pfeil in eine kleine Hand (das Zeichen für einen Link, unter dem sich
eine Adresse für eine neue Internetseite befindet), und Joey drückte
seinen langen Zeigefinger auf die Taste, um die Seite aufzurufen.

Die einzige Sensation: Dawson begrüßte uns mit unseren Namen.
Er sprach uns an, alle drei („Hi, Rocky; hi, Joey und Dick!") .

Der Rest war enttäuschend. Ein paar pathetische, aber belanglose
Sätze. („Wie kann man die Welt vor sich selbst retten? Indem man eine
zweite Welt aufbaut, ein Spiegelbild der ersten, ein Phantom, auf das
die erste Welt keine größere Auswirkung hat als ein paar unbedeuten-
de Luftbewegungen auf einen Fels, eine Ersatzwelt, wo sich das Übel
der ersten mit seiner ganzen Gewalt abreagieren kann, ohne in der

Realität großen Schaden anzurichten. Aber was soll man tun, wenn diese zweite Irrwelt, die notwendig geworden ist für das Weiterbestehen der wirklichen, in Gefahr gerät, von all dem Übel, das in ihr agiert, zerfressen zu werden? Ganz einfach: Dann baut man sich eine dritte Welt. UND SO WEITER.")

Das war's. Kein fassbarer Inhalt. Nicht mal eine E-Mail-Adresse, die einladen würde, zu dem Verfasser dieses Schwachsinns Kontakt aufzunehmen.

Angélique lehnte sich gelangweilt an die Wand neben der Tür zum Vorzimmer. Als es erneut klopfte, heftig und ungeduldig, drückte sie sich ab („Ich geh schon.") und lief hinaus, wohl um uns einen Gefallen zu tun.

„Das wird Kate sein", sagte Joey.

„Kate?", rief ich verwundert aus.

„Sie wollte vorbeikommen, hat sie mir am Telefon gesagt."

„Die kann ich jetzt am allerwenigsten gebrauchen", erwiderte ich.

Es war jedoch nicht Kate. Dafür stürzte Paul kreidebleich in unser Zimmer, schaute auf den Bildschirm, vor dem wir noch standen, und starrte uns dann an.

„Habt ihr gelauscht?"

Joey nickte.

„Dann wisst ihr ja alles", sagte Paul und fügte atemlos hinzu: „Ich werde verfolgt."

Joey ging auf ihn zu und wollte ihn in die Arme nehmen. Paul wehrte jedoch ab.

„Verstehst du nicht? Jemand ist mir gefolgt. Ein kleiner Mann in einer dunklen Jacke ist die ganze Zeit von meiner Wohnung bis hierher hinter mir hergelaufen..."

Mich schauderte bei diesen Worten, trotzdem sagte ich: „Das kann ein Zufall sein, Paul."

„Ein Zufall, Dick?"

Paul machte einen Schritt auf mich zu und streckte mir seine Hände flehend entgegen; fast fasste er mich am Kragen.

„Als ich das Haus erreicht hatte und eingetreten war, schloss ich die Tür und schaute durch die Glasscheibe hinaus. Da stand er und blickte mich an, als ob er sagen wollte: Ich warte hier, du wirst irgendwann schon wieder herauskommen..."

Eine Weile konnten wir kein Wort sagen. Angélique war die erste: „Wir gehen jetzt gemeinsam hinunter und sehen nach. Wenn er immer noch dasteht, rufen wir die Polizei an."

Sie konnte so pragmatisch sein.

Joey nickte: „Mit der ersten Hälfte des Vorschlags bin ich einverstanden. Kommt. Alle drei."

Während wir im Flur unsere Jacken und Mäntel überstreiften, klopfte es schon wieder. Wir erstarrten.

Zuerst taute Joey auf und lachte. Dann stimmte ich ein. Richtig, Kate wollte zu allem Übel auch noch erscheinen. Ihre Ankunft erschien uns auf einmal wie die Hoffnung auf ein gutes Ende dieses kleinen Abenteuers. Joey öffnete die Tür:

„Kate?"

Draußen im Treppenhaus war es dunkel. Von Kate war nichts zu sehen. Nur ein wenig kalte Luft zog über die Treppe in die Wohnung.

Joey rief noch einmal ihren Namen, erhielt aber wieder keine Antwort.

„Kate hätte das Licht eingeschaltet", sagte ich.

„Und sie hätte nicht geklopft, sondern unten an der Haustür geklingelt, sie hat keinen Schlüssel", ergänzte Paul.

„Vorhin war die Tür offen", sagte Angélique.

„Ich habe sie geschlossen", erwiderte Paul.

Mutig trat ich hinaus und drückte auf den Lichtknopf. Die Etage war leer. Dann ging ich weiter bis zum Treppengeländer und schaute kurz hinauf und hinunter. Es war keine Menschenseele zu sehen.

„Kommt, wir brauchen alle ein wenig frische Luft, glaube ich."

Angélique und Paul nickten, Joey erinnerte an Kate.

„Die wird schon nicht gleich sterben, wenn sie merkt, dass wir ausgeflogen sind", erwiderte ich mit gespielter Gelassenheit.

Bei dem Wort *sterben* zuckte Paul wieder zusammen, stieg aber mutig hinter uns her die Treppen hinab bis ins Erdgeschoss.

Vor der Haustür lief Kate uns in die Arme.

Angélique hängte sich bei mir ein, während wir, auf Joeys geflüsterten Vorschlag hin, gemeinsam in eine nahegelegene Bar schlichen. Es war eine zeitige, laue Frühlingsnacht, Hunderte von Menschen waren noch unterwegs, die einen rannten von einer Kneipe zur anderen, die meisten waren noch in irgendwelche Geschäfte verwickelt, mit prallen

Taschen in den Händen und neuen Ideen im Kopf, und in dem steten Drang nach Geld und Anerkennung, den beiden Markenzeichen der modernen Zivilisation, die hier in New York wesentlich mitgeprägt wurde.

„Was ist denn nun passiert?", fragte Angélique zum wiederholten Mal, „warum denkt Paul, dass er verfolgt wird? Und was habt ihr vorhin im Internet gesucht?"

Kate spulte wieder ihre hasserfüllte Leier vom Schuldeingeständnis Wilsons und seiner Killer-Komplizen ab, redete dabei auf Joey und den armen Paul ein, dass mir allein vom Zuhören ganz schlecht wurde.

Ich versuchte, Angélique die Situation zu erklären, scheiterte jedoch schon nach dem dritten Satz, als ich merkte, dass ich einige Namen und Pseudonyme durcheinander brachte. Ich bat sie, das Gespräch auf später verschieben zu dürfen, wenn ich weniger aufgeregt sein würde.

Inzwischen hatten wir die Bar erreicht. Sie befand sich auf dem Broadway, wenig oberhalb der zweiundachtzigsten Straße. Ich erinnerte mich sofort daran, dass ich vor Jahren mit Celia schon einmal hier gewesen war.

Nachdem wir unsere Martini, Bier oder Gin und Tonic bestellt hatten, gruppierten wir uns stehend um einen kleinen, runden Tisch, der einbeinig in einer dunklen Ecke der Bar auf Gäste wartete. Die Konversation, die jetzt einsetzte, entbehrte jeder sachlichen Grundlage. Ich will es mir deshalb ersparen sie im Wortlaut wiederzugeben. Das war natürlich in erster Linie Kate zu verdanken: Wie schon bei ihrem Besuch an meinem Krankenbett brach sie auch hier nach jedem vierten Satz in einen Wutanfall aus. Sie versuchte, Paul über die Chatgruppe auszufragen, hörte seine Antworten immer nur zur Hälfte an, um ihn sofort wieder zu unterbrechen, und erklärte jedes Mal, sie glaube ihm kein einziges Wort.

Sie war inzwischen allein auf weiter Flur mit ihrem Fanatismus. Während sich Joey nach dem Belauschen der letzten Chatrunde schon auf Wilson und den Killer als die einzigen Schuldigen zurückgezogen hatte, beharrte Kate darauf, alle fünf – sie zog den anwesenden Paul demonstrativ mit ein – hinter Gitter zu bringen („und wenn ich sie persönlich und an den Haaren in den Knast schleifen muss"). Paul glaubte nicht, dass überhaupt jemand aus seiner Runde ein Mörder war, und ich schloss mich seiner Meinung an, wollte jedoch – nach einem Zwischenruf Joeys – nicht ausschließen, dass die hektische Aktion des

Killers und die hartnäckige Befragung Pauls durch Bayou heute Abend einen gewissen Verdacht zuließen.

Als wir in der heftigsten Diskussion waren, stieß ein Halbwüchsiger Paul in die Seite. Der Junge war schmal, dunkelhäutig, mit großen, weißen Augen, und er hatte einen Briefumschlag in seiner Hand. Den übergab er wortlos dem erstarrten Paul, um sich dann sofort wieder zwischen die Leute zu drängen und hinter der Tür zu verschwinden.

Ich schaute zum Wirt, ob er diesen minderjährigen Eindringling bemerkt hätte, aber der tat so, als sei er gerade mit dem Mischen eines komplizierten Cocktails beschäftigt.

Paul blickte uns scheu der Reihe nach in die Augen. Joey nahm ihm den Umschlag aus der Hand, riss ihn gekonnt auf, indem er eine Ecke abbiss, dann mit dem langen Zeigefinger der rechten Hand in das Loch hineinfuhr und die obere, verklebte Kante mit einer kurzen Kraftanstrengung aufbrach.

Er las ihn, und sein Blick verfinsterte sich mit einem Schlag. Dann legte er den Brief in die Mitte des Tisches, so dass wir den einzigen Satz, den er enthielt, alle sehen konnten:

„Rockymäuschen, am nächsten Mittwoch bist du dran!"

Ohne Unterschrift, ausgedruckt von irgendeinem rechnergesteuerten Laserdrucker, wie man sie heute in jedem zweiten Haushalt findet.

Paul weinte.

Joey fasste ihn um die Taille, legte seine Stirn an Pauls Stirn, und hörte ihn leise sagen: „Macht was ihr wollt, morgen früh gehe ich zur Polizei."

Schweigend verließen wir die Bar. Draußen empfing uns leichter Nieselregen. Immer noch rannten die Leute geschäftig hin und her, als wäre es nicht längst schon fast Mitternacht. Da wir nur langsam die kleine Straße entlang liefen, in der unausgesprochenen Absicht, uns an der nächsten U-Bahn-Station voneinander zu verabschieden, stellten wir auf dem engen Trottoir für die Eiligeren – und das waren so ziemlich alle anderen – ein Hindernis dar; wir waren zu fünft und mussten unsere Gruppe mehrmals auseinanderreißen lassen von jemandem, der partout keine Lust hatte, um uns herum zu gehen.

Selbst Kate sprach die ganze Zeit über kein Wort. Die an Paul gerichtete schriftliche Drohung, die offensichtlich von Killer kam, sowie Pauls erschrockene Reaktion darauf, vor allem aber seine Ankündigung, zur Polizei gehen zu wollen, hatten sie sprachlos werden lassen, und ich hatte eine Zeitlang den Eindruck, sie ließ sich davon beeindrucken und könnte ihre fanatische Haltung aufgeben.

Als wir an der Ecke zur nächsten Avenue ankamen, blieb Paul erschrocken stehen. Sein Blick war starr auf die gegenüberliegende Straßenseite gerichtet. Dann hob er langsam den Arm und zeigte geradeaus auf eine Gruppe von Menschen, die dort vor einem Blumengeschäft standen und sich lautstark miteinander stritten.

„Da ist er", stammelte Paul, lief um Joey herum und duckte sich hinter dessen schmalen Körper.

„Wer?", fragten Kate und ich wie aus einem Munde.

Paul antwortete nicht sofort. Wir schauten angestrengt hinüber, ohne genau zu wissen, worauf Paul anspielte, bis Joey ausrief: „Dort, der Kleine! Der sich hinter der Gruppe versteckt! Meinst du den?"

Paul nickte.

Dann sah ich ihn auch. Hinter der lärmenden Meute war ein kleiner Mann, mit hellen Jeans und einer dunklen Jacke bekleidet, zu erkennen. Als er bemerkte, dass wir ihn entdeckt hatten, löste er sich aus der Gruppe und rannte, flink wie ein Wiesel, die sechste Avenue hinunter und in die nächste schmale Seitenstraße hinein.

„Los, den schnappen wir uns!", rief Joey erregt und lief über die Straße, wand sich zwischen den hupenden Autos hindurch, blickte sich noch einmal um und winkte uns. Jetzt rannte auch Kate los („Das Schwein machen wir fertig!"), und als ich sah, wie Angélique den vor Angst zitternden Paul an sich heranzog und ihren Arm um seinen Körper legte, lächelte ich ihr dankbar zu und folgte den beiden.

Ich sah Joey, weit vorn, mit den Armen wedeln. Er machte uns Signale, und ich verstand ihn. Kate schaute zu mir zurück, ohne im Laufen innezuhalten, und blickte mich fragend an. Ich versuchte ihr mit ungeschickten Gesten zu erklären, dass wir den Fremden einkreisen wollten; dazu lief Joey ihm direkt hinterher, in die kleine Seitenstraße, und wir sollten die Parallelstraßen entlang laufen, Kate im Süden und ich im Norden. Vorn, an der fünften Avenue, würden wir uns wieder treffen.

Als ich keuchend drei Viertel der Strecke absolviert hatte, an nur wenigen, mir grinsend entgegenblickenden Passanten vorbei, sah ich ihn plötzlich vor mir um die Ecke biegen, von der Avenue her direkt in meine kleine Straße, als wollte er sich mir in die Arme werfen. Da er immer weiter auf mich zulief, begann ich zu überlegen, ob ich ihm körperlich gewachsen wäre, wenn es zu einem Kampf kommen sollte. Als er nur noch dreißig Schritte von mir entfernt war, sprang er unversehens über einen kleinen Zaun auf eines der schmalen Grundstücke, die hier, schmutzgrau und schmal, unter den Hochhäusern vor sich hin dösten wie wartende, schwer beladene Lastesel.

Ich erreichte die Stelle eine Minute später, konnte ihn jedoch nicht mehr sehen. Ich schaute nach rechts und links, ob mich jemand beobachtete, und sprang dann ebenfalls über den Zaun. Das heißt, ich setzte den linken Fuß auf die erste Querlatte, schob mein rechtes Bein über den Zaun und wälzte mich dann vorsichtig hinüber. Irgendwo bellte ein Hund, gleichzeitig begann die Alarmsirene eines Autos zu jaulen.

Ich lief bis zur Ecke des Hochhauses, auf einen schmutzigen, stockdunklen Hof, und versteckte mich dort zunächst zwischen zwei Mülltonnen. Ich musste erst wieder zu Atem kommen, außerdem gewöhnten sich meine Augen hier, ganz unten, zwischen den beiden riesigen grauen Häusern, nur sehr langsam an die Dunkelheit, trotz des bleichen Mondlichtes, das sich direkt über mir an einer Dachecke festgehängt hatte, als wollte es eine Weile hier verschnaufen und mir zuschauen. Von dem Mann in der schwarzen Jacke war jedoch nichts zu bemerken.

Einige Minuten später wagte ich mich aus meinem Versteck heraus. Ich erkannte die Konturen des Hofes, die dunklen Kellerfenster, und davon nur eines, das offen stand und aus dem ein schwaches Licht herausschien wie eine ungeschickte Einladung. Oder eine geschickte Falle.

Langsam lief ich auf das Fenster zu, nicht direkt, sondern in einem großen Bogen bis an die Hauswand, an der entlang ich mich bis zum linken Fensterrand schlich; dort hockte ich mich hin.

Ein kleines Rascheln war von innen her zu vernehmen, wie von einer Maus. Das Licht flirrte, als käme es durch eine große Hitze hindurch heraus zu mir ins Freie.

Ich schob meinen Kopf etwas näher an das offene Fenster heran, um vom Inneren etwas zu erkennen, aber mehr als das Flimmern eines konturenlosen Lichtflecks sah ich nicht. Dann ertönte aus der Tiefe dieses Kellerraumes ein kurzes Lachen, das mir wie ein Hohngelächter auf meine Ängstlichkeit vorkam. Schließlich hörte ich ganz deutlich meinen Namen flüstern.

„Dick!"

In mir stieg Wärme auf, die sich von meinen Füßen durch alle Gliedmaßen bis in den Kopf ausbreitete, wahrscheinlich dieselbe Wärme, die das Flimmern des Lichtes erzeugte, denn ich verlor die Fähigkeit zu denken, hörte erneut meinen Namen, der jetzt wie ein Befehl klang, und ich wusste, man wurde ungeduldig. Also glitt ich – mit den Beinen zuerst – durch das Fenster in den Keller hinein, schabte mir dabei an einer rostigen Leiste, die sich scharfkantig durch meine Kleidung schnitt, die Haut am Rücken auf, ohne einen Schmerzenslaut von mir zu geben. Dann fiel ich, wenn auch nur einige wenige Zentimeter, und landete schließlich mit den Füßen auf dem Boden des Kellers. Meine Knie gaben unter dem Druck, der durch den Fall erzeugt wurde, nach, und dann merkte ich, dass ich in einem Sessel oder auf einer weichen Bank saß.

Als ich aufspringen wollte, musste ich feststellen, dass ich auf dieser Bank angeschnallt war. Über mir schloss sich das Fenster wie von Geisterhand, ich war starr vor Entsetzen, meine Gedanken waren jedoch immer noch in einen tiefen Nebel eingetaucht. Und ich war vollkommen handlungsunfähig.

Das diffuse, schwache Licht verschwand, es wurde stockdunkel, wie es draußen auf dem Hof gewesen war. Jetzt begann ein Schauspiel ganz besonderer Art, das ich wohl nie wieder vergessen werde. Es sitzt noch heute wie ein tiefer Stachel in mir, und die Vermutung, dass ich damals vielleicht halluzinierte, hilft dabei ganz und gar nicht.

Der Mond, der sich draußen wartend an die Ecke des Daches gehängt hatte, erschien mir mit einem Mal hier in diesem Keller. Eigentlich merkte ich nicht sofort, dass es sich dabei um den Mond handelte, denn zunächst sah ich vor mir nur eine große runde Scheibe, die in einem durchsichtigen Weiß wie auf einer Kinoleinwand schimmerte und fast den gesamten leeren Kellerraum einnahm. Durch sie hindurch erblickte ich eine zweite, kleinere Scheibe, eine Art Teller, auf dem ich aber bald Konturen erkennen konnte, die die Umrisse der Kontinente auf der Erde annahmen. Deutlich sah ich die breite Silhouette Nordamerikas, am rechten Tellerrand noch einen Teil Europas und Afrikas, links Japan und einen kleinen Abschnitt des asiatischen Festlandes. Die große, weiße Scheibe vor ihm nahm an Dichte zu, und ich musste beobachten, wie die Erde dahinter von Sekunde zu Sekunde schwächer wurde – und endlich völlig verschwunden war. Die weiße Scheibe breitete sich dagegen vor meinen Augen immer weiter aus, sie bekam eine dritte Dimension, wurde zur Kugel (es war ganz und gar nicht mehr wie im Kino), war jetzt größer, fester, ich sah weiße Berge, dunkle Krater und Täler, und ich spürte die stärker werdenden Vibrationen, denen meine Bank ausgesetzt war. Wir steuerten direkt auf einen der Krater zu, ich wusste inzwischen, dass ich den Mond vor mir hatte, den trockenen, staubigen, hartkantigen Mond, und als wir in den Krater eintauchten und dabei eine riesige Staubwolke verursachten, die unsere Sicht wieder behinderte und die vordem klaren Umrisse erst hinter einem Schleier versteckte, um sie endlich wieder ganz in das diffuse Licht zu tauchen, welches uns am Anfang empfangen hatte, bemerkte ich plötzlich, dass sich meine Bank, auf der ich – wohl aus gutem Grund, wie sich jetzt herausstellte – festgeschnallt saß, um sich selbst drehte, zuerst langsam, dann schneller und schneller, bis sie eine wilde Pirouette vollführte und ich halb bewusstlos und schräg in den festen Bändern hing, die um meinen Schoß gewunden waren. Es schien, als müssten wir uns erst einen Eingang in den Krater bohren, ich fühlte förmlich Steine und Staub um meine Ohren fliegen, ich glaube, ich schrie die ganze Zeit über vor Entsetzen, hielt Arme und Beine wegen der hohen Fliehkraft weit vom Körper weg, fast wurde mein Kopf vom Rumpf gerissen; irgendwann verlor ich die Hoffnung, dass das jemals wieder aufhören könnte, doch als wir uns offenbar weit genug in den Boden geschraubt hatten, hörte das wilde Drehen allmählich auf, und wir sanken ruhig weiter. Ich wartete darauf, dass wir irgendwo landeten, aber das Sinken gehörte jetzt zu uns, es war eine gemächliche, angenehme Bewegung, an die man sich gewöhnen konnte. Wir sanken, so wie andere stille standen.

Ich schreibe hier immer vom Wir, obwohl ich niemanden sah. Trotzdem ahnte ich, dass ich nicht allein war. Ich hätte wetten können, dass auf solche Weise eine Höllenfahrt begänne, aber mir war inzwischen schon klar geworden, dass wir uns auf der anderen Seite des Mondes befanden.

Allmählich fühlte ich meine Arme und Beine wieder, nur in meinem Kopf drehte sich alles noch einige Minuten lang, bis ich meine Hände an die Schläfen drückte, die Finger auf die Kopfhaut legte und meinen Schädel ein Dutzend Mal hin und her schüttelte, damit das Schwindelgefühl aufhörte.

Als ich wieder geradeaus schauen konnte, ohne Flimmern, ohne Schwindel, nur mit diesem leichten, angenehmen Sinken unter den

Füßen, erblickte ich vor mir eine Gruppe von fünf Personen, deren Gesichter ich nicht erkennen konnte, weil sie von mir abgewandt waren. Sie standen dicht beieinander inmitten einer großen, pinkfarben leuchtenden Kreislinie, aus der sie wohl nicht fliehen konnten, denn sie scheuten sich, auch nur in ihre Nähe gedrückt zu werden. Es gab viel Bewegung in dieser kleinen Gruppe, ein unaufhörliches Geschiebe, Eifersüchteleien um den besten Platz in der Mitte des Kreises, die von einem hochgewachsenen Mann mit breiten Schultern und schwarzem, bis auf den Rücken wallendem Haar erfolgreich verteidigt wurde. Links neben dem Kreis stand ein Stuhl, auf dem etwas lag, das ich zunächst als ein kleines Tier interpretierte, einen zusammengerollten, schwarzen Pudel, oder einen großen Igel. Es bewegte sich unmerklich, wiegte sich hin und her wie bei einem langsamen Tanz.

Inzwischen hatte sich einer aus der Gruppe umgedreht. Ich erkannte Jeff, den Jungen mit den drei Computern, obwohl ich ihm nie begegnet war.

Es war aber nicht Jeff, denn ich sah hier keinen Menschen aus Fleisch und Blut vor mir, sondern ein Phantom. Sein Körper hatte unklare Umrisse, war noch so diffus wie das Licht vorhin, aber das Gesicht war deutlich gezeichnet. Mit einem dicken, schwarzen Stift hatte jemand Jeffs Kopf in die Luft gemalt, seine kindlichen Augen und seine dünnen Ohren, seinen schmalen Mund und seine kräftige Stupsnase, seinen Haarschopf und sein breites Kinn. Dort hingen die Striche, als hätten sie nicht viel zu tun miteinander, und seine Lippen bewegten sich lautlos, als wollten sie mir etwas sagen. Ich strengte meine Augen an, versuchte das kurze Wort zu entziffern, das er mir immer und immer wieder zuwerfen wollte, ohne dass ich es auffangen konnte, und schließlich schaffte ich es doch:

„Chuck", sagte er, und noch einmal: „Chuck", und wieder, und wieder. Ist ja gut. Ich hatte verstanden. Er verstummte, ohne einen Laut von sich gegeben zu haben.

Jetzt drehte sich eine zweite der Gestalten um. Sie war etwas größer, ihre Arme waren fest und klar umrissen, bestanden aus einem dunklen Metall, waren jedoch nirgendwo befestigt, denn einen Körper gab es dazu nicht. Sie schepperten bei jeder Bewegung wie aufeinanderschlagendes Blech, als wären sie hohl, und in der Mitte über ihnen sah ich ein Paar Lippen, das ein lautloses Wort formte, welches ich jetzt leichter entziffern konnte: Pilot.

Ich wartete darauf, dass sich mir auch Rocky und Bayou zuwandten. Wer sonst sollten die beiden anderen sein, die da noch neben dem Riesen in der Mitte standen? Sie taten es auch, sobald ich den Gedanken zu Ende gedacht hatte, beide gleichzeitig. Rocky war natürlich ein Muskelpaket, halbnackt, mit einem goldglänzenden Panzer über Brust und Oberschenkeln, seine großen Augen hatten Mühe, über dem oberen Rand der Rüstung herauszuschauen. Bayous Kopf hatte keine Hülle, ebenso wenig einen eigenen Körper. Da war nur das Hirn, weich und weiß, mit rosaroten Flecken und gelben Tropfen, das in der Luft schwebte, umgeben von einem langen, schwarzen Umhang, der bis zum Boden reichte.

Wir sanken weiter.

„Und Killer? Wo ist der Killer!", rief ich in die unheimliche Stille hinein, welche die vier Gestalten durch ihre Zuckungen und Schwellungen vor mich hinlegten wie einen tiefen, lautlos brodelnden Fluss.

Sollte wirklich der Fünfte in der Gruppe...?

Ich stoppte den Gedanken, als sich das Paket auf dem Stuhl bewegte, das ich für ein Tier gehalten hatte. Jetzt erkannte ich Kates Kopf. Er war zwar grauhaarig, fetter und hässlicher als ich Kate in Erinnerung hatte, aber ich hegte trotzdem keine Zweifel an der Identität. Der Kopf lebte auf dem Stuhl, als wäre er dort geboren und festgewachsen. Sie blies graue Strähnen vom Gesicht weg, die sich vor ihre Augen gelegt hatten, und bewegte ihren Mund – lautlos wie die anderen. Der Unterschied zu denen bestand darin, dass Kates Kopf in Zusammenhängen sprach. Ich blickte ihr gebannt auf die Lippen, weil ich jedes Wort verstand.

„Du bist hier kein Zuschauer, Dick. Vergiss das sofort."

Ich wiederholte meine Frage: „Wo ist Killer?"

Sie ging nicht darauf ein. Stattdessen fragte sie mich, ob ich Marius sehen wollte.

„Nein!", schrie ich los. Und starrte auf den schwarzhaarigen Riesen in der Mitte des Kreises, zwischen den vier Ungeheuern.

„Nein, Kate", heulte ich. „Ich will ihn nicht sehen, bitte sag ihm, er soll sich nicht umdrehen!"

„Das liegt nun wirklich nicht in meiner Macht."

„In wessen dann?"

Sie lachte höhnisch auf, ich hörte einen ihrer hässlichen Laute, die ich auch aus der irdischen Realität her kannte, obwohl hier kein Ton an mein Ohr drang. Es war ein Wunder, wie sehr meine Einbildung mit den Phantomen eine sinnliche Einheit bildete.

„Killer hat die Macht.“

Ich schrie sie erneut an: „Wo zum Teufel versteckt er sich?“

„Er hält sich nicht versteckt“, antworteten Kates Lippen, „er ist alles, was du siehst. Er hat die Fäden von Anbeginn in der Hand gehabt. Er ist eine Stufe weiter.“

„Wie soll ich das verstehen?“

„Frag Joey, Dick, frag deinen armen Freund Joey, aber lass mich damit in Ruhe.“

Bevor ich meiner Verwunderung Herr werden konnte, dass hier womöglich auch Joey bald auftauchen könnte, schoss mir ein anderer Gedanke durch den Kopf:

„Kate! Woher weißt du von Marius?“

Sie antwortete prompt: „Ich weiß alles über dich, Dick, ich habe alle deine Bewegungen im Internet verfolgt, und ich weiß, dass du Marius' Tagebuch an deinen Vater gemailt hast.“

Ich war wie vor den Kopf geschlagen.

„Aber das war vor langer Zeit, Kate! Damals kanntest du mich noch nicht!“

„Ich kannte dich, Dick. Ich wusste Bescheid über jeden deiner Schritte. Ich kenne deine Freunde, deine Sorgen, deine widersprüchlichen Reaktionen auf unerwartete Situationen...“

„Du liest alle meine Post?“

„Ein paar Monate lang habe ich das getan, ja.“

„Kate!“

„Von dem Moment an, als die Krise zwischen Celia und dir stärker zu werden begann. Als ich die Hoffnung haben konnte, dass sie dich verlassen würde. Ich dachte, der Katalysator sein, sie aufstacheln, gegen dich hetzen zu können. Als sie mir auf die Schliche kam, ist sie ganz durchgedreht und zu ihrer Mutter gezogen. Sie hat nicht dich verlassen, Dick, sondern ist vor meinen Machenschaften geflohen.“

„Halt's Maul!“ Ich begann zu weinen.

„Was weißt du denn schon von Liebe“, fuhr sie fort. „Was denn! He? Ist das Liebe, was du jetzt für Angélique empfindest, oder betrügst du sie nur wieder, wie die anderen Frauen vor ihr? *Ich* habe Celia wirklich geliebt! *Ich!* Verstehst du?“

Ich versuchte, mich zu beruhigen und wiederholte meine Frage:

„Wann hast du begonnen, meine E-Mails zu lesen?"

„Vor einem Jahr etwa."

„Aber Marius' Texte hatte ich lange vordem an meinen Vater gesendet!"

„Ich weiß", antwortete Kate ganz ruhig. „Deshalb musste ich ja auch woanders nach ihnen suchen."

„Wie denn? Du bist in den Computer meines Vaters eingedrungen?"

„Erst ja. Aber er hatte die Texte schon gelöscht..."

Das war ein Schlag. Ich versuchte, es nicht zu glauben. Unterdessen sprach Kate weiter:

„...jemand anders hat sie gespeichert."

„Wer?"

„Das kann ich dir nicht sagen. Es gibt jemanden, der alle Informationen im Internet mitschneidet und speichert."

„Aber das ist doch furchtbar!", rief ich erschrocken aus, „warum sollte er das tun?"

„Aus sogenannten Sicherheitsgründen."

Sie speichern alles? Durchkämmen Websites, analysieren E-Mails, hören alle Nachrichten ab? Kate musste fantasieren, da gab es keine andere Erklärung für mich. Sie war immer noch gefährlich. Und verrückt.

„Aber wieso fassen sie dich nicht, Kate? Wie schaffst du das?"

„Du musst sehr vorsichtig sein", erklärte sie mir nicht ohne Stolz, als ob uns hier niemand belauschen könnte, „du darfst nie gierig werden. Nie zuviel erwarten von einer kleinen Information; sie gibt dir immer nur den Schlüssel zur nächsten Tür, nicht mehr. Alle die Ungeduldigen, die das nicht verstehen, werden früher oder später geschnappt. Man muss viel Zeit investieren, dann gibt es keine Grenzen mehr. So arbeiten auch sie..."

Plötzlich schloss sich ihr Mund, ihr Gesicht wurde bleich wie der Mond, die Strähnen fielen erneut von ihrem grauen Schopf vor ihre Augen. Sie wandte sich von mir ab, und ich war wieder allein.

Es war zum Verrücktwerden. Bilder tanzten vor meinen Augen wie flimmernde Sterne, paarweise, und ich wartete, bis sich alles von selbst geordnet hatte. Dann sah ich es deutlich vor mir, was ich ohnehin schon wusste: Chuck ist Jeff, Rocky ist Paul, Pilot ist Marc Wilcox, Bayou ist der Anwalt Wilson, und Killer ist ein Phantom. Oder? Weiter: Kate spielt Kassandra. Angélique ist ein unglücklicher Engel. Und ich bin Dick und möchte gern wie Marius sein, Marius, der nur in meinen

Tagebüchern existiert und ein Produkt meiner Träume ist. Und Joey? Wer war Joey?

„Hallo Dick, alter Junge!"

Es war Joeys Stimme, so ganz wie früher, ein bisschen ängstlich, voller Zutrauen zu mir.

„Wo bist du, Joey?"

Er antwortete nicht auf meine Frage. Ich schaute mich um, blickte von meiner kleinen Bank aus in alle Winkel des Kraters, drehte meinen Kopf nach oben, wo ich einen einzigen Stern sah am Ende eines langen, schmalen, runden Tunnels, durch den wir hierher gelangt waren.

„Aber wie kommen bloß alle diese doppelten Persönlichkeiten zustande, Dick?" fragte mich seine Stimme plötzlich. Sie flog in dem kleinen Raum von Wand zu Wand, mir rechts und links um die Ohren.

„Ich weiß es nicht, Joey. Manchmal denke ich, sie entstehen, weil wir unentwegt vor etwas flüchten."

Ich seufzte, weil ich mich selbst vor mir stehen sah.

„Ja, Joey, je mehr ich darüber nachdenke, um so klarer wird es mir: Die Flucht aus dem eigentlichen Leben, das zu uns gehört seit unserer Geburt, bringt diese Spaltungen hervor."

„Warum sollten wir vor uns fliehen?", fragte er mich.

„Ach, da gibt es Tausende von Gründen. Die meisten haben irgendwas mit Feigheit zu tun."

„Du meinst, der Mond ist gar nicht Schuld daran?"

Wir lachten.

„Nein, Joey, bestimmt nicht."

„Er äfft uns nur nach?"

„Ja, er äfft uns nach."

Ich schaute mich um und suchte, vergeblich, seine Augen. Vielleicht würde er es auch so verstehen:

„Du musst das so sehen, Joey: Jeder gerät in seinem Leben, bei seinem Tun, in seinen Beziehungen und mit seinen Gefühlen an Grenzen. Das passiert öfter, als wir es merken. Manche dieser Grenzen können wir leicht überwinden, weil wir wissen, wie es funktioniert, oder weil uns ein Zufall oder auch eine automatisierte Geste hilft, die Grenzen einfach wegzuwischen; aber andere stehen vor uns scheinbar wie riesige, harte Felswände, sie stoppen uns auf unserem Weg, und wir haben nicht die leiseste Ahnung, wie wir daran vorbei kommen können. Wir wissen, unser Weg verläuft dahinten weiter, aber er ist für uns unsichtbar, so wie die andere Hälfte des Mondes."

„Und wenn wir jetzt abbiegen, werden wir uns untreu, stimmt's?", sagte Joey.

„So ungefähr", erwiderte ich. „Wenn wir abbiegen, kommen wir in eine fremde Gegend. Wenn wir dort bleiben, passen wir uns äußerlich an, entfremden uns von unserem Ich, obwohl wir eigentlich unsere Bestimmung zu kennen glaubten. Wir beginnen, uns vor uns selbst zu verleugnen, wissen aber, dass das letztendlich nicht aufgehen wird."

Ich sprach ja nur noch von mir.

„Ist es nicht gut, ab und zu in fremden Gefilden zu stöbern?", fragte er mich.

„Das ist sogar lebensnotwendig, Joey, ohne das würde es keinerlei Beziehungen zwischen den Menschen mehr geben. Aber du musst trotzdem irgendwann zu dir zurückfinden."

„Du bist hier in New York, Dick. Denkst du, dass du am falschen Platz bist?"

Ich atmete tief durch.

„Ich weiß es nicht. Manchmal denke ich das schon. Aber was ich gesagt habe, meine ich weniger auf Örtlichkeiten bezogen, sondern auf den moralischen Platz in der Welt und zwischen den Menschen, den man sich selbst gibt. Ob Berlin, London oder New York (oder auf dem Mond) – das ist letzen Endes ganz egal. Aber wenn ich vor einer Situation ausreiße, dann ist es nicht mehr egal. Es ist dann auch ganz gleich, ob ich soweit gehe, meine Heimatstadt zu verlassen, oder nicht; die Flucht aus der Situation, in die mich mein Leben gestellt hat – das schon ist das Verwerfliche, verstehst du? Da hängen ja immer auch andere Leute mit dran, die an mich gebunden sind, und die ich irgendwie verrate."

Wir schwiegen eine Weile. Vielleicht musste Joey das erst verdauen, ich weiß es nicht. Ich kannte ihn eigentlich ziemlich wenig. Aber womöglich brauchte er es gar nicht zu verstehen, weil ich ohnehin nur über mich selber gesprochen hatte.

Dann stellte er doch noch zwei Fragen:

„Hast du diese Weisheit aus deinem kleinen Land?"

Ich wusste es nicht. Vielleicht. Womöglich waren wir dort letztendlich etwas schlauer geworden, als alles vorbei war. Aber das sagte ich Joey nicht. Also fuhr er fort:

„Aber was machen wir dann mit dem Felsen? Ich meine, er steht ja immer noch da, und wir kommen nicht an ihm vorbei."

Ich lachte wieder, aus Verlegenheit, weil ich auch nicht sofort eine Antwort darauf hatte, dann fielen mir zum Glück meine Philosophiestunden an der Uni wieder ein:

„Warum halten wir es nicht einfach mit Platon? Wir gehen auf den Felsen zu, versuchen, ihn zu berühren, und bemerken, wie wir durch ihn hindurch fassen können: er ist gar nicht da, er existiert nur in unserer Einbildung, wie fast alle Schwierigkeiten."

Ich zwinkerte ihm verschwörerisch zu: „Wir sollten die Weisheiten der alten Griechen eben nicht ganz vergessen."

Joeys Stimme bekam ein Echo und wurde dabei leiser:

„Na, ob das immer so einfach ist", seufzte sie.

„Natürlich", antwortete ich, und versuchte, von meiner Bank aufzustehen. Es tat weh, die Riemen schnitten sich in meine Haut.

„Nein, natürlich nicht", sagte ich, aber Joey hörte es schon nicht mehr. Ich versuchte noch einmal, mich zu befreien. Der Schmerz war höllisch, aber ich gab nicht auf, ich stemmte mich mit den Händen auf der Bank auf und schob meinen Körper durch die Lederriemen hindurch, zuerst das Becken, dann setzte ich mich auf die Lehne und befreite Beine und Füße. Ich war wirklich frei!

Als ich mich umsah, bemerkte ich wieder das schwache Licht, welches sich in dem Keller ausgebreitet hatte, und jetzt entdeckte ich, dass es von einer Quelle herrührte, die hinter einem dunklen Holzschrank versteckt war, von einer Glühbirne vielleicht, die jemand vergessen hatte auszuschalten. Als ich meine Beine bewegte, in der Absicht, herabzusteigen und nachzuschauen, schoss mir plötzlich wieder eine Welle aus Wärme und Schwäche durch meine Glieder; ich fiel kopfüber von der Bank, auf den harten Kellerboden, und verlor sofort das Bewusstsein.

Den Rest kann ich jetzt in wenigen Sätzen darlegen.

Wieder wachte ich im Krankenhaus auf, das war wohl mein zweites Zuhause. Diesmal jedoch wurde ich von einer griesgrämigen, fetten Schwester betreut, die ihre Mundwinkel nicht ein einziges Mal zu einem Lächeln verzog, die jeden Scherz als persönliche Beleidigung auffasste und mich abstrafte, indem sie mich mit einem unerträglichen Zimmergenossen zusammenlegte.

Angélique arbeitete in einer anderen Etage, steckte aber, wenn es ihre Zeit erlaubte, ihr hübsches Köpfchen zur Tür herein. Nur lächeln konnte auch sie nicht mehr so einfach. Zuviel war in den letzten Tagen passiert, wovon sie das meiste nicht einmal verstand.

Sie erzählte es mir, mit trauriger, leiser Stimme, als sie sich – nachdem ich nicht nur das Bewusstsein wiedererlangt hatte, sondern auch einigermaßen erholt schien – zu mir ans Bett setzte.

„Wir hatten keine Ahnung, wohin du gelaufen warst. Auch den Mann in der schwarzen Jacke hatten Kate und Joey aus den Augen verloren. Als sie ganz vorn ankamen, auf der Avenue, warteten sie einige Minuten auf dich. Da du nicht erschienst, begannen sie dich in der Straße, in die du gerannt warst, zu suchen. Keiner der Passanten dort wollte dich gesehen haben. Dann riefen sie uns dazu, Paul und mich, und zu viert suchten wir dich weiter. Wir vermuteten dann, du könntest dem Mann weiter hinterher gelaufen sein, die Avenue überquert haben und ihm auf der anderen Straßenseite irgendwohin gefolgt sein. Also trennten wir uns erneut, und suchten die Avenue und sämtliche Nebenstraßen nach dir ab. Alles vergebens."

Sie hielt meine Hand, um mich nicht noch einmal zu verlieren.

„Irgendwann gaben wir es auf."

Jetzt seufzte sie und schaute mich mit tränengefüllten Augen an. Ich drückte ihre Hand fester.

„Wir dachten, du wärst vielleicht nach Hause gegangen, dann, als du dort nicht warst, stellten wir alle möglichen Vermutungen an: Du suchst ihn immer noch; er hat dich in seiner Gewalt; du bist frustriert, weil du ihn nicht gefangen hast und sitzt in irgendeiner Bar, um dich zu betrinken..." (das dachten sie wirklich, auch Angélique, und sogar Joey?) „...wir mussten feststellen, dass wir eigentlich keine Ahnung hatten, wer du warst; es kamen alle möglichen Reaktionen in Frage, also beschlossen wir schließlich, weiter auf dich zu warten. Um drei Uhr morgens riefen wir die Polizei an, um dich als vermisst zu melden. Sie sagten, wir sollten bis zum nächsten Mittag warten, sie wüssten schon, wie sie solche wie dich einzuordnen hätten, die meisten würden mit Kopfschmerzen, die von einer durchzechten Nacht herrührten, am folgenden Vormittag wieder auftauchen und irgendwelche Geschichten erfinden, die sie als Ausreden für ihr Verschwinden gebrauchten. Was sollten wir also tun?"

Angélique schluchzte auf, als stünde sie erneut in derselben Situation. Nach einer kurzen Weile fuhr sie mit gefasster Stimme fort:

„Du bist aber nicht nach Hause gekommen. Am Nachmittag gaben Joey und ich die Vermisstenanzeige auf. Kate hatte sich zurückgezogen. Und Paul, der sich als den Schuldigen an der ganzen Misere sah, weil ihr ja wegen seiner Angst vor dem fremden Mann losgelaufen wart, Paul, der bei uns saß und schwieg, solange wir den Polizisten die Situation und deine Person erklärten, Paul erzählte ihnen plötzlich – wie er es am Abend zuvor angekündigt hatte – die ganze dumme Geschichte mit der Menschenjagd, die sie über das Internet verabredet hatten, und seine Angst vor einem Killer namens Michael Dawson. Die Polizisten vernahmen ihn einige Stunden lang, als hätten sie gerade nichts besseres zu tun gehabt, und ich weiß wirklich nicht, was Paul ihnen alles verraten hat."

Die dicke Krankenschwester trat ein. Ohne ein einziges Wort zu sagen, vertrieb sie Angélique, nur mit ihrem teuflischen Blick, aus dem Zimmer, zog die Vorhänge zu und löschte das Licht. Es war Nachtruhe. Mein Zimmergenosse, ein Unfallopfer, das beim Überqueren der Fahrbahn ein Bein auf dem Times Square gelassen hatte, schnarchte schon eine Weile so laut, dass mir jetzt, da ich allein mit ihm in einem Raum war, übel wurde.

Am kommenden Tag erschien Angélique kurz nach dem Mittagessen. Der dicke Krankenschreck war heute nicht im Haus, und der Schnarcher wurde für eine zweite Operation vorbereitet. Also hatten wir mehr Zeit für uns, bis zum Schichtwechsel der Schwestern um drei Uhr, wenn Angélique ihren Dienst in der oberen Etage antreten musste.

„Sie haben dich tatsächlich gesucht. Ich dachte immer, sie nehmen die Vermisstenmeldung einfach an, schauen höflicherweise mal kurz in der Gegend nach, in der jemand abhanden gekommen ist, und drücken dir dann mit betroffener Miene ihr Mitgefühl aus. Aber da sind wirklich fünf Uniformierte ein paar Stunden lang durch alle Höfe gelaufen, haben hinter alle Büsche geschaut, sind in alle Keller gekrochen, bis sie dich gefunden haben. Nach fast vierundzwanzig Stunden. Bewusstlos. Dick!"

Sie erschrak wieder bei dem Gedanken, dass ich einen Tag lang ohne Bewusstsein mit einer Kopfverletzung in dem feuchten Keller gelegen hatte.

„Die Polizei hat Kate verhaftet. Sie haben ihr - nach Pauls Aussage - nachweisen können, dass sie sich mehrmals in Regierungscomputer eingehackt hat, und nachdem sie ihre Festplatten beschlagnahmt hatten, fanden sie noch mehr, das ganze Netz, das sie sich aufgebaut hatte, um etwa zwanzig Personen konstant zu überwachen, auch dich, Dick. Und Wilson, na ja, und alle die anderen aus der Chatrunde, und viele, von denen wir gar nichts ahnten. Joey auch, gerade ihn, den sie in die Hackerkünste eingeführt hat. Armer Joey. Er ist am Ende, er hat jetzt Angst um Paul, mehr als zuvor, weil er einen Riesenfehler begangen hat: Joey hat Patricia angerufen und sie über Wilsons Chat-leidenschaft unterrichtet, und darüber, was er dort alles dahergeredet hat, und natürlich hat er seinen Verdacht wiederholt, dass Wilson Celia vielleicht auf dem Gewissen hat. Da Patricia nicht so ohne weiteres glauben wollte, was Joey ihr über Wilson erzählte, faxte er ihr einige Dutzend Seiten aus den Chatprotokollen. Patricia rastete aus, schrie etwas von perverser Fantasie, von Wahnsinn und Schande, und hatte nichts Besseres zu tun, als von einem Bekannten Wilsons Computer, der in ihrem Haus stand und den er benutzte, wenn er sich bei ihr aufhielt, untersuchen zu lassen. Der fand natürlich heraus, dass Joey in jedem Punkt recht hatte, dass Wilson also ein Doppelleben in der virtuellen Welt führte, wo er, wie Patricia es ausdrückte, *sein wahres, hässliches Gesicht* zeigte. Sie warf sofort alle seine Sachen in eine große Kiste und schickte sie auf die Reise nach Philadelphia. Zuvor hatte sie Wilson angerufen, ihn beschimpft und sich aus der Beziehung mit ihm verabschiedet. Wilson muss explodiert sein."

„Das alles ist in nur knapp drei Tagen passiert, Angélique?", fragte ich sie ungläubig.

„Und noch viel mehr, Dick", erwiderte sie. „Vieles ist ja parallel geschehen. Während Patricia in Santa Ana einen Abschiedsbrief an Wilson diktierte, ging die Polizei hier in New York Kates und Joeys Vermutungen nach, dass Celia von Wilson mit Absicht überfahren wurde. Sie verhörten ihn, konfrontierten ihn mit seinen manchmal brutalen Äußerungen in der Chatrunde, und einem Anwalt gelang es sogar, die Genehmigung für die Überprüfung seiner Computer in New York und Philadelphia zu erhalten. Sie haben sie abgeholt, und jetzt sind sie dabei, alle Dateien zu lesen, um eine Spur zu finden, eine Tagebucheintragung, oder einen Satz in der Chatrunde, mit dem er sich vielleicht verraten hat."

Ich unterbrach ihren Redefluss: „Wie geht es Joey und Paul?"

Angélique schaute mir eine Weile in die Augen, als müsste sie den ersten Faden in Gedanken zunächst bis zu Ende gehen, bevor sie den Inhalt meiner Frage voll erfassen konnte.

„Joey und Paul? Sie haben Angst, Dick. Wilson ist ja auf freiem Fuß, und sie denken, er würde sich an ihnen rächen. Du solltest schnell hier raus kommen, um sie aufzumuntern. Joey vermisst dich sowieso, hat er gesagt."

„Hat er das gesagt?" Ich schaute sie ungläubig an.

„Ja. Sie haben keine Ahnung, wie sich die Dinge jetzt weiter entwickeln werden. Es wird zu einem Prozess gegen Kate kommen, bei dem wir alle aussagen müssen."

„Mein Engelchen."

Ich zog sie zu mir heran, so dass sie fast neben mir auf dem Krankenbett lag. Sie schaute erst scheu zur Tür und kicherte dann.

„Wir sind allein."

Sie kicherte schon wieder. Was war sie doch für eine starke Frau, dachte ich. Ich wusste ja, wie pragmatisch sie sein konnte, wie sie in komplizierten Situationen, selbst wenn sie sie nicht hundertprozentig überblickte, instinktiv das Richtige tat. Aber die Art, wie sie mir mit furchtlosen Worten diese unglaublichen Dinge erzählte, war mir ungeheuer. Da wollte ich schnell wieder in bekanntes Fahrwasser zurück.

Ich küsste sie, umfasste mit einer Hand ihren Nacken, und knöpfte mit der anderen ihre Bluse auf, nur soweit, dass ich hineinfassen konnte. Ich glitt mit der Hand zu ihrem Bauch hinunter, bis ich den unteren Rand ihres Hemdes zu fassen bekam, schlüpfte darunter und schob meine Hand wieder nach oben.

„Dick!"

So oft schon hat sie meinen Namen ausgerufen, jedes Mal in einer anderen Tonart, in Dur oder Moll, leidenschaftlich oder enttäuscht, erregt oder traurig. Er war für sie ein Objekt, das sie benutzte, an dem sie sich übte, wechselnde Gefühle effektreich ausdrücken zu können.

Ich ging auf ihren Ruf nicht ein. Da ich ihre Brüste erreicht hatte, küsste ich jetzt mit doppelter Leidenschaft ihre Lippen. Ich spürte, wie sich ihr schmaler Körper der wachsenden Lust hingeben wollte, aber doch auch Angst vor der Entdeckung hatte.

„Deine Kopfverletzung, Dick!", flüsterte sie in einer kurzen Verschnaufpause. „Und wenn der Arzt jetzt kommt?", in der zweiten.

Sie lag jetzt ganz auf mir, und die Wunden, die ich mir beim Abrut-
schen in den Keller am Rücken zugezogen hatte, schmerzten wirklich.
Ich musste wohl ein leidendes Gesicht aufgesetzt haben, denn Angélique sprang plötzlich von mir herunter, schloss hektisch ihre Bluse,
rückte ihren Rock gerade, und noch während sie ihre Haare wieder
in Ordnung brachte, öffnete sich die Tür. Ein junger Krankenpfleger
mit mürrischer Miene schob den Schnarcher auf seinem Rollbett an
das andere Ende des Zimmers.

Paul war allein zu Hause gewesen, einen Tag vor Angéliques letztem Besuch in meinem Zimmer, hatte aller paar Minuten durch die
Feuerleiter vor seinem Wohnzimmer auf die Straße hinunter geschaut,
eine Gewohnheit, die ihm seine Angst vor dem Killer, und jetzt auch
vor Wilson diktierte, als er ein Geräusch an der Eingangstür seiner
Wohnung hörte.

Ich sollte in weniger als einer Woche entlassen werden, wir beschlossen, dass ich bei Angélique wohnen sollte, damit ich mich von
ihr gesund pflegen lassen könnte. Ich lag also noch im Krankenhaus,
als es passierte. Wahrscheinlich handelte es sich sogar exakt um den
Tag, an dem mir zum ersten Mal der Gedanke kam, dass Wilson und
Killer ein und dieselbe Person waren. Was mich darauf brachte, war
selbst für mich schwer zu erklären. Einige Szenen aus der Halluzination,
die ich in die Ereignisse noch immer nicht richtig einordnen konnte,
aber auch Dawsons Website, in der er von der ersten, der zweiten, aber
auch einer dritten Welt schrieb. Was das bedeuten sollte, wurde mir
nur nach und nach bewusst, auf jeden Fall war es nicht nur dummes
Zeug, wie wir es zuerst glaubten.

Ich rief Joey aus dem Krankenhaus an, berichtete ihm von meiner Vermutung und fragte ihn, ob so etwas technisch möglich sei.
Schließlich würde das bedeuten, dass der Anwalt – und nur er konnte
so clever sein, jeder andere in der Chatrunde wäre dazu nicht in der
Lage, ja würde nicht einmal auf eine solche Idee kommen – mit zwei
Pseudonymen an den Gesprächen teilnahm und dabei zwei völlig unter-
schiedliche Rollen spielte: den frech-charmanten *Bayou*, der die tollsten
Geschichten erzählen konnte, sehr am Zusammenhalt der Gruppe
interessiert war und das Geschehen, selbst während der blutigsten
Szenen, meist unter seiner Kontrolle behielt; und den dumm-dreisten

Killer, der brutal vorging, nicht nachdachte, drauflos schlug, ja selbst vor einem virtuellen Mord nicht zurückscheute.

„Das geht schon", sagte Joey langsam, „und am besten - und unbemerkt von allen anderen - geht das, wenn er dabei einen zweiten Computer neben sich stehen hat."

Ich konnte förmlich hören, wie er sich mit der flachen Hand an die Stirn schlug.

„Das ist es!", rief er aus. „Das ist der Grund, warum Kate ihn nicht orten konnte. Es gab gar nichts zu orten! Er nutzte einfach dieselbe Leitung wie Bayou! Kate zog viel zu voreilig den Schluss, er wäre eine andere Person, nur weil er eine eigene E-Mail-Adresse und eine eigene Website hatte, auf der sogar seine Wohnadresse angegeben war! Dick, du bist genial!"

Er legte auf und rief die Polizei an, um ihr meine Vermutung mitzuteilen. Dann telefonierte er mit Paul, der ihm verschwieg, dass er soeben eine zweite schriftliche Drohung erhalten hatte, einen Zettel, den ihm jemand an die Tür geklemmt hatte, bevor er sich geräuschvoll davonmachte. Diesmal wurde ihm der Tod für den Abend angekündigt: „Paul Greenwood, alias Rocky, heute nacht wird es DIR an den Kragen gehen!"

„Killer und Bayou dieselben?", fragte Paul mit zitternder Stimme, „das kann ich mir gar nicht vorstellen. Bayou war meist recht nett zu mir."

„Er hat gespielt, er hat an euch jahrelang ein Spiel ausprobiert. Und ihr habt es nie bemerkt. Der Mann muss geisteskrank sein!"

„Woher willst du das wissen! Er ist Anwalt, Joey!"

Joey bemerkte, dass Paul verstörter als sonst war, konnte jedoch den Grund dafür nicht aus ihm herausholen.

„Wann kommst du nach Hause?"

„Nach meiner Schicht", antwortete Joey, „so gegen sieben Uhr, morgen früh, wie immer. Ist etwas nicht in Ordnung? Du wirkst so..."

Paul wollte Joey nicht schon wieder beunruhigen, auch wollte er ihm nicht immer seine Schwäche zeigen, deshalb spielte er die Sache herunter:

„Ich bin müde, das ist alles. Komm schnell nach Hause, Joey, sobald du kannst, ja? Ich sollte endlich einen Nachschlüssel anfertigen lassen für dich..."

„Stimmt", erwiderte Joey und seine Stimme bekam einen Glanz, „dann brauche ich dich nicht immer aus dem Bett zu klingeln. Oder besser gesagt: Dann komme ich zur Tür herein und du liegst noch im Bett, und ich lege mich dazu, und alles wird wie bei einem richtigen Paar. Schließlich bin ich seit einigen Tagen rund um die Uhr bei dir, da wird es ja auch endlich Zeit..."

Paul legte auf. Dann lief er in die Küche, holte ein scharfes, langes Messer aus dem Kasten, trug es ins Wohnzimmer und legte es vor sich auf den Tisch. Sollen sie ruhig kommen, dachte er, und ihm schlotterten die Knie bei dem Gedanken.

Nach einer Weile lief er wieder zum Fenster. Vor ihm stand der Mond, rund und voll, am schwarzen Nachthimmel. Paul öffnete das Fenster einen kleinen Spalt, um die frische Abendluft hereinzulassen. So stand er einige Sekunden träumend da, lehnte seinen Kopf an den Holzrahmen, sog die Luft ein, die hier in Manhattan immer ein wenig nach einer Mischung aus Schweiß und weitem Meer roch, und blickte durch die Feuerleiter hindurch auf das Nachbarhaus. Dann ging er zurück in die Zimmermitte und ließ sich in einen Sessel fallen. Schließlich tastete er nach der Fernbedienung auf dem Tisch, schaltete mit einem Knopfdruck den Fernseher ein und griff nach dem Messer.

Er sprang noch einmal auf, als er auf den Gedanken verfiel, den Schlüssel von innen in das Schloss der Eingangstür seiner Wohnung zu stecken. Nur für den Fall. Für welchen, konnte er im Augenblick nicht sagen, aber er hatte schon eine Menge schlechter Kriminalfilme gesehen.

Zehn Minuten später klingelte es unten an der Tür. Paul erstarrte in seinem Sessel, und als er sich gefasst hatte, schaltete er den Fernseher aus. Lauschte in die Nacht, ohne von seinem Sessel aufzustehen. Das Fenster stand noch offen, die Mondscheibe hatte sich in eine Ecke gedrückt, war aber von Pauls Platz aus immer noch gut zu sehen. Es klingelte ein zweites, und kurz darauf ein drittes Mal.

Ganz klar: das waren sie. Das waren Killer oder Bayou, oder beide, oder beide in einer Person. Paul war völlig durcheinander. Als es ein viertes Mal klingelte, schaltete er den Fernseher wieder ein, und drückte solange auf die Fernbedienung, bis die Lautstärke fast unerträglich wurde. Er wollte heute kein Klingeln mehr hören. Sie konnten ihm nichts tun, die Haustür war abgeschlossen, und selbst wenn jemand sie hereinlassen sollte, dann würden sie vergeblich gegen seine Wohnungstür schlagen, sie müssten schon das ganze Haus aufwecken mit ihrem Geklopfe. Der Schlüssel steckte von innen – kurz gesagt: sie hatten nicht die geringste Chance.

Er glaubte, unter dem Lärm des Fernsehgerätes hindurch immer wieder das Läuten zu hören. Außerdem schien ein Nachbar gegen die Wand zu klopfen. Paul drehte den Fernseher ganz leise, schaltete die Zimmerbeleuchtung aus und ging dann langsam zum Telefon. Mit weichen, zitternden Fingern wählte er die Nummer der Polizei. Er flüsterte seinen Namen und seine Adresse in die Sprechmuschel, erklärte, einen Einbrecher auf frischer Tat zu ertappen, hörte sich geduldig einige praktische Verhaltensregeln an, und legte dann auf. In wenigen Augenblicken würden sie vor dem Haus stehen. Allein der Gedanke daran ließ ihn wieder mutiger werden. Er ließ sich in seinen Sessel fallen und drehte die Lautstärke des Fernsehapparates wieder höher.

Kurz darauf glaubte er, einen sich bewegenden Schatten vor seinem Fenster zu bemerken. Er sprang auf, schaltete das Fernsehgerät aus und stellte sich an die gegenüberliegende Wand seines dunklen Zimmers. Dann stand ein Mann vor seinem Fenster, draußen auf der Feuerleiter. Das heißt, Paul sah nur den Umriss eines Mannes vom Kopf bis zu den Hüften; der Rest seines Körpers befand sich unterhalb des Fenstersimses, und er sah auch nur seine Silhouette, weil sich genau hinter dem Kopf des Mannes die grelle weiße Scheibe des Mondes aufgehängt hatte, wie um ihn zu schützen. Das Fenster stand halb offen, es war für ihn jetzt ein Kinderspiel, es weiter aufzustoßen und einzusteigen.

Nach einer Schrecksekunde nahm Paul all seinen Mut zusammen. Sein Herz pochte wild. Er griff mit der linken Hand nach dem Messer, nahm Anlauf, und als er sah, dass der Eindringling einen Fensterflügel weit öffnete, stürzte er ihm mit einem markerschütternden Schrei entgegen, hielt seine rechte Hand genau in der Höhe des Gesichts des Unbekannten und stieß ihn, noch im Lauf, mit einem kräftigen Schlag gegen die Stirn. Der Mann taumelte nach hinten, ohne einen Laut von sich zu geben, an die Geländerstange der Feuerleiter, auf der er nach oben geklettert war, ruderte zwei Sekunden mit beiden Armen, immer mehr Gleichgewicht und Halt verlierend, und stürzte dann kopfüber rückwärts in den Abgrund.

Eine halbe Sekunde lang, während der Mann schon nach hinten fiel, schaute Paul in das von einem bleichen Mondstrahl beschienene Gesicht Joeys.

Als die Polizei das Haus ein paar Minuten später erreichte und mit ihren schweren Stiefeln Pauls Wohnungstür eintrat, fand sie ihn so, erstarrt, mit noch nach vorn erhobener rechter Hand vor dem offenen Fenster stehend, und weinend.

Sie versuchten, mit ihm zu sprechen, zogen ihn vom Fenster weg, klärten ihn über seine Rechte auf und führten ihn dann wortlos ab.

Jetzt wird Manhattan langsam wieder die alte, bekannte Insel. Zwei Jahre nach diesen schrecklichen Ereignissen kann ich allmählich wieder frei atmen. Es ist alles Vergangenheit. Die Stadt bekommt wieder Farbe. Eine blaue natürlich. Ich spüre den Wind wieder, der durch die kerzengeraden Straßen Manhattans jagt, und ich höre auch wieder die Musik aus den millionenfach verschiedenfarbigen Mündern seiner Einwohner.

Der Anwalt ist Patient einer Nervenklinik. Die Polizei hatte die von Kate mitgeschnittenen Chatprotokolle ausgewertet, der Richter ließ ihn psychiatrisch untersuchen. Es stellte sich heraus, dass er sich nicht nur zwei oder drei Existenzen zugelegt hatte, sondern so viele, dass er irgendwann selbst den Überblick verlor, wie Spezialisten der Polizei herausfanden. Immer mehr Pseudonyme, E-Mail-Adressen, neue virtuelle Leben. Mehrere Chatgruppen waren auf seine Initiative zustande gekommen, und überall versuchte er, die Kontrolle nicht nur über sich selbst und seine vielen Existenzen - die virtuellen, und die wirkliche, oder das, was von ihr übrig geblieben war - zu behalten, sondern auch über die beiden Existenzen seiner Gesprächspartner: ihre erdachte - und die echte. Er hatte eine große Kartei angelegt mit den Namen, Adressen, Charaktereigenschaften, Berufen und vielen intimen Details aller seiner Kommunikationspartner. Er wollte wohl ein Meister werden in dem teuflischen Fach, die Schwäche und Angreifbarkeit des künftigen Menschen, die er immer deutlicher aus dessen verschiedenen, widersprüchlichen Persönlichkeiten wachsen sah, auszunutzen. Wilson alias Killer alias Bayou war wirklich geisteskrank und ein Opfer moderner Kommunikationsmittel.

Kate sitzt seit zwei Jahren im Gefängnis. Wenn ich ein paar Stunden Zeit finde, besuche ich sie. Der arme Paul ist mit einem blauen Auge davon gekommen, nachdem die Polizei den Tathergang nach seinen Aussagen protokollierte und das Gericht und wir als seine Zeugen ihn später bestätigten. Aber er ist sehr depressiv geworden. Und in ein paar Monaten soll Kate wieder entlassen werden.

Joey haben wir beerdigt, es war der traurigste Tag in meinem Leben. Er wollte Paul an jenem unheilvollen Abend nicht allein lassen, wechselte seine Schicht kurzfristig mit der eines Kollegen, brach in Panik aus, nachdem er mehrmals an der Haustür geklingelt hatte und Paul sie nicht öffnete, und kletterte dann die Feuerleiter nach oben. Dort angekommen, glaubte er festzustellen, dass keiner zu Hause war: Das Licht war ausgeschaltet, und niemand rührte sich. Nur das Fenster stand einen Spalt breit offen, und Joey schob einen Flügel auf, mit seinen langen, weißen Händen, die mich so oft berührt hatten, ohne dass ich je hinter den wahren Sinn dieser Berührungen gekommen war – so wie ich auch sieben Jahre lang seine Scheu davor, mich verletzen zu können, als einen charakterlichen Makel interpretiert hatte, anstatt die Liebe in seinen Handlungen zu erkennen...

Von Marc Wilcox habe ich nichts mehr gehört, er lebt nach wie vor völlig zurückgezogen in seinem dunklen Zimmer und wird wohl immer noch seine Frau oder Haushälterin – oder was sie auch sein mag – mit seinen launischen Attacken quälen.

Jeffs Eltern jedoch waren entsetzt, als sie einige der Protokolle aus der geheimen Internetrunde in die Hände bekamen. Jeff, der vorbildliche kleine Krawattenträger mit den hundert geschäftstüchtigen Ideen für seine Zukunft, dieser strebsame Junge mit dem großen Stolz auf drei eigene Computer, war nichts weiter als ein schmutziger Gedanke namens Chuck. Jemand, der Banküberfälle plant, der in seiner Fantasie anderer Leute Bäuche aufschlitzt und einer imaginären Schwester den Mund mit Heftpflaster zuklebt, nachdem er sie an den Haaren durch die Wohnung geschleift hat. Ich weiß nicht, was seine Eltern mit ihm angestellt haben, ob sie ihn von Arzt zu Arzt schicken oder ihn enterbt haben, es ist mir letztendlich auch egal.

Bleibt noch Angélique. Wir versuchen seit dieser Zeit, ein Paar zu werden. Es ist nicht leicht. Wenn wir uns sehen, müssen wir noch immer an die Schrecken jener Tage denken. Wir gehen oft aus, ins

Kino, in Restaurants, und in die Cafés, die seit ein paar Jahren immer zahlreicher, nach europäischem Vorbild, aus dem Boden sprießen. Wir schlafen auch miteinander, und manchmal ist uns so, als lebten wir schon eine Ewigkeit und glücklich zusammen. Doch dann fällt mein Blick auf einen Computer, auf die Feuerleitern überall, auf ein schwules Paar, das sich, in Chelsea oder weiter südwärts, verliebt anschaut und denkt, alle Zeit und alles Glück der Welt zu haben. Sofort ersteht jedes der grausamen Bilder neu vor meinen Augen. Und ich sehe Angélique mit fremdem Blick traurig an.

Celia ist jetzt weit weg, und ihr Tod wird für immer ein Rätsel bleiben. Ich vergesse sie nie, das weiß ich, aber ihr Bild ist nicht mehr, übermächtig und bleich wie der Mond, ganz automatisch überall dort, wo ich einsam bin. Ich muss es jetzt holen, wenn ich es brauche.

Das Telefon klingelt. Es ist mein Vater, er ruft aus Deutschland an, das erste Mal seit mehr als einem Jahr. Nach dem Angriff auf Manhattan hatten sie mir beide, Mutter aus London und Vater aus Berlin, kurze Briefe geschrieben, und ich hatte ihnen geantwortet, dass ich noch lebe.

„Wie geht's, Richard?", fragt er mit brüchiger Stimme.

„Danke, gut, ich habe wieder begonnen zu schreiben."

„Aber das ist doch toll!"

„Ja", antworte ich trocken, „ich verhungere sonst."

Er lacht.

„Und wie geht es Marius?", fragt er, wohl um mich zu necken oder aufzuheitern. Schließlich hatte ich ihm damals meine unter dem Pseudonym *Marius* verfassten Tagebücher eines perfekten Menschen – oder eines Menschen, den ich für perfekt hielt – geschickt, damit er mir seine Meinung dazu sagt. Ich legte es ihm als ein Stück Literatur vor, aber er durchschaute mich sofort und sagte es mir beim ersten Gespräch auf den Kopf zu, dass ich davon träumte, jemand anderes zu sein, der nicht meine Schwächen hätte und meine Ängste, aber dafür das Doppelte an meiner Fantasie und meiner Energie, der sich die Disziplin anerzogen hätte, von der ich immer träumte, der sich schließlich den Erfolg erarbeitet hätte, den ich Jahr um Jahr vor mir herschob, und auf den ich heute noch warte. Ich bat ihn irgendwann, die Datei mit dem Manuskript zu vernichten, hoffte aber insgeheim, dass er es nicht tat. Ein schriftliches Exemplar hatte ich hier in New York bei mir behalten – und es hatte oft genug in meinem Kopf herum gespukt.

„Ach, lass mich mit dem bloß in Ruhe", sage ich deshalb leise, „er hat genug Unheil angerichtet."

Vater hört die Zweifel in meiner Stimme.

„Wenn du dich entschließt, wieder nach Berlin zu kommen..."

„Vielleicht, vielleicht eines Tages", antworte ich schnell, ihn unterbrechend.

„Mutter hat sich lange nicht gemeldet", füge ich hinzu, um das Thema zu wechseln.

„Ja, natürlich, lange nicht... Bei mir meldet sie sich nie."

Es tut mir sofort leid, dass ich sie erwähnt habe. Dann höre ich ihn sagen:

„Aber du kannst sicher sein, dass sie uns beobachtet, auf irgendeine ihrer vielen Arten. Sie lässt uns nicht aus den Augen, das hat sie nie getan."

„Und du? Wie geht es dir? Wie weit seid ihr mit eurer Studie?"

Er antwortet nicht sofort, doch dann entschließt er sich, mir die Wahrheit zu sagen:

„Die beiden Jahre sind doch längst vorüber. Und wir sind mit dem Buch nicht fertig geworden. Wir haben uns eine Menge Wissen über diese Straße erarbeitet, die Manuskripte waren auf dem besten Weg. Aber zweimal zwölf Monate sind dafür nicht genug. Sie nennen das Arbeitsbeschaffungsmaßnahme, da zählen nicht das Ergebnis oder deine Arbeitsleistung, sondern nur der exakte Beschäftigungszeitraum von einem oder zwei Jahren – und natürlich die Arbeitslosenstatistik."

„Und dann?", frage ich ihn.

„Dann war ich wieder ohne Job. Daran hat sich auch bis heute nichts geändert. An dem Buch arbeiten wir weiter in unserer vielen freien Zeit, aber es bringt uns nichts mehr ein, außer vielleicht einen kurzen Ruhm, falls es gut wird. Geld zahlen die Verlage kaum für so etwas."

„Seit wann bist denn wieder arbeitslos?"

„Ich hatte schon keine Arbeit, als wir das letzte Mal telefoniert haben."

Ich atme tief durch. Wie hält er das aus, nach den vielen Jahren der Achtung, die man ihm in der Zeit der Existenz der DDR entgegengebracht hatte?

„Du bist doch Professor, Papa", sage ich leise, „zählt das denn nichts mehr für sie?"

Er fühlt sich geschmeichelt, das weiß ich, aber er sagt nichts.

„Wovon lebst du jetzt?"

„Vom Arbeitslosengeld. Ich erhalte es noch ein paar Monate lang, dann geht es ans Eingemachte, an den Rest Spargeld, den mir deine Mutter hier gelassen hat."

Er hat aber auch gar keinen Elan mehr. Alt ist er geworden.

„Komm doch her, Papa, hier zählt nur die Qualifikation, nur das, was einer leistet, sonst nichts. Hier kannst du wieder was werden. Komm nach New York."

So ein Blödsinn, denke ich sofort. Was bin ich denn geworden? Was ist aus Kate und aus Joey geworden? Und doch waren sie beide großartig in ihrem Fach.

„Ich bin mit Berlin verwachsen", sagt mein Vater. „Aber vielleicht komme ich dich wieder einmal besuchen..."

„Mit einem Arbeitslosenticket, Vater?!"

Mir ist zum Heulen. Er schweigt.

„Hast du deinen Computer noch?" frage ich ihn.

„Ja, klar", erwidert er, „klar hab ich den noch, ohne den wäre ich noch einsamer. Er verschafft mir wenigstens ein Minimum an geistiger Betätigung."

„Ich schicke dir mit der Post ein neues Manuskript. Pass auf, bei deiner alten Kiste wird es eine Weile dauern, bis die Datei geöffnet ist. Sie ist sehr umfangreich."

„Dein lange erwarteter Roman?"

„Ja, vielleicht. Schon möglich."

„Dann beginnt für dich das Leben bald, so richtig mit allem Drum und Dran, ja?"

Jetzt muss ich doch lachen, aber es hat einen bitteren Unterton, den er deutlich hört.

Wir legen auf.

Er wird jetzt wieder allein in seinem Zimmer sitzen und vielleicht den Rechner einschalten, um etwas zu treiben, was er seine geistige Betätigung nennt.

Ich aber verlasse meine Wohnung. Ich habe die Nase endgültig voll von all den Einbildungen, denen wir uns unentwegt hingeben. Draußen brodelt das verrückte Leben weiter, und die Stadt brennt.

Die Abenddämmerung hat eingesetzt, glutrote Wolken ziehen über Manhattan hinweg wie ein Fegefeuer und hinterlassen Hitze und Leidenschaft. Ich laufe, von Norden kommend, den Broadway hinunter, an der neunzigsten, dann an der achtzigsten Straße vorbei, immer schneller, und immer weiter nach Süden. Die Menschen rennen mir aufgeregt entgegen, als ob die dunkle Glut von oben das letzte Licht ist, welches sie von dieser Welt erwarten. Ich spüre förmlich die Hitze in den Körpern um mich herum. Jeder will jedem schnell noch etwas verkaufen, seinen letzten Blumentopf, eine Flasche mit kühlendem Wunderwasser, seinen welkenden Schoß und ein Paar flacher Brüste, den kurzen Himmel auf Erden in einer kleinen, weißen Prise Seelenpuder, sie unterbieten sich mit ihren Preisen, laufen den Kunden minutenlang hinterher und schreien ihnen die Rücken krumm, und als ich auf der fünfzigsten angekommen bin, irgendwo in der Mitte der verrückten Insel, bleibe ich endlich stehen.

www.ingramcontent.com/pod-product-compliance
Lightning Source LLC
Chambersburg PA
CBHW030320020726
47493CB00004B/1100